雨霖词蕴

舍利扎布 题

刘雨林 著

远方出版社

图书在版编目 (CIP) 数据

雨霖词蕴 / 刘雨林著 . -- 呼和浩特 : 远方出版社，2017.1
ISBN 978-7-5555-0637-9

Ⅰ . ①雨… Ⅱ . ①刘… Ⅲ . ①诗词—作品集—中国—当代 Ⅳ . ① I227

中国版本图书馆 CIP 数据核字 (2017) 第 018567 号

雨霖词蕴

YULIN CIYUN

作　　者	刘雨林
责任编辑	蔺　洁
责任校对	蔺　洁
装帧设计	韩　芳
出版发行	远方出版社
社　　址	呼和浩特市乌兰察布东路 666 号　邮编 010010
电　　话	（0471）2236471 总编室　2236460 发行部
经　　销	新华书店
印　　刷	呼和浩特市圣堂彩印有限责任公司
开　　本	170mm × 240mm　1/16
字　　数	348 千
印　　张	29
版　　次	2017 年 1 月第 1 版
印　　次	2017 年 2 月第 1 次印刷
印　　数	1—3 000 册
标准书号	ISBN 978-7-5555-0637-9
定　　价	88.00 元

舍利札布题

两宋词类编

笔若随心神自远　意能入境情更深

成　成

宋代诗人朱熹《观书有感》云："半亩方塘一鉴开，天光云影共徘徊。问渠那得清如许，为有源头活水来。"

《雨霖词蕴》也如这半亩方塘——"映现日升月圆、江南小桥荷甜"，也如这云影徘徊——"反映世事沧桑、草原大漠孤烟"，也如这源头活水——"融进世间忧乐、人生俯仰悲欢"。

《雨霖词蕴》来源于生活、升华于生活、创造了生活、歌颂了生活。其情景、其意境、其朴实、其韵味无不与现实的生活紧紧相连。

作者刘雨林祖籍江南，20世纪60年代初由上海来到内蒙古，一直生活工作在塞北。词中之蕴，饱含乡愁，如江南之翠柳轻拂，绵绵无期；词中之蕴，也饱含塞北的豪迈情思，如大漠之孤烟袅袅，旷远深邃。也许正是这样的人生，才有了"词蕴"之中的跌宕格局，"江南翠柳春雨，塞北胡杨秋风"，意趣迥然。洽如弘一法师在《津门清明》中写的："一杯浊酒过清明，觞断樽前百感生。辜负江南好风景，杏花时节在边城。”融南北而汇中，接地气而升华，正是笔者读《雨霖词蕴》最真切的感受和叹赏。

“蕴藏在心，谓之为志”。继2015年年底《雨霖诗绮》在我社华彩亮相之后，作者又捧来了厚厚一叠词稿，其勤奋、坚持感动了出版社的同仁们。这些诗词所经历的岁月有30年之久，从发自心中的诗词字句，到自我生活的诗情画意，作者以诗词将生活艺术化，提升了人生的境界。宗白华先生认为：艺术家表现的是主观的生命情调与客观的自然风景交融。这个融入既是我国美学重要的特色——“意境”的开端，也是人生境界得以提升的载体。作者在《读诗有怀》中言“残句片语总徘徊”，这正是中华诗词文化源远流长赋予的禀赋，“华夏五千年，二十四史间。人才惊世绝，百家争鸣连”。不必说夏时的古老传说，不必说商代的甲骨铭文，不必说唐诗的流光溢彩，不必说宋词的鸟语花新，光是古代的著作文化就足以让我们骄傲良多，铭表、词赋、杂说、诗歌……在这万古奇妍中，唯有诗歌是万古不倒的青松，是万千瑰丽的亮点，长存于世，永不消逝……继而写出“一夜爆竹声，万家灯火明”，渐渐瞩目于“华野得真意，垂柳生娇气，陌上谁家女，邂逅长相忆”。笔者尤其认同作者的诗词实践与白华先生的理论相契合的是：无论诗词、无论书画，都是生活艺术化的端口。所谓“人生艺术化”，就是主张审美、艺术、人生相统一，倡导主体以美的艺术精神来濡染提升个体的人格情致与生命境界，从而建构诗意的人格和美的人生，实现并享受生命、人生的意义与韵味。人生艺术化亦是超然入世的切入点，这就是以一种空灵超旷的心胸去迎接世界，深入人生。不超然，便会拘于小己，沉沦于世俗的泥淖；而不入世，便逃遁而趋于寂灭；只有超然入世，无为无不为，为而不恃，功成而不居……如荷而德林的诗所言：谁沉冥到这无边际的深，将热爱着这最生动的生。这深与生，即是中国人文意识的哲学内涵最根本的天人合一，也是人生价值得以充盈和完美的体现。

生活是平常的，但其烟火气也正是动人之处。2016年岁末，笔者咂摸着一批文化人的岁月随想，其思考的磅礴、思维的价值、行走的坚定，令人对于这个时代知识分子的身影报以钦佩和赞赏的目光。其中一位学人或者读书人这样描述其状态：坐公交车，吃家常饭。看经典书，听智者劝。因此笔者重新打量那些人群中低调而气度不凡的中年人，他们所拥有的学识、所仰望的风景、所讲述的未来、所坚守的道义、所担当的当下，在众生喧哗中可能被淹没，但是在平凡的日常之上，他们还是我们这个社会以及生活的中流砥柱，切实地做着能做、该做的事情，心中的远景也是人类共同生活的远方，还有诗歌。如同闫真《活着之上》这本小说所擢升的那样。刘雨林无疑就是这么一位。笔者看见了他在日常工作中“逻辑思维”的缜密布局，在局限条件下的尽力而为，看见了他以不孤傲来恳切地寻求最大公约，以和蔼可亲的智慧率众前行，成为这个时代庄严的队伍中一个有力的和声。以古人的智慧观照而言，这大约是东晋就具有宇宙意识的陶渊明说到的“纵浪大化中，不喜亦不惧。应尽便须尽，无复独多虑”的时代表达；也是千百年中国人格代表——君子的表征：以正己为本，以用世为归，君子不忧不惧。这些诗词既写风花雪月，又写柴米油盐。淡笔抒情，浓墨抒怀，那岁月里的轻叹，俗尘中的热泪，忘不掉的青春，丰收中的滋味，以及那江南的少女回眸一笑，历经漫漫岁月的洗礼，已从灿烂归于平淡，在岁月的底片上慢慢显影，竟是那样的美丽和珍贵。一个经过塞外寒冷的人更思念江南的温暖，一个经历了知青岁月的人更深睐都市的霓虹，一个经历过生活起落的人才能写出真正的从容和跌宕自喜。作者以诗词安妥心灵，使得平淡岁月留下深情咏叹、华彩篇章。下乡的村庄，对于作者是“自然这个亲切的神灵，风水的村庄，灵魂的故乡”。即使“人在风雨中”，“年华褪尽人已老，霜雪寒风已枯草”，仍就期待“六角凌花扑面来”。“心中若有桃花源，何处不是水云间。李白浊酒能成仙，何必蝇利争执间？”这是作者的表达——在内外平衡之道中，心中诗意葱茏的桃花源是作者坚定地蹈入生活的原点。笔者的一位学者朋友曾写道：人在四十岁以上就谋求大智慧了。而大智慧不只是洞察世事的机敏，指点东西的睿智，纵横古今的阐说，更是身体力行，勇气担当。

《雨霖词蕴》所奉献给读者的不仅是诗词，还有诗词的“功能”或“应用学研究”，那就是造就属于一个人个性的精神空间，谋求高度的精神自治与自由。修炼后的心灵就如同自由的牧场，放歌的草原；坦荡的大漠，蜿蜒的流水……这些词，就是自这样的心中汩汩流出。读着，笔者的耳边总是那句动人的提醒和告诫：慢慢走，欣赏啊！慢慢走，欣赏啊！因为欣赏，所以能拥有出世的心态去更好地投入入世的事业；因为欣赏，所以私欲摆脱了，情趣丰富了，人生清澈了；因为欣赏，生命不受客观的羁绊，真善美浑然一体。世界多一个欣赏的人，就多一份创造，也就多一份精彩！这一份“静照”、一点知觉，静观万象，如在镜中，光明莹洁，自在光辉。

米兰.昆德拉说“生活在别处”，或者他所讲述的只是“灵魂在彼岸”。作为一个尘世中的人，其日常以“乌合之众”的形态，在日复一日的辗转中，甚至眼睛向下，不断扫描人性的末端，提防安全之栏的溃败；在“一边……一边”这样现代的忙碌中，淹没心灵的呼喊，奔向目标。那个坐标，与“沉默的大多数”毫无二致。黑格尔曾言：审美带有令人解放的性质！马尔库塞则说得更加明确：审美发展是一条通向主体解放的道路。善于体味生命意蕴的人，必定有更为丰富的情感世界，他的生活也更有情趣。超越日常生活。即所谓，美学有解放的功能。宗白华全部的人生理想和人格风范，是不是就是其笔下歌德的人格和生活“既表现了西方文明自强不息的精神，又同时具有东方乐天知命宁静致远的智慧”。《雨霖词蕴》让我们从中看到了这些！

传统诗歌不但讲究意境美，还须讲究声律美。如著名学者王力所言：“当你成为格律的奴隶的时候，格律简直是枷锁，岂但障碍而已！”在《雨霖词蕴》中我们特别发现，经年的坚持，作者从爱好者、学习者逐渐成为行家里手，对词谱、平仄、对仗均有自己的见地。当“以字下酒”的时候，是物质与精神的和谐辉映；当“笔若随心神自远，意能入境情更深”之时，格律对于诗词只是一个附加，重要的是美与诗词全息地融入了生活。作者从词牌出发，慨叹“古韵芳香在，今声情意纯”，表达“洋洋胸怀，坦坦智慧”，逐渐体会“诗赖性情真，寓意达其心，不得自然力，焉有天籁音”，渐渐放开了韵、字词的运用空间，天马行空，不守绳墨，随口吟诵“点点丝丝细雨，徐徐阵阵清风”“草草花花红艳，枝枝叶叶青葱”，一直到“昨夜皑皑白雪，今晨霾里灰尘”“树梢初挂弯弯月，银光始照片片雪”……作者的笔端露出更多的情状，更深的慨叹，心底波澜融笔端自由，比如对于老鼠的描摹——“胆怯怯似有所失，眼茫茫若无所期”，语句自在，印象深刻。《当我提笔的时候》直接信口说来：“那个时代，我们歌唱，我们奔放……我们选择上山下乡，读的是哥德巴赫猜想！”也许正是这样的青春底色，所以作者笑看“蜗角虚名，蝇头微利”，有这样的《胸襟》：“胸中起风千层浪，肚里撑船万艘舫，眼观五洋风云变，耳听九天雷电响，人间沧海谁向往，英雄桑田泪空淌。”

诗词是思想的显影。诗人读写，关乎对生活意义的追寻，关乎心灵密码和精神通道。小处落笔，大处运思。身处艰难气若虹。一颗被人文精神浸透的心灵，面对物欲会有所超脱，面对功名利禄会淡定泰然，真正做到“不以物喜，不以已悲”，自在自为，形而上者谓之道 。

我们这个时代曾经抛弃过或者说搁置过诗人。诗人在一段物质生活的极度追逐中几近成了一个贬义词，甚至成了忧郁、多疑、神经质的代名词，比如海子、顾城。但在我的心目中，中华民族的诗人是李白、杜甫、苏东坡、曹操、毛泽东……可以豪放、可以婉约、可以慷慨、可以幽默、可以醉得东倒西歪、可以擎日月而千古吟唱。这是一群可以一直怀着初心的人，永生拥有健康的天真、可贵的单纯，何尝不是人世的珍品！诗人在这个时代这个社会是还在捍卫道德的底线、人的尊严、人的勇气的赤子，是永远可以谈理想、谈人生、谈过去五千年和未来五千年的一群人。若说世上真有“一句抵一万句”的话，那么李白的诗、顾城的句都做到了。纵使不羁或者朦胧，都浇灌着人的精神，使得人之为人，让生命之树郁郁葱葱。作者的诗歌和他的坚持一样，是可以对抗世俗和时间的。所以读《雨霖词蕴》，有如感受春天的小花，夏日的晚霞，秋日的清爽，冬天的风沙。更有一种淡淡的甜蜜，丝丝的忧伤，点点的情意，清清的幽香。正如弘一法师题《小梅花屋》所言：“屋老。一树梅花小。住个诗人，添个新诗料。爱清闲，爱天然；城外西湖，湖上有青山。”这幅诗情画意，一脉相承，万古流芳。

在我看来，学习中国古典诗词的妙处，本就不仅在于诗词本身，而在于它能够唤起人们血脉中深埋着的、或许已经忘却、却从未真正流失的古典情怀。写诗填词，仿佛一场对传统文化的隔空对话，打捞属于自己的传统情怀，也是打捞中国在快速发展道路上不经意丢弃的宁静和安详。对作者来说，是把本该有的诗意生活找回来；对我们每个读者来说，则是把属于记忆深处的一种情怀还给我们自己。让我们别把欲望满满的肉身看得太重，别把此时此际的享乐看得太重，且为各自灵魂的出路过得更周全些吧。也许这也是《雨霖词蕴》给我们的启发！

唐代诗人白居易《与元九书》：“文章合为时而著，歌诗合为事而作。”落笔于真实的人和事，把见闻、感受植入诗词之中，《雨霖词蕴》文风朴实，读来倍感亲切，每一首每一阕都凝聚着作者的凝视与期望，这是一种文化自信和美的情结。自古以来，诗词与书法之间有着密切的联系，书法可以将诗词的内容在形式上加以艺术的点缀，从而使内容和形式得到完美的结合，因此《雨霖词蕴》配置了朋友们以词会意的书法，使人们在领会诗词内容的同时，又得到书法艺术的享受，犹如锦上添花。

天地之间，时间绽放，活在当下，筑梦远航。作者以诗词的意蕴，回望生活的日日夜夜，为日常生活，沾上了古风高韵，滋润了平凡人生，变得雅致起来。基于作者有趣、优雅的生活所散发的艺术魅力，周围聚集了一群同道、师友，借助信息时代技术的进步，作者的诗词与朋友们的书画借助“互联网+”、自媒体得以飞跃传播。真是：“音画和谐，情思悠悠。谈笑风雅，书写春秋。”对着窗外明月高悬，让我们共同举杯，聆听天籁之音，享受雨露滋润。品味意境情趣，欣赏《雨霖词蕴》。

（序言作者周承英笔名成成，系远方出版社副社长）

目录

词

诗

现代诗

曲

信天游

词

忆江南·咏怀

花儿好，春雨笋一般。日出露珠红似火，风来花蕊玉如簪，能不爱花仙。

忆江南·春雨何时逢

忆江南，久别更情浓。翠柳丝垂花月夜，红烛光暗影成空，人在泪痕中。忆江南，相思更浓情。蝴蝶梦中长思月，凤楼人去漫东风，春雨何时逢。

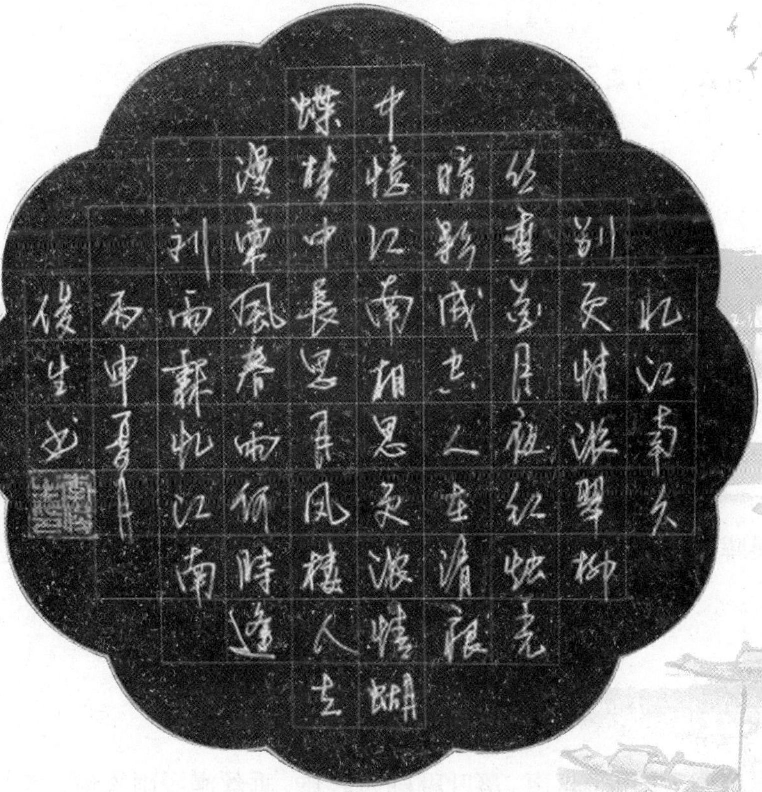

忆江南·团团月

团团月，江面早相约。明月桂花香未谢，清江莲叶色难绝，人好月相携。

忆江南·沙棘果

莫再言，好似沙棘果。圆圆枝头刺难舍，粒粒品来味不索，望尔已解渴。

忆江南·闻燕语

闻燕语，好似江南音。虽是隆冬敖汉中[①]，确有春燕飞影身，不信会是真。

【注释】

①敖汉：内蒙古赤峰市敖汉旗。

忆江南·朝与暮

朝与暮，长忆一幕幕。二月荷塘春社雾，九月苇丛秋草露，风月人相妒。

忆江南·晨晖好

晨晖好，彩凤绘天边。天上风雨常复返，人间情意更延绵，谁道不如天。

忆江南·秋雨

思燕燕，雨里又秋声。落叶翩翩风起舞，垂丝漫漫雨添情，多少意相倾。

忆江南·又如何

又如何！花开休去折。分明浊浪涛声多，不见彩云如流河，管他风雨合。又如何！人生多波折。面向大海胸怀阔，闲庭信步任凭说，管我怎么活。

忆江南·三更雨

三更雨，好似呜咽声。秋残雨冷风渐紧，吹落黄菊枝叶空，苍天何无情。

忆江南·江南月

江南月，何故照离别。泪落不止似江水，船行难继再相约，莫把心儿绝。

忆江南·遥相望

遥相望，长夜夜凄凉。月明不知心里事，只影空移眼前窗，留下一片霜。

忆江南·抬头望

抬头望，夜长长凄凉。月明不知心底事，银光空照眼前窗，空凝一片霜。

忆江南·莫寂寂

莫寂寂，识君忆添多，举手投足见情趣，花好月圆使心足，更多忠和愚。

忆江南[1]

春又归，人勤雁已回。[2]农夫催牛运粪肥，惊起田野野鸟飞，春雨正霏霏。

【注释】

①忆江南：词牌名。这是一首描写农村春忙的词。春天回来了，农夫开始忙春耕了，在往地里运送粪肥的时候惊起了地里的野鸟。天上正下着霏霏细雨，春天的气息是那样的浓。

②人勤：勤快的人。这句说：春天回来了，人也勤快了，大雁也回来了。

忆江南·蛇年除夕

江南好，彩云绘天边。天上风雨常复返，人间情意更绵延，谁道不如天？

忆江南·滕王阁

滕王阁，气宇最巍峨。明楼千载唯一序，佳语双联意独特，能不忆王勃。

忆江南·柳依依

心中忆，何需辨清晰。只见明月霜满地，不闻羌笛肠断曲，窗外柳依依。

忆江南·呼盟

并序：已丑年五月二十二日在牙克石游云龙山庄。“草连天，花无边；香迎面，水清甜。”有感作。

忆呼盟，最忆是草原。放眼望去草连天，回首摘来花色鲜，登山人成仙。

忆江南·诗词曲

诗词曲，凝练生妙句。抒怀写意若秋风，传情咏志似春雨，最是言情语。

忆江南·江南好（一）

江南好，梦里几回找。南国红豆相思鸟，北疆翠柳金丝枣，总被情牵绕。

忆江南·江南好（二）

江南好，总是情未了。细雨绵绵春不老，垂柳依依情意表，燕语心知晓。

忆江南·江南好（三）

江南好，湖光山色渺。竹篱雨润吴音巧，荷塘风吹幽香绕，总被阴晴恼。

忆江南·江南好（四）

江南好，春来雁又还。柳丝条条新嫩染，梅花朵朵香味燃，能不忆江南？

忆江南·相聚难

相聚难，心愿难表完，春风春燕到眼前。春雨春情倍增添，花好月又圆。

忆江南·江南莲

江南莲，细雨花最鲜。微风轻轻荡荷莲，月光静静照叶圆，鱼戏莲叶间。

忆江南·十五月

十五月，仰望见团银。几回梦魂牵君情，今宵期盼共抚琴，月照心上人。

忆江南·缫春蚕

缫春蚕，春蚕丝相连。千丝万丝抽不尽，情牵意牵动缠绵，萦系在心田。

忆江南·词一曲

词一曲，细听醉花阴。声声言是心中语，句句扣住侬之心，桃李正逢春。

忆江南·匆匆行

匆匆行，相待心可诚？大漠风光收眼底，草原深情不虚程，他日再相迎。

忆江南·及时雨

及时雨，云过方见晴。蓝蓝湖水映朝阳，双双鸳鸯芦中鸣，常思人间情。

忆江南·瑞雪天

瑞雪天，拱手拜新年。家庭和睦日子甜，工作顺心喜事添，财运似涌泉。

忆江南·黄花浓

黄花浓，村村歌舞声。酥油米酒香喷喷，亲友宾客到家门，开怀痛畅饮。

忆江南·三八节

遇佳节，轻轻道声好。中华儿女多人杰，神州巾帼逞英豪，生当为此骄。

忆江南·共思念

共思念，心中方感甜。千里常把心情表，相聚方知瞬息间，才知珍惜缘。

忆江南·爱大海

爱大海，更爱是汪洋。万里无边胸敞亮，一叶扁舟任自翔，生活最漂亮。

忆江南·浮云散

浮云散，花好月色圆。莫道陆游红酥手，常记陶潜桃花源，心静苦亦甘。

忆江南·月宫寒

明月皓，举头望南天，谪仙对饮成三人，东坡千里共婵娟，自古月宫寒。

忆江南·天池

忆天池，最忆阿尔山。碧水连天景入画，金花遍地人似仙，能不忆此间？

江南好·江南无处不红花

杨柳翠，处处景在枝。江南无处不红花，塞北满天飞雪迷，谁把春雨移。

望江南·添憔悴

添憔悴，滴尽胭脂泪。帆去帆来人不寐，潮起潮落水不退，此景与谁绘。

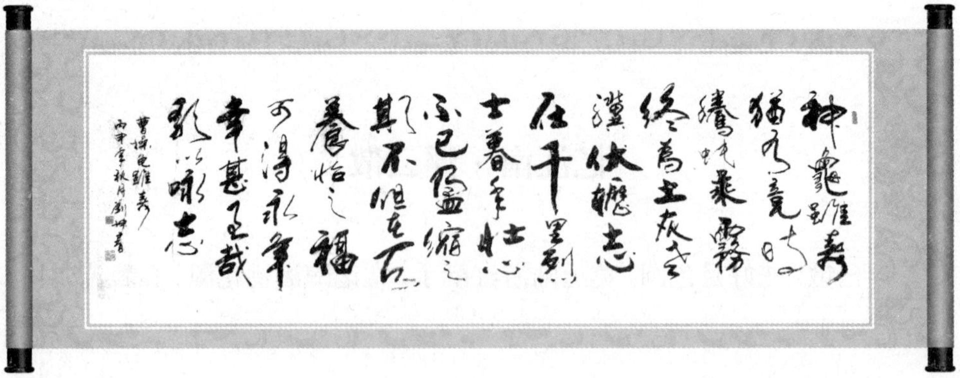

望江南·晨雨有怀

及时雨，虽少确适温。几日烦躁口生火，一时温润心降淋，天地助精神。

望江南·连天雨

连天雨，泣泣呜咽声。秋寒雨冷风渐紧，吹残黄菊枝叶容，苍天何无情。

望江南

长相忆，最忆是江南。春风拂面柳成行，荷塘月色鸳成双，不见人心伤。多少怨，只留在心上。无奈夜长人不寐，心中滋味苦难讲，何期得相望。

望江南·知春去

知春去，无力相阻拦。别语缠绵不成句，思春辗转夜难眠，双眸泪水含。知春去，窗前花被残。相约不易相聚短，别时容易见时难，春风几时还？

望江南·故乡

新雨后，草原更芬芳。赤橙黄绿青紫蓝，犬兔豕鼠牛马羊，那是吾故乡。

望江南·忆亲人

长相忆，最忆是亲人。一别春夏秋冬去，几回东西南北寻，何时见征人？

望江南·闲愁

心悠悠，依然门前柳。雨打风吹絮满头，叶落枝残时近秋。谁言是闲愁。

望江南·难奈

长相忆，最忆鹿城人。一刻不见心难静，半月未来忘其音。难耐思念心。

望江南·呜呜呜

呜呜呜，尔到痛处哭。簌簌玉树挂泪珠，滴滴血色衣襟污。让人心也酥。

望江南·美景

武汉行，莫忘老友情。游江品尝武昌鱼，登高揽胜望江亭。美景牵人心。

望江南·牵人情

宝鸡行，渭水长且清。法门日照光耀人，秦岭流霞竹林青。能不牵人情？

望江南·乱如麻

能为啥，教人好急煞。只因深情难出口，唯恐意境莫表达。心中乱如麻。

望江南·月儿圆

月儿圆，情极若汤煎。已知心底俱有愿，怎奈两处空丝悬。春残又一年。

望江南·谁不爱

谁不爱，燕子轻盈态。衔柳丝丝匆匆来，细语喃喃静静待。是情还是爱？

望江南·莫迟疑

莫迟疑，迟疑心欲悲。锦字并蒂连夜织，塞鸿长是到春归。春雨正霏霏。

望江南·平安夜

平安夜，赏月登高楼。同乡畅饮稻花香，异域为家无所忧。相聚在广州。

望江南·秋雨凄

秋雨凄，人去又几期。那时春风杨柳依，而今秋白霜雪丝。恨由心底驱。

望江南·心底

秋雨凄，回首又几期。别离春风杨柳依，归来秋色霜雪丝。恨由心底息。

望江南·天降雨

天降雨，滴落万千丝。只言江南春风好，不到塞北春雨稀。杨柳心期期。

望江南·酒醉

您真笨，听来心不碎。莫道江南花不谢，眼前塞北梨花贵。酒醉心不醉。

望江南·望新月

望新月，其状似玉钩。曲形未有团圆意，弯状却有连丝头。无端心生愁。

望江南·中秋

秋雨浓，月儿何样容？天若有情天自晴，月如无憾月亦明。别样中秋情。

梦江南

叶落尽，秦寒无鸟栖；柳河千里喘粗气，孤草萎缩睡霜底。雪花舞风起。

梦江南·侬去也

侬去也，侬去忆可多。柳前月下多细语，诗情画意不生疏。识伊心欢娱。

梦江南·溪边静静泛幽香

溪边静静泛幽香，梦里常常疑故乡。更怜兰花凝雨露，此心原来在南方。

忆闷令·对镜描眉匀画线

对镜描眉匀画线，心急恨迟晚。多情恐添新愁，唯恨君不敛。月底相逢花不见，能随人心愿？莫失信，江南如画，相期不会远。

忆仙姿·剪断难了心愿

剪断难了心愿，春蚕吐丝做茧。此丝难了尽，织成吴绫蜀绢。休剪，休剪，分明心血凝溅。

忆仙姿·人生风雨命里

人生风雨命里，答案尽知心底。世事多磨砺，只当风吹儿戏。莫虑，莫虑，江南有人相忆。

忆仙姿·昨夜零落春雨

昨夜零落春雨，点点滴在心底，自别江南后，面颊总是泪洗。应记，应记，双燕枝头细语。

忆仙姿·几回彩笺相送

几回彩笺相送，未见尺素回应。昨夜又东风，翠柳垂丝斜影。安静，安静，细听黄鹂歌咏。

忆仙姿·易安词语清秀

易安词语清秀，愁拗绿肥红瘦。浓情不肯归，孤独黄昏时候。知否，知否，应是知遇不右。

忆仙姿·月色光鲜明透

月色光鲜明透，寒雪梅花独秀。宴饮不肯归，正在浓兴时候。知否，知否，语到谢娘诗就。

忆仙姿·休剪

剪断难了心愿，春蚕吐丝做茧。此丝难了尽，织成吴绫蜀绢。休剪，休剪，分明心血凝溅。

忆仙姿·飞絮

雅淡浓俗心语，杨柳花间垂处。春色本凝心， 搅起一江烟雾。飞絮，飞絮， 不似朝云暮雨。

忆秦娥·闹春社

闹春社，万山染就丹青色。丹青色，柳丝扯扯，梅花朵朵。春风冷暖世情个，倚栏相盼雁飞过，雁飞过。三月才这，一任梦破。

忆秦娥·柳丝绿

柳丝绿，柳丝翠色层层密。层层密，春风雨染，色条如玉。折来送别阳关去，迢迢千里常相忆，常相忆，留恋相挽，哽咽无语。

忆秦娥·颜如洗

颜如洗，春花秋月空相忆。空相忆，往事多少，尽藏心底。良辰佳会诚难聚，遥水远山谁梳理，谁梳理。一生怀抱，为君萦系。

忆秦娥·无情趣

无情趣，只因江南多秋雨。多秋雨，春天往事，尽成陈迹。劝君休将栏杆倚，遥水运山长相忆，长相忆。无奈思量，潮退潮起。

忆秦娥·心寂寞

心寂寞，乍暖还寒东风恶。东风恶，雪花满地，泪珠零落。胭脂洗净双眉锁，樱桃红退不肯破，不肯破。何时春暖，满目疑惑。

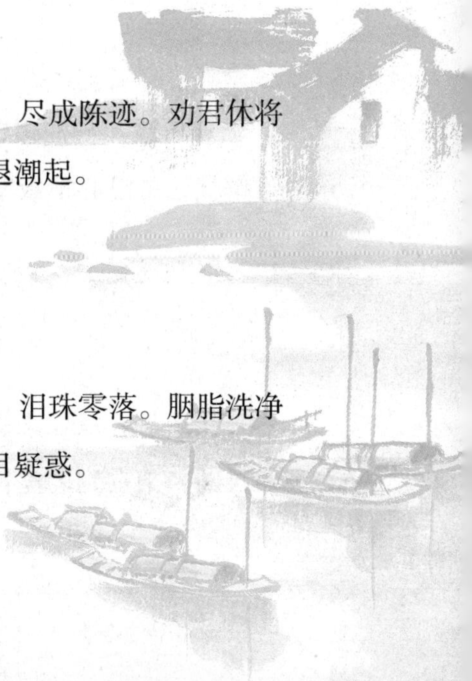

忆秦娥·布谷鸟

布谷鸟，枝头飞来声声叫。声声叫，不见哥哥，音信杳杳。有心春风送来早，染红桃花牵绿草，牵绿草。不见哥哥，心添烦恼。

忆秦娥·恨难耐

恨难耐，梦魂常欠征鸿债。征鸿债，泪如秋雨，风将季改。问君何故别新爱，郊游春梦依旧在，依旧在。难表心语，柳残花败。

忆秦娥·江南恋

江南恋，最恋江南花儿艳。花儿艳，春添姿色，百看不厌。独倚栏干都拍遍，江南江北心呼唤，心呼唤。转蓬踪迹，鬓角霜染。

忆秦娥·登高楼

登高楼，一种相思难消愁。难消愁，唯有黄河，无语东流。伫倚阑干谁解忧，更没心情寂寥收，寂寥收。一河春水，思恨悠悠。

忆秦娥·千般怨

千般怨，缫丝无续更添乱，更添乱。人间天上，良宵苦短。有心无力难扯断，桑蚕到老丝长绊，丝长绊。绵绵思远，青青河畔。

忆秦娥·颜如洗

颜如洗，春花秋月空相忆。空相忆，往事多少，尽藏心底。良辰佳会诚难聚，遥水远山谁梳理，谁梳理。一生怀抱，为君牵系。

忆王孙·雨后增寒秋渐老

雨后增寒秋渐老，花满地，菊谁扫。问君尺素几时来，雁飞尽，无相告。千里思量阳关道，春又秋，音信杳。衡雁只管一字去，却不管，人烦恼。

忆王孙·柳

休要启齿难为情，都在无语双眸中。心有灵犀一点通，意浓浓，月上柳梢春风迎。

忆王孙·一片心

心中诸事若飞云，久荡随风难守魂。雨雪纠结怨恨深，泪斑痕，不解刘郎一片心。

忆王孙·海棠

莫道树老皮又粗，海棠花开果似珠。幽香飘来此正熟，摘一株，甜在心里味不俗。

西江月·咏怀

都道天涯海角，谁解惆怅难熬。水天相接一线描，多少私情难了。雁去锦书杳杳，春来江水滔滔。春愁秋恨病难疗，怨海何时枯槁。

西江月·春去

总是匆匆风雨，又教处处别离。缫车引的千根丝，却难织就心绪。好梦枉随风絮，闲愁更添痴迷。桃园不见春踪迹，空余朝暮相忆。

西江月·晚秋风袭寒就

晚秋风袭寒就，枝头叶坠凄成。原来翠烟不再盈，随风飘飘无定。相见真如不见，秋情何似春情。纵然柳丝依旧垂，谁肯攀折不停。

西江月·莫求名誉高下

莫求名誉高下，不争利益发达。凭栏一笑望天涯，匆匆落花人踏。自古耕耘无价，岁月编织丰华。潇洒自在人家，管他世俗闲话。

西江月·人生本是草木

人生本是草木，四季转换皆无。不求丰华不求浮，铮铮铁汉硬骨。岁月使人醒悟，沧桑教人糊涂。羌管一支酒一壶，多少人人羡慕。

西江月·心中语　口难说

心中语　口难说，诗里意　心寄托。春花秋月暗消磨，总把柳丝闲扯。世上花开花落，人间酒清酒浊。虚名微利又如何，谁晓又将愁惹。

西江月·春风万物萌动

春风万物萌动，江河一夜贯通。阴阳相感有无中，月上柳梢垂影。黄莺树上唱咏，丹鹤水中歌鸣。若教心地湛然清，尊前莫滞诗兴。

西江月·读古诗咏怀

街上犬声不断，窗前鸡叫同鸣。晓云才散日平升，谁把忧愁唤醒。好梦枉随空幻，闲愁浓胜清风。日间把酒共思同，莫负灞陵相送。

【说明】

读《西江月·读古诗咏怀》，一幅美好的画面呈现眼前——

晨起，犬吠，鸡鸣遥相呼应，喧嚣声驱散了清晨的云雾，迎来了冉冉升起的太阳，预示着新的、美好的一天将要开始。随之也将引发愁思的烟云惊醒，使之盘旋往复、萦回环绕。

美好的愿望不情愿地沦为幻境，虚无空幻，如影如烟……

继而因无所事事应运而生的寂寞与忧愁淹没了愉悦的心情。

不由记得那日，喝着美酒，共欢笑，同畅谈，在浓浓的诗情画意中闲适自在地吟诗作赋。

诗一般的快意油然而生……

宋代诗人苏轼以《水调歌头》作词牌，用“……把酒问青天”来抒发自己的情怀。今有同辈“……把酒共思同”与之有异曲同工之妙啊！

最后，引用了“霸陵相送”来表达在众多同辈的祝福下挥毫泼墨、写诗作文，欲拿出更好的作品来回报读者厚爱。

春夏秋冬去又归，
音乐伴我乐相随，
心田仍绿春意闹，
窗外已是瑞雪飞。

西江月·点点楼台飘雪

点点楼台飘雪，重重枝头缀菊。雪芽双并风难趋，悠悠蕾中含绿。别梦已随流水，泪中犹自香余。新诗旧词元杂曲，字字皆是心语。

西江月·梅·玉姿自有仙容

玉姿自有仙容，绽吐敢迎寒风。纵有慕者探芳丛，回眸一笑俗浓。临寒自带傲情，焉能一般腥红。高清自在寒霜中，不与别花争同。

西江月·晓梦已随流水

晓梦已随流水，人生年华秋凉。与君相遇各添伤，鬓角眉尖雪降。醒来一场虚梦，明月多被云妨。自古多情若烛光，空结珠泪身上。

西江月·雪后胡杨春色

雪后胡杨春色，冰霜自有娇妍。看取景色赛江南，最是北国经典。可惜自然绝品，谁能与此尽欢。长亭短亭何时了，“的卢”飞去不返。

西江月·依旧胡杨本色

依旧胡杨本色，算算四十三年。东君晚来枝叶繁，依然香气扑面。不叹平平落落，更无悯悯怜怜。人间谁敢更争妍，看我谁能改变。

西江月·江南翠柳春雨

江南翠柳春雨，塞北胡杨秋风。江南塞北几千重，翠柳胡杨谁宠。几度春秋飞絮，杨柳依旧香浓。莫言万事转头空，风情自古佳颂。

西江月·每回忆来泪满

每回忆来泪满，别离聚散难欢。相隔千里见伊难，春去秋来何完。江南翠柳思恋，雁书鱼笺谁传。长亭短亭更不完，辗转反侧难眠。

西江月·皎月窗外描绘

皎月窗外描绘，酒清壶内影堆。落红无数愁上眉，莫怪伊人落泪。开口诗词韵味，挥毫正草魂飞。秋蝉声里透伤悲，年华东逝春水。

西江月·赏月咏成新句

赏月咏成新句，开樽细品秋菊。词赋吟来歌一曲，都是源自心语。金秋胜如春雨，银蟾赛过龙驹。水中月儿莫相拘，空生一腔愁绪。

西江月·八骏嘶兴凝聚

八骏嘶兴凝聚，三羊开泰即来。春归神州百花开，好运昭示新态。亿众赤心向党，万年虹锦梦裁。雨顺风调除腐霾，谁能不为喝彩。

西江月·九月金秋最好

九月金秋最好，一年银蟾更娇。人间团聚度此宵，幸福言语难表。风调雨顺新貌，花好月圆娇娆。国泰民安势涌潮，唯我神州欢笑。

西江月·提笔彩笺凝爱

提笔彩笺凝爱，抚琴丝弦抒怀。有谁共听心声来，情愿一醉失态。月影垂丝墙外，心怨泪水两腮。人生别离常徘徊，休积愁怨还债。

西江月·莺簧声里情浸

莺簧声里情浸，琵琶弦上知音。秋风秋雨亦同心，莫教寂愁遗恨。飞鸿捎去书信，灵鹊报来佳音。风情欢意共抚琴，杨柳春雨滋润。

西江月·昨夜已成碎梦

昨夜已成碎梦，今晨依然春秋。小窗烛前吟诗愁，心情字句似旧。杨柳苇溪侧畔，鸳鸯荷塘前头。世俗犹怨几时休，重理精神等候。

西江月·春风才剪细叶

春风才剪细叶，柳枝深处莺藏。细语可意更添香，眼前一派春光。杨柳今谁攀折，骚客诗句霓裳。劝君莫要再彷徨，何不登高远望。

西江月·杨柳垂丝燕影

杨柳垂丝燕影，桃花园里莺声。春风入梦月儿迎，化却床前久病。歌罢依明获宠，曲终自有深情。月亏月盈总匆匆，年华流水断送。

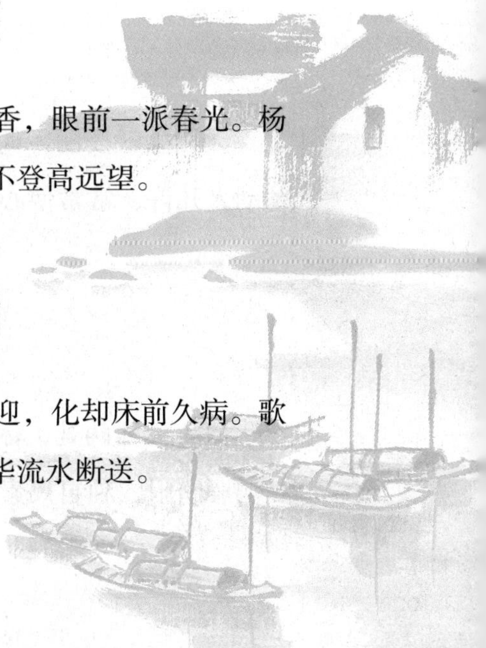

西江月·淡淡秋风泪浸

淡淡秋风泪浸，朦朦细雨湿淋。莫要为此苦劳心，人情薄似脂粉。心事短如春梦，年华弱似秋云。片时欢笑一时新，过后黄连自饮。

西江月·往事忆来更恋

往事忆来更恋，今朝回味越甜。莫怪人儿不近前，杨柳丝丝拂面。彩笺满纸心言，尺素尽是思念。不是不想与君攀，总教阴晴难辩。

西江月·尺素全全思念

往事忆来更恋，今朝回味越甜。莫怪奴家不近前，杨柳因风拂面。彩笺满满心言，尺素全全思念。不是不肯相折攀，秋雨阴晴难辩。

西江月·天然生就姿丽

天然生就姿丽，何需再涂胭脂。春风未吹本就迷，勾起多少回忆。楚楚动人几许，常常使心疑痴。几回梦里填新词，句句皆是心语。

西江月·何言天涯两处

何言天涯两处，休说海角一路。自是明月水相逐，依旧思念无数。两处鸿雁吩咐，独自尺素细读。莺愁蝶怨勤理梳，留得青春永驻。

西江月·梦里芙蓉并蒂

梦里芙蓉并蒂，心上桃花生机。春风杨柳万条丝，转瞬秋菊满地。风动杨柳丝细，雨过彩虹痕迹。世间好运转头移，原本一场游戏。

西江月·点点丝丝细雨

点点丝丝细雨，徐徐阵阵轻风。几天酷暑燥难平，幸得一丝闲静。草草花花红艳，枝枝叶叶青葱。手拈团扇绘心情，又是巫山新梦。

西江月·咏棋·黑白虽分二色

黑白虽分二色，清香自是春芽。明争暗斗相撕杀，只为楚汉天下。为了指间小利，却教百姓挣扎。虎踞龙盘负天涯，都是闲来佳话。

西江月·赏月诵成新句

赏月诵成新句，开樽细品秋菊。词赋吟来歌一曲，都是源自心语。金秋胜如春雨，银蟾赛过龙驹。水中月儿莫相拘，空生一腔愁绪。

西江月·咏雪·六角凌花新样

六角凌花新样，满天棉絮芬芳。夜来枝上换时装，谁把东君遗忘。艳雪鲜梅枝上，缓风流水情长。冷红嫩绿透骨香，更把青春向往。

西江月·咏霾

昨夜皑中白雪，今晨霾里灰尘。北风吹遍雾更深，谁把纱巾相混。远看阴山仙境，近瞧黑水蓬神。不闻世上最牵心，有意别情莫问。

【说明】

随着雾霾的大军压境，连日来有关“霾”的诗、词版本繁杂，层出不穷。

但，大多与“霾”同色彩——灰暗、低沉……读来虽欣赏作者文笔，可时而让人嬉笑，时而让人恐惧……

如《沁园春·霾》（作者　吴法天）：

北京风光，千里朦胧，
万里尘飘，望三环内外，
浓雾莽莽，
鸟巢上下，阴霾滔滔！
车舞长蛇，烟锁跑道，
欲上六环把车飙，
需晴日，将车身内外，尽心洗扫。
空气如此糟糕，
引无数美女戴口罩，
惜一罩掩面，白化妆了！
唯露双眼，难判风骚。
一代天骄，央视裤衩，
只见后座不见尘入肺，
有不要命者，还做早操。

诚然，霾，对人的健康伤害很大。但那是自然事物的客观存在。预防其侵入、侵害是必要的。

编些话逗逗乐也是人之常情。

如若过多的佐以灰蒙蒙的色彩，置大家的情绪以见霾而惶惶对健康反而不利。

而读此《西江月·咏霾》却有另一番情境展现眼前——咏：歌也。再配上粉色的代表着可爱、温馨、娇嫩、明快的朦胧图景则有另一番意义孕育其中。

夜——晨，一明一暗，暗对皑中白雪，明对霾里灰尘，好一个明暗对比。

把在寒冷的风吹拂下蔓延的尘雾巧作飘飘欲仙、如梦似幻的轻纱。明明是尘雾弥漫，昏黑暗淡，作者却予以仙境般的想象。

不是吗，远——阴山，近——黑水，放眼家乡，可以侵害世人康健的雾霾经过努力终会成就“人定胜天”的美誉（此处让我想起了“蓬莱八仙”的传说。）

然而，最牵动人心绪的是——人世间“雨落不上天，水覆难再收”，这蔓延无羁的“霾”转而还会造成什么危害呢？不得而知……

“不闻”“有意”“别请”“莫问”都有故事。

整篇让人深感作者面对铺天盖地的、深度蔓延的、对人类健康有危害的尘霾持乐天之态度。乐观向上，对生活充满了热爱，并渴望尘霾如“蓬莱八仙”肆虐之后尘埃落定，也许化危害为有益——多么美好的愿望啊！

西江月·韶光

几度风吹帘卷，金铃门前频摇。两樽浊酒上眉梢，三更响过未觉。信手拈来飞絮，寂寞闲愁谁表。最恨聚散太草草，多少韶光过了。

西江月·梦

人生浮梦谁觉，世俗冲动难清。天高谁解挽长绳，系住流年光景。须信缘分有定，非关眷恋无情。春夏秋冬季何穷，莫教虚度春梦。

西江月·难眠

每回忆来泪满，别离聚散谁欢。相隔千里见依难，春去秋复何完。江南翠柳思恋，雁书鱼笺谁传。长亭短亭更不完，辗转反侧难眠。

西江月·登高

春风才剪细叶，柳枝深处莺藏。细语可意更添香，眼前一派春光。杨柳今谁攀折，骚客诗句霓裳。劝君莫要再彷徨，何不登高远望？

西江月·年华流水断送

杨柳垂丝燕影，桃花园里莺声。春风入梦月儿迎，化却床前久病。歌罢依旧获宠，曲终自有深情。月亏月盈总匆匆，年华流水断送。

西江月·秋雨阴晴难辨

往事忆来更恋，今朝回味越甜。莫怪奴家不近前，杨柳因风拂面。彩笺满满心言，尺素件件思念。不是不肯相折攀，秋雨阴晴难辨。

西江月·江月

又是下弦江月，忆来当初清圆。好似琼浆味甘甜，勾起多少思恋。月色分明似雪，秋容更添姿颜。愿月常圆莫弯弯，寄托多少思念。

西江月·梅花三弄

雨频草色更兴，风劲花样难生。风雨若知会融通，何必春秋争宠。垂柳万条风中，落花一片草丛。蜂蝶殷勤蕊间争，焉懂梅花三弄。

西江月·清风翻过一页

酒无清浊琼液，月有阴晴圆缺。世俗难辨纯与洁，何必辜负心血。明月别枝惊鹊，花儿鲜艳惹蝶。长恨歌中离与别，清风翻过一页。

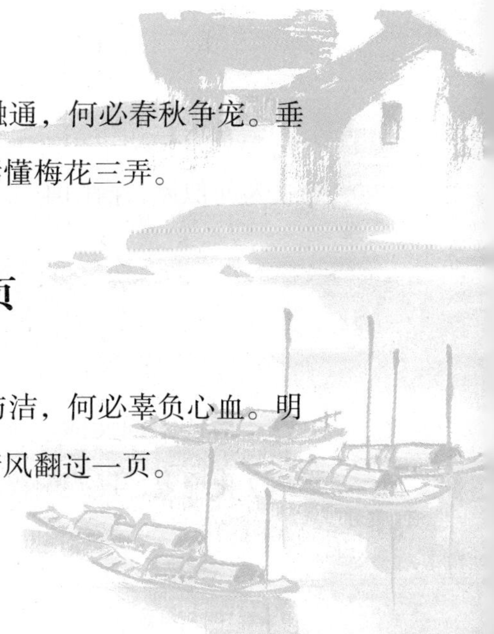

西江月·赞同

命里情缘天定，何教缠绵谋求。有意千里也相投，无情得了也休。春风桃花流水，秋雨菊蕊芳留。常言世上注风流，谁不赞同绝口。

西江月·无奈

草草五月过去，匆匆六月又来。空余闲月照窗台，谁把春意细采。江南又逢梅雨，塞北花才始开。多少相思萦心怀，风吹云散无奈。

西江月·泪水

夜色茫茫无际，天外层层空迷。海角天涯何时期，肠断江南双鲤。短梦常常惊起，长恨夜夜难息。痛饮狂歌话心思，泪水化作凄雨。

西江月·相倾

常道一顾生情，心底潮起难凝。夜长更漏声声缓，辗转挨到天明。别去匆匆似风，衡阳雁去几声。偶然知遇香满身，无遮无掩相倾。

西江月·学而习之

唐诗宋词元曲，李杜苏辛马关。走笔落字句惊魂，言尽世间辛酸。中华文化瑰宝，民族国粹精髓。抒情言志语意深，学而习之致敬。

西江月·春

春风万物萌动，江河一夜贯通。阴阳相感有无中，月上柳梢垂影。黄莺树上唱咏，丹鹤水中歌鸣。若教心地湛然清，樽前莫滞诗兴。

西江月·春光

总是试试探探，又教丝丝连连。有阴有晴风雨间，春水也拍江岸。浓淡静雅莫羡，冷暖深浅达观。无怨无悔言语篇，不负春光一片。

西江月·春去

总是试试探探，又教时时思念。电波助得人相伴，却难了却心愿。美梦枉驻夜晚，无奈更添空憾。春色不在人不堪，只留泪垂湿衫。

西江月·春忆

总是匆匆风雨，又教处处别离。缫车引得千根丝，却难织就心绪。好梦枉随风絮，闲愁更添痴迷。桃园不见春踪迹，空留回回相忆。

浣溪沙·白雪红梅枝头间

白雪红梅枝头间，黄沙黑夜小河边，他乡风景正冬寒。思君情处非暮日，爱尔才器两俱全，不知相会在何年。

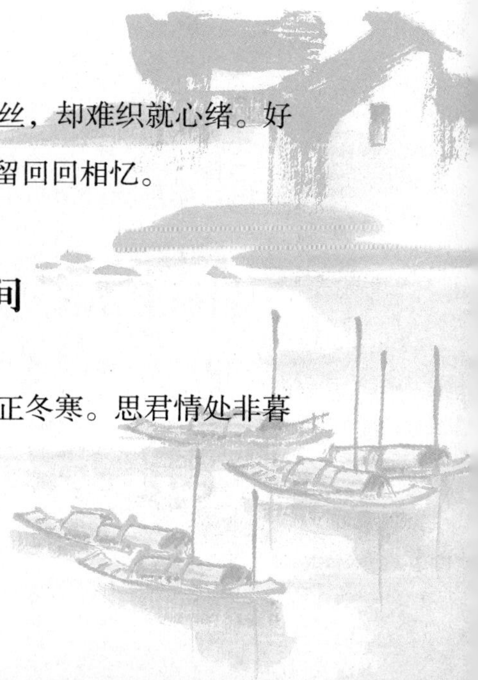

浣溪沙·偶然相遇妙难言

偶然相遇妙难言，别后梦中常自然，相逢原来是前缘。人间有味在眷念，好似清泉水涓涓，诗情歌咏意绵缠。

浣溪沙·雪后晚霞映天红

雪后晚霞映天红，枝头结晶玉玲珑，春风吹绿江南东。为君歌曲忆江南，酒痕泪痕和杯钟，人生惆怅别离中。

浣溪沙·问伊惆怅几多时

问伊惆怅几多时，问伊何必归来迟，问伊花季可有期。一年一度吐新叶，鸿雁飞来声声啼，春风杨柳丝依依。

浣溪沙·灵鹊窗前漫语多

灵鹊窗前漫语多，几渡飞来金笼捉，一怀愁绪何处说。河传[①]暗香[②]遍江南，最难倾诉情折磨，鸿雁不来休想活。

【注释】

①河传：词牌名。

②暗香：词牌名。

浣溪沙·水满池塘花满枝

水满池塘花满枝，燕咏春光人咏诗，情垂江南日垂西。柳叶渐长梦休短，蝉鸣声高莺语低，此怀深意为谁题。

浣溪沙·云想衣裳花想容

云想衣裳花想容，鸟慕森林鱼爱洪，江南翠柳春光浓。梦境情切意长咏，蜂觅香蕊蝶入丛，此时无情胜有情。

浣溪沙·画梁双燕语亲亲

画梁双燕语亲亲，闲把琵琶旧谱寻，江南此时春风好。杨柳垂丝雨轻轻，塞北眼下却沉吟，小笺香管寄春心。

浣溪沙·绮语新词句句香

绮语新词句句香，酒杯残液共流芳，动人情处漏声长。人不到时思自在，梦难全处更心伤，诵君绮语嗜琼浆。

浣溪沙·江南花繁春渐浓

江南花繁春渐浓，塞北风缓意相融，登楼遥望盼相逢。桃蹊杏佰相期久，长丝短弦趣乐同，好诗多味不言中。

浣溪沙·晓风吹来柳花香

晓风吹来柳花香，细叶垂丝映纱窗，红烛一夜空自伤。飞针一线就蛱蝶，抛梭千回现鸳鸯，断鸿沉鱼是檀郎。

浣溪沙·梦到江南梦难回

梦到江南梦难回，心在江南心不归，无言有泪企盼谁。杨柳伤心经岁月，桃李芬芳增光辉，昨夜衡雁双双飞。

浣溪沙·送尽残春柳叶疏

送尽残春柳叶疏，风前踪迹却相扶，问人春思意浓无。月见西楼词婉转，蝇头细字琴满书，眼前景色更何如。

浣溪沙·吟雨

好雨知时滴滴情，小风有趣阵阵迎，问人一去几时逢。梦里常恨泪湿枕，晓妆镜里鬓霜轻，风雨也知意重重。

浣溪沙·雨残风寒时近秋

雨残风寒时近秋，蝉切夜凉月更幽，不堪杨柳映高楼。我欲吹箫明月下，遥忆江南添白头，问君几时尺素邮。

浣溪沙·一片西飞一片东

一片西飞一片东，丝絮随风满天空，何时春来再相逢。油壁香车春草绿，栏杆倚遍日西红，荷花池暖鸳鸯中。

浣溪沙·何药能医心中悲

何药能医心中悲，为谁愁肠第九回，眼前秋雨正霏霏。红烛痴痴空落泪，黄菊夜夜秋风吹，衡雁几时带书归。

浣溪沙·纤纤杨柳细细身

纤纤杨柳细细身，春风拂面亦销魂，飞絮朦朦又伤神。聚少离多终成恨，春暖秋寒易生瘟，床前慢挑红烛芯。

浣溪沙·春到溪头杨柳芳

春到溪头杨柳芳，晓日晖晖玉露光，屋檐风动铃声长。词里春意情不浅，诗中愁恨意何伤，为伊消得鬓生霜。

浣溪沙·问君知否久断肠

问君知否久断肠，满城风雨倍添伤，夜夜梦里在故乡。雨过风吹金蕊放，佳人何时绣鸳鸯，莫教纷飞两茫茫。

浣溪沙·翠条千丝万缕柔

翠条千丝万缕柔，多情不解寄灞州，转瞬经年又春头。敛眉秋风期更久，和泪春雨欲添忧，丝丝烟缕织离愁。

浣溪沙·咏雪

大鹄梳绒细羽飞，小花开满桠枝垂，剪床绒被抵寒威。好似春风吹柳絮，恰如冬腊蕊添辉，盛年百姓喜生眉。

浣溪沙·雪后清心月影疏

雪后清心月影疏，梅枝和雪共相扶，几家春信饮屠苏。醉态只疑春吩咐，有情不语意踌躇，梦境莫教影只烛。

浣溪沙·喜爱梅花暗凝香

喜爱梅花暗凝香，朝来暮去常思量，雅淡浓芳不寻常。梅花岂管人消瘦，雪中只恁自芬芳，枉教骚客空断肠。

浣溪沙·一阵风雨一阵寒

一阵风雨一阵寒，秋来春去几时完，乱花飞絮叶枝残。多少阴晴不复在，空余日月相逢圆，谁填新曲忆江南。

浣溪沙·风吹芙蓉画舫闲

风吹芙蓉画舫闲，凉随秋色到人间，日长独自倚栏干。江南是好谁与看，陇西此去心更寒，休借月光照苍颜。

浣溪沙·欲醉江南兴未休

欲醉江南兴未休，醉卧江南话千愁，常忆江南那双眸。对酒情怀人频梦，思人天意鬓近秋，几时燕子江南楼。

浣溪沙·心里分明人团团

心里分明人团团，脸上无非泪斑斑，缫丝长短为那番。水中明月心知远，镜里花容谁可怜，见时不易近更难。

浣溪沙·花样风流柳样娇

花样风流柳样娇，人在高楼月在梢，相约不至恨难消。风动垂柳影零乱，泪浸脸颊胭脂膏，梦随蝴蝶过东郊。

浣溪沙·雪絮纷纷春昼长

雪絮纷纷春昼长，花儿重重正芬芳，赏灯归寓意尤狂。去年花市灯依旧，万盏灿灿迷晓光，无缘相见泪湿裳。

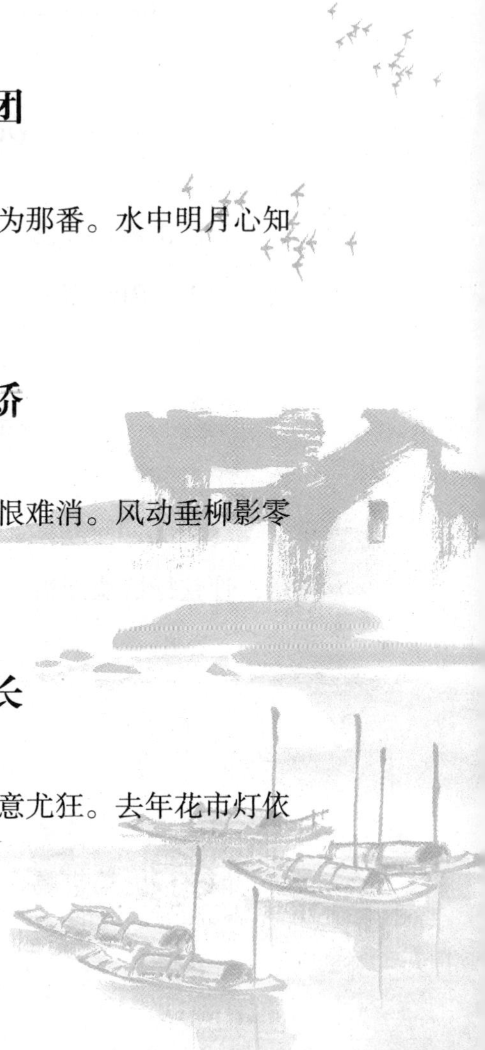

浣溪沙·春思·春风徐徐染翠微

春风徐徐染翠微，衡雁依依动思归，江南陇西第几回。聚散有时思春雨，留连无计恋日晖，何时不再叶露垂。

浣溪沙·同学聚会咏·一曲山歌意动迷

一曲山歌意动迷，林疏人欢月明时，相聚固阳话秋菊。四十年里相问少，一声怨恨沟通迟，如今举杯知珍惜。

浣溪沙·细雨声声恨晚晴

细雨声声恨晚晴，柳丝垂处叶深情，雁鸿翻去动凄声。十五月明何处见，满天云雨泣声中，莫非思意雾相同。

浣溪沙·这里填词盼归期

这里填词盼归期，那边裁诗话情思，东君飞燕确迟迟。笔墨寄情深有意，管弦抒情淡无惜，雪花谁遣絮习习。

浣溪沙·灵鹊

灵鹊窗前漫语多，几度飞来金笼捉，一怀愁绪何处说。人传诗句遍江南，最难倾诉情折磨，鸿雁快来救我活。

浣溪沙·惆怅

雪后朝霞映天红，枝头冰晶玉玲珑，春风吹绿江南东。为君歌曲忆江南，酒痕泪痕和杯盅，人生惆怅别离中。

浣溪沙·月照江边

夜游蒲江人却无，空余愿望意难如，几时月照江边奴。无可奈何拭泪去，有意难将垂柳梳，心恨世间多庸俗。

浣溪沙·妙难言

偶然相遇妙难言，别后梦中常自然，相逢原来是前缘。人间有情在眷恋，好似清泉水涓涓，诗情画意总缠绵。

浣溪沙·春渐浓

江南花繁春渐浓，塞北风缓意融融，登楼遥望盼相逢。桃蹊杏陌相期久，长丝短弦趣味同，好诗尽在不言中。

浣溪沙·深意

水满池塘花满枝，燕咏春光人咏诗，情垂江南日垂西。柳叶修长梦休短，蝉鸣声高莺语低，此怀深意为谁题？

浣溪沙·风吹芙蓉

风吹芙蓉画舟闲，凉随秋色到人间，日长独自倚栏杆。雨去云飞心更寒，休借月光照苍颜，江南是好谁与看。

浣溪沙·芍药

碧柳丝丝随风摆，白雪茫茫惹人爱。飘来飘去踪不定，忽左忽右实难奈。眼前芍药溢光彩，清香清甜真想采。

浣溪沙·七夕

夜夜思君入梦难，明明月光映心寒。滔滔银河相隔阻，谁人肯来渡船摆？在水一方相企盼，愁肠可断情难断。

浣溪沙·双燕

匆匆飞来林枝间，淡淡溢出幽香甜。喃喃细语似管弦，丝丝相牵一树烟。绵绵情意伴愁眠，心心相印更无言。

浣溪沙·秋雨

秋晓细雨声不停，雨珠合叶意凋零，此时心境谁知冷。分明秋雨寒意浓，燕子飞去倍秋风，几人知晓心最疼？

浣溪沙·更何如

送尽残春柳叶疏，风前踪迹却相扶，问人春思意浓无。月见西楼词婉转，蝇头细字琴满书，眼前景色更何如？

菩萨蛮

浮利虚名有何用，蜗角蝇头劳生梦。无穷愁和忧，盈余春水沤。两轮伴朝暮，一生未醒悟。匆匆不肯休，日日痴营求。

菩萨蛮·杳杳相期心难了·回文

杳杳相期心难了，了难心期相杳杳。长水春南江，江南春水长。惘怅忧愁况，况愁忧怅惘。茫茫雨情伤，伤情雨茫茫。

菩萨蛮·柳梢初挂弯弯月

柳梢初挂弯弯月，银光始照片片雪。江南魂梦东，塞北牵绕中。红烛常垂泪，银弦多新水。莫道不相思，何故鬓添丝。

菩萨蛮·改韵·江南翠柳翠南江

江南翠柳翠南江，香花开满开花香。江南情南江，双燕依燕双。相思弄琴弄思相，肠断别离别断肠。伤感人感伤，乡思月思乡。

菩萨蛮·珠帘未卷牡丹秀

珠帘未卷牡丹秀，蟾蜍未出烛光诱。才见尔双眸，牡丹也知羞。月上柳梢后，方知烛色丑。愿到江南游，江南人最柔。

菩萨蛮·为伊相思长落泪

为伊相思长落泪，为卿拨断琵琶味。常思魂梦中，醒来恨难逢。窗前花烛泪，洒向江河水。人儿各西东，何时再闻莺。

菩萨蛮·窗外阵阵寒风雨

窗外阵阵寒风雨，衡雁声声相思语。云间绕千回，梦中心恨谁。去也不能去，聚又难成聚。无奈秋雨催，唯有泪空垂。

菩萨蛮·雨过云散日破笑

雨过云散日破笑，草绿花红鸟鸣叫。晓来兴致高，无绪烦恼抛。杨柳颜色好，刘郎人不老。相思人儿娇，心事永难消。

菩萨蛮·多情自古心难解

多情自古心难解，为谁伤情泪成血。一声相离别，三唱阳关叠。聚散匆匆夜，留恋融融月。莫教逢佳节，使人泪不绝。

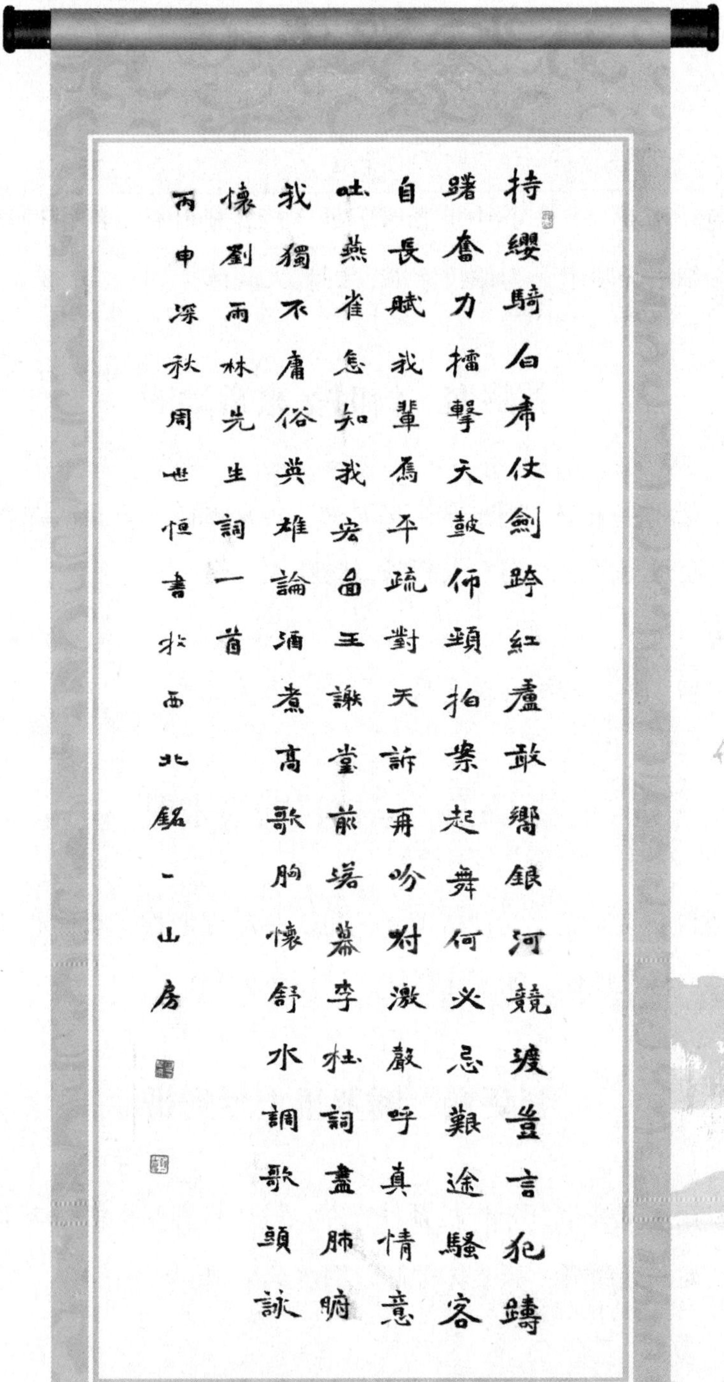
持纓騎白鹿仗劍跨紅盧敢嚮銀河競渡豈言犯鑄
躇奮力擂擊天鼓佈頸拍案起舞何必忌艱途騷客
自長賦我輩為平疏對天許再吟对激歡呼真情意
吐燕雀怎知我宏圖王謝堂前語慕李杜詞盡肺腑
我獨不庸俗與雄論酒煮高歌胸懷舒水調歌頭詠
懷劉雨林先生詞一首
丙申深秋周世恆書於西北銘一山房

菩萨蛮·暮色秋雨新凉入

暮色秋雨新凉入，心中掂念雁归处。杨花柳叶枯，纸窗透红烛。请把雁留住，细语轻吩咐。为依尺素书，好教人儿读。

菩萨蛮·悔时忆来常垂泪

悔时忆来常垂泪，泪垂常来忆时悔。池深藏游鱼，鱼游藏深池。小雪至天晓，晓天至雪小。伤心人断肠，肠断人心伤。

【注释】

双句回文体，四次转韵仄仄，平平，仄仄，平平。

菩萨蛮·高楼目断飞来翼

高楼目断飞来翼，为何依旧无消息。愁绪促眉端，难使心儿宽。嗔人归不早，空将人烦恼。朝暮凭栏杆，谁知心里寒。

菩萨蛮·绣罗裙上鸳鸯带

绣罗裙上鸳鸯带，年年长系青春在。桃李竞春开，柳丝牵引怀。长恨心难奈，如潮起澎湃。燕子休徘徊，泪水莫染腮。

菩萨蛮·桃红杏白凝晓露

桃红杏白凝晓露，独占风光三月处。白似玉人肤，红若樱桃涂。青春使人慕，赢得相思赋。心思莫踌躇，不见金鹧鸪。

菩萨蛮·无语·变格

填词本意释心诵，每字粘来动真咏。唯恐梦魂惊，辗转天不明。窗外恰秋影，相思泪难控。银烛照残英，愁从两鬓生。

菩萨蛮·琼浆相伴清歌咏

琼浆相伴清歌咏，人生离合恍若梦。瞬息冬又归，回头光景非。虽然春风暖，愁长欢意短。莫道鬓结霜，白发一尺长。

菩萨蛮·江南末雪梅花红

梅花末雪江南艳，常忆梅花江南面。悠悠江南红，淡淡江南中。最忆江南梦，常把江南颂，喜听江南声，更惜江南情。

菩萨蛮·小园红花春无际

小园红花春无际，踏青欲抒心间意。莺啼使人迷，风吹动柳丝。苦心难成句，凄声又添忆。问春何相依，叶叶同叹息。

菩萨蛮·红烛有意多垂泪

红烛有意多垂泪，翠柳无情少献媚。春夏秋冬情，梅兰竹菊浓。潮起潮复返，君聚君别晚。昨夜此樽空，明日与君同。

菩萨蛮·看似甘露饮确苦

看似甘露饮确苦，分明春风起寒露。眼前一线天，春光两处牵。心愿春留住，春去疑无路。杨柳垂线缠，犹恐恨难瞒。

菩萨蛮·美人家在江南住

美人家在江南住，绿叶红花香满路。翠柳上遮身，玉体半掩门。含情双眸里，示意无不喜。心事若能知，教人不惋惜。

菩萨蛮·雪花

几杯暖酒御风寒，数片寒雪落窗前。雪花最有情，浓醉不愿醒。相思成痴迷，归期未有期。新泪红烛添，旧心白雪怜。

菩萨蛮·从此终

我知人贵情谊重，不敢轻易将心动。除非太阳从西出，天塌地陷一笼统。日头不再红，高山被水冲。炎夏成隆冬，才敢与君从此终。

菩萨蛮·肠断人心伤

（双句回文体，四次转韵）

悔时忆来常垂泪，泪垂常来忆时悔。池深藏游鱼，鱼游藏深池。小雪至天晓，晓天至雪小。伤心人断肠，肠断人心伤。

菩萨蛮·白发一尺长

琼浆相伴清歌咏，人生离合恍若梦。瞬息冬又归，回头光景非。虽然春风暖，愁长欢意短。莫道鬓结霜，白发一尺长。

菩萨蛮·咏春

桃红杏白凝晓露，独占风光三月处。白似玉人肤，红若朱唇涂。青春使人慕，赢得相思赋。心思莫踌躇，不见金鹧鸪。

虞美人·咏怀

春风细雨花儿好，朵朵争妍巧。蕊中浸雨恋枝条，更把怨情烦扰，一团糟。芳心荡漾谁知晓，漏断声声小。夜来难寐又通宵，不见断肠多少，把心操。

虞美人·长忆江南人最美

长忆江南人最美，唯恨遥千里。驿使能得几回来，美酒将人醉倒，梦徘徊。新月弯弯柳梢上，江南谁在唱。盼得东君早归时，双燕翻飞翠柳，风依依。

虞美人·垂柳乱丝絮若雪

垂柳乱丝絮若雪，杨花香不谢。小雨如酥润纤枝，常把东君留住，与同居。好在月下花前醉，手把江南绘。此情能有几人知，君若不到江南，太可惜。

虞美人·梦牵魂绕实难了

梦牵魂绕实难了，此情谁知晓。江南昨夜又东风，塞北今晨还在，雪花中。一江相隔天地改，情意应犹在。劝君莫借酒消愁，愁似江水夜夜，向东流。

虞美人·塞北也似江南锦

塞北也似江南锦，雪后知春近。 虽是梨花香传迟，确也一夜开遍，万树枝。粉蝶合知心应妒，飞落花蕊住。不似江南春意深，却也寒霜老尽，嗅新春。

虞美人·青城西望尘如雾

青城西望尘如雾，不见旗帆处。黄河弯弯九曲头，唯有柳絮无数，伴忧愁。鸿雁飞来书不见，莫非人疏远。欲将满怀情意邮，怎奈黄河之水，不西流。

虞美人·冬梅虽然孤艳早

冬梅虽然孤艳早，争待春光好。雪花飞尽草蒙时，婀娜枝头才见，细腰肢。玉容消得郎心爱，为何双鬓改。风光小梅多丽姿，向晚一钩新月，照相知。

虞美人·小溪清浅映芳草

小溪清浅映芳草，枝上青梅小。此时遍地粉花开，似向卿卿幽艳，暗香来。楚王幽梦巫山爱，梅子今何在。柳垂细叶伴风声，天上一钩新月，最知情。

虞美人·长夜独守寒风吼

长夜独守寒风吼，霜色消残酒。问君梦里还思乡，回首往事遗恨，误刘郎。情知三秋难相见，尺素无一件。多少怨恨暗蹙眉，泪水连连被浸，知为谁？

虞美人·江南心愿何时了

江南心愿何时了，登楼群山小。昨夜雨雪夹杂中，心疑此时焉能，是春风。灞陵别时柳犹在，相思容颜改。明年珠屐赏春丛，再摘琼花一朵，慰思情。

虞美人·休休莫莫错错错

休休莫莫错错错，闲把相思惹。江南春色柳丝裁，塞北风寒满眼，皆雾霾。记着不如浑忘却，泪染衫红色。春暖桃红为谁开，枝枝叶叶寄思，莫轻摘？

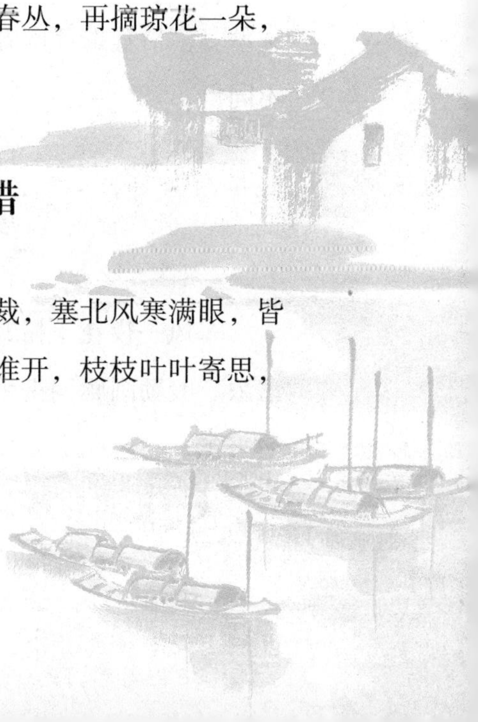

虞美人·莫言江南红豆少

莫言江南红豆少，寻常最能找。杨柳垂丝烟雨间，双双燕子翻飞，在眼前。多情为谁更添忆，长门深难语。杜鹃啼血湘竹痕，声声牵来原是，两愁人。

虞美人·天涯咫尺难了断

天涯咫尺难了断，添情又添怨。总是夜长难入眠，铜壶滴声怎奈，泪连连。水中涟漪不能剪，影动更添乱。帘外新月何时圆，唯有夜深梦里，照那边。

虞美人·红豆原自江南果

红豆原自江南果，青为江南破。江南水中多清波，不见江南苇里，鸳鸯歌。多情鸳鸯江南客，总被江南惑。心系江南团团荷，却恼月色江南，不同得。

虞美人·东风一夜花千树

东风一夜花千树，杨柳随风舞。燕子来时细语声，画梁依依深情，粤语浓。殷勤画廊同携手，更尽怀中酒。一声清唱音韵甜，多情诗词泉涌，似当年。

虞美人·数阵雷声风雨啸

数阵雷声风雨啸，人在天涯角。无奈客愁五更寒，老来情怀能有，几人还。茂林修竹山阴道，欲求何时到。半天烟雾尚连空，应有海裳犹忆，与君同。

虞美人·雨后初晴花谢了

雨后初晴花谢了，凭栏愁更恼。秋风渐近催叶声，娇啭黄鹂不见，雁南征。草色添黄露犹在，好似泪满腮。问君能分浊与清，寒从心底升起，几层层。

虞美人·雪

六角翩翩舞姿好，最属梅妍巧。松竹杨柳换新妆，桃花杏蕊香并，燕双双。映竹幽姿春有趣，小亭相依处。眼前纷纷梨花繁，何不吟唱新词，将心漫。

虞美人·春色

不知此刻又何样？心底若翻浪。雪消风暖梅花红，叶叶含青尽在，不言中。杨柳垂处丝难辨，细叶谁裁剪。春水一江向东流，载尽多少春色，更温柔。

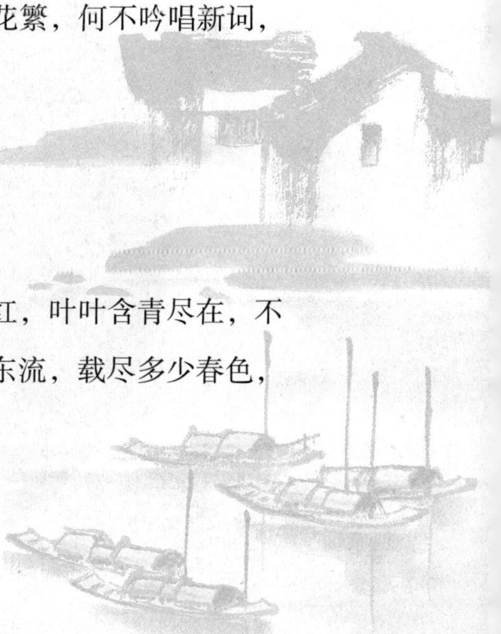

虞美人·正月愁绪何时了

正月愁绪何时了，往事知多少。窗外飞雪伴寒风，夜夜辗转尽在，不言中。牙床红帐应犹在，只是人儿改。劝君莫要闲忧愁，平日常忆那时，在西楼。

虞美人·赏芍

芍花园里东风细，花色真甜蜜！伫立细嗅沁心香，簇簇娇娆满目，好春光。此时柳叶遮阴处，触景人心慕。风流芍药可怜生，长与柳枝桃叶，共青青。

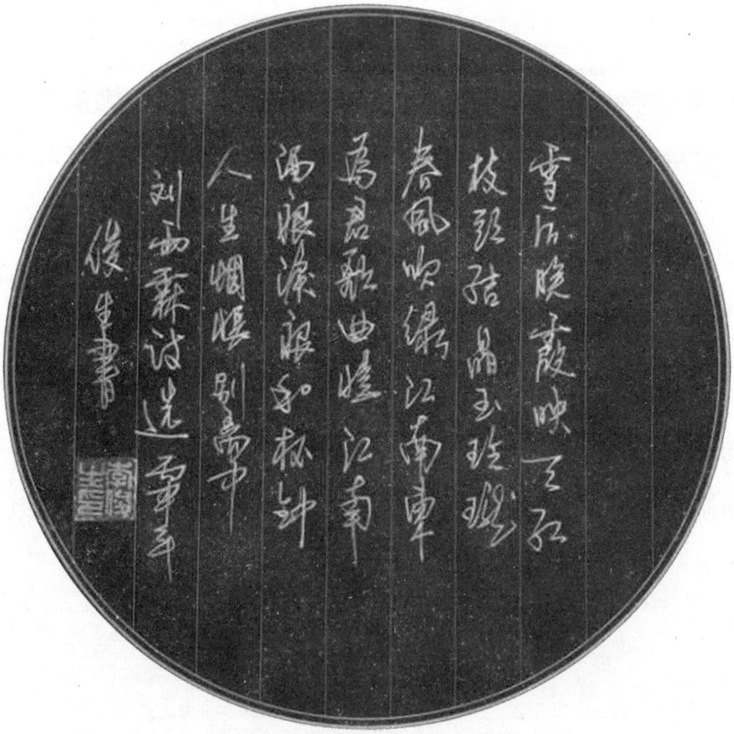

虞美人·泪水含

芍药园里东风细，花儿芯甜蜜！伫立细嗅沁心香，但觉情神气爽，好春光。五月杨柳垂阴处，风景使人慕。还记相别杨柳攀，如今忆来满眼，泪水含。

虞美人·去年芒种初相见

去年芒种初相见，树上双飞燕。今年芒种柳枝摘，一丝相牵默许，早归来。树上紫燕呢喃语，句句相思意。东君无意管闲愁，人道多情相忆，似水流。

虞美人·长亭短亭连天远

长亭短亭连天远，不见伊人面。斑斑小雨阴无晴，又闻孤鸿哀怨，不住鸣。别恨经年无重见，梦把相思染。杨柳垂丝风织愁，一任落花飞絮，水悠悠。

虞美人·不伤心

谁捎衡雁江南信？叶落寒风劲。眼前蓓蕾日迟迟，不道几时开遍，向南枝。水光潋滟鸳鸯妒，劝将春留住。况生心愿似海深，纵使难同歌咏，不伤心。

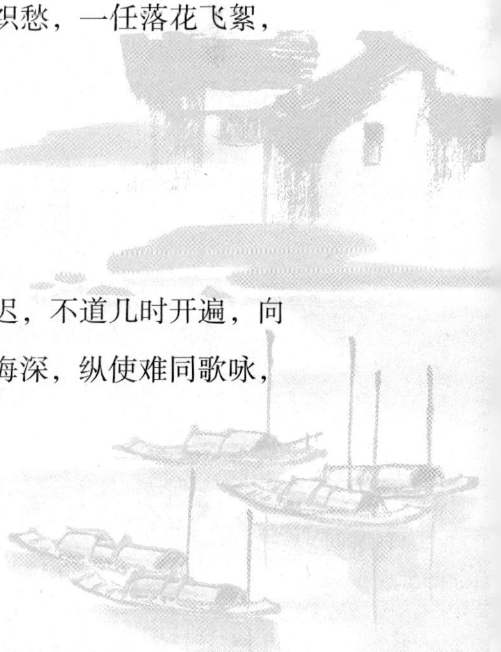

虞美人·去年同醉菊花下

去年同醉菊花下，采采香盈把。今年仍复对菊花，独自镜前霜鬓，近酒家。多愁多怨多杯意，总被侬抛弃。今年花好为谁开，欲谋一技无处，不敢猜。

虞美人·才过秋分两频浸

才过秋分两频浸，更添黄花锦。分明是泪喜湿襟，何言秋水无意，却温心。衡雁飞来传书信，千般好时运。喜收欢泪长堤奔，更看嫦娥圆月，舞罗裙。

虞美人·画梁燕子一对对

画梁燕子一对对，细语啼人醉。眼前风雨莫堪忧，谁不与尔同梦，春与秋。休言海角天涯住，或在咫尺处。只需回味那双眸，始知碧天如水，月色柔。

虞美人·三八节·祝女同胞快乐

才驱三月花枝染，朵朵吹开眼。自从阳律几番新，又把当空新月，勾人心。个中真有天然色，尽把衣儿扯。一片风韵动娇容，细雨浸滋倩影，好春风。

虞美人·旧时红

十年花底承朝露，看到江南树。洛阳城里又东风，未必桃花得似，旧时红。胭脂睡起春才好，应恨人空老。心情虽在只吟诗，白发刘郎辜负，可怜时。

虞美人·夜夜向东流

梦牵魂绕实难了，此情谁知晓。江南昨夜又东风，塞北今晨依旧，雪花中。一江相隔天地改，情意应犹在。劝君莫借酒销愁，愁似江水夜夜，向东流。

虞美人·闹元宵

一年一度闹元宵，爆竹声声高。家家门前红灯挂，细品汤圆个个，香味浓。春风扑面百花开，美酒更开怀。君看今日我神州，恰遇虎虎生威[①]，数风流。

【注释】

①此诗作于虎年元宵夜。

虞美人·何时了

北风雪花何时了，往事知多少？初始情意多春风，处处投缘月明，相思中。旧时人儿应犹在，只是心儿改。问君悔时可曾愁？恰似寒风刺骨，霜染头。

虞美人·记心头

皎月中天花千树，灯影倚玉户。元夜昂首望长空，满天星斗闪耀，颗颗明。一年一度佳节临，醉了多少人。爆竹声里再回首，多少欢语涓涓，记心头。

虞美人·零落了

秋雨淅淅不愿停，风动杨柳情。燕子依然枝上在，细语喃喃，实实惹人爱。旧时记忆虽然好，片片零落了。欲将心情赋新诗，唯恐勾起多少，断肠辞。

虞美人·燕子

去年燕子枝头上，歌声多欢畅。今年燕子细雨中，杨柳依依，丝丝和春风。此时燕子何处在，飞雪遮村寨。秋冬风雪易生愁，何时飞来，胜过往时柔。

虞美人·太匆匆

总是徘徊风不定，难解秋容性。一行衡雁破寒空，断肠声声千里，月明中。相思重把朱弦动，迭鼓凝笳影。倚栏细将秋蝉听，人生回味如梦，太匆匆。

虞美人·意浓浓

一曲清商阳关路，惨淡秋云暮。一字衡雁破寒空，断肠碧云千里，恨重重。朱弦重理梅花弄，无奈谁人懂？有情无情细细听，原来人儿相思，意浓浓。

虞美人·泪水流

春夏秋冬何时了，尺素知多少？昨夜处暑又西风，独叹嫦娥久住，广寒宫。荷塘垂柳依然在，何尝寂静改。鬓里生花添新愁，回首往事件件，泪水流。

江城子·咏知音

梦中别后再难寻，怨纷纷，泪淋淋。恨愁流易，何处觅其魂。露冷月残人未起，牵不住，莫愁心。画楼帘幕卷初春，旧时痕，燕了新。笑问东君，何日再抚琴。载酒满斟叨往事，情不尽，谢知音。

江城子·风剪杨柳枝叶残

风剪杨柳枝叶残，雨后寒，花落完。帘卷黄昏，心牵在阳关。怀抱琵琶寻旧曲，人去也，泪潸潸。琴丝拨断分两端，谁续弦，曲何联。月照帘拢，只影苦难眠。一钩淡月望江南，愁满眼，更无言。

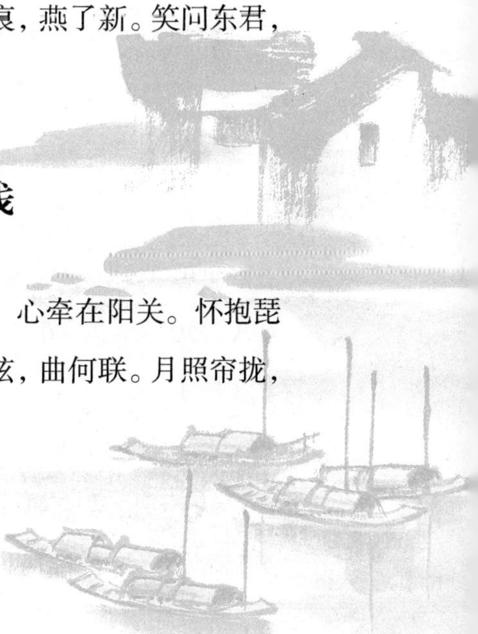

江城子

桃花开处春色红，香更浓，味更重。柳丝垂地，青青眸子中。燕子飞来又飞去，娇语声，在心中。

为劳动监察战线同志歌咏填词·江城子·咏怀

人间谁问是英雄，不求名，自分明。为民服务，宗旨在公平。社会和谐来贡献，心再苦，乐其中。监察队伍是春风，为工农，动真情。维权保障，敢把不公鸣。百姓幸福咱喜悦，言境界，最光荣。

江神子·鹧鸪声里别江南

鹧鸪声里别江南，心中烦，夕阳残。长亭短亭，无语泪涟涟。问君离恨几多长，天地知，怎相瞒。李白桃红味甜甜，在人间，桃花源。多少朝暮，总把心儿牵。劝君休把侬家恨，道旁柳，莫相攀。

江神子·路迢迢①

别时细柳碧条条，话别处，在灞桥②。春夏秋冬③夜夜梦难消，可知否人儿心焦。玉关④外，路迢迢。

【注释】

①读唐诗有感，作《江神子》。该词主要描写了一对相爱之人别离后，妻子思念丈夫的心情。丈夫远出玉门关，分手时正值春天，暖意融融，万千细柳，折柳话别。一去数载，全无音信。心中惦念，面容憔悴，人亦

消瘦。玉门关外，路途遥遥，思念悠悠。

②灞桥：在现在陕西省西安市东面，附近有一座灞桥（架在灞水上），桥边柳树很多。唐朝京城长安（西安市）的人们送别到这里，折下柳枝，表示惜别的情意。

③春夏秋冬：泛指分别已经好多年了。

④玉关：玉门关，今甘肃省敦煌县西。

江梅引·秋风才把柳丝伤

秋风才把柳丝伤。谁承想，叶枯黄，常教人儿，心里恻隐慌。怎把春风驱双桨？竞风浪，逐山岗，送远香。来便来去去又伤，到头来，鬓雪霜。萦萦泪水，醉朝暮，件件难当。水中浮萍，来去又何妨。万事千回对谁诉，梦思断，怨难平，泪水长。

蝶恋花·咏怀·风静垂丝花朵暖

风静垂丝花朵暖。处处娇红，得见春深浅。垂柳叶轻青色染，高楼檐角红霞挽。紫燕环飞声遍遍。一处芳心，花被春风绾。欲嗅蕊儿香不减，牛郎可恼归来晚。

蝶恋花·咏怀·无意惹伊心烦恼

无意惹伊心烦恼。心爱花繁，却被风吹了。柳叶弯弯谁相貌，心中思念怎会少。千里牵挂何草草。杨柳风轻，春雨滋润饱。为伊苦心珍重好，雨花飞溅人不老。

蝶恋花·雪·咏怀

飞雪随风飘散后。落絮轻盈，更把新春斗。海角玉花晶色绣，天涯银裹丝织就。莫道晓梅红绽透。谁把春风，又送家门口。往日渭城君劝酒，今昔雨雪人消瘦。

蝶恋花·何需劝酒阳关路

吐尽蚕丝层莫数。不系春光，却把愁关住。柳叶山川云造雾，谁将往事和人诉。把酒伤情思忆处。月色风清，记个经年否。若道人情天不助，何需劝酒阳关路。

蝶恋花·梦里高唐平明雾

梦里高唐平明雾。空忆兰台，心语谁人诉。春雨残云折又复，古来离合多无数。咫尺黄河千里路。流水茫茫，恰似相如赋。细将彩笺书缕缕，几时雁飞到伊处。

蝶恋花·谁解惆怅心中意

谁解惆怅心中意。垂柳千行，叶叶风吹地。从前虚度春光季，此时梅蕊透香气。醉别侬家醒还忆，秋风春雨，聚散太轻易。红烛垂泪凝难洗，夜寒更长添孤寂。

蝶恋花·自古江南绝佳地

自古江南绝佳地。月明如镜，照见景妍丽。青山碧水人寂寂，粉蝶黄莺雨细细。西边落雨东边日。彩虹高挂，总把晴牵系。愿君常把江南忆，江南花好人似玉。

蝶恋花·雪花飘飘人寂寂

雪花飘飘人寂寂。枝上花蕾，点点含冰玉。游子匆匆来又去，牵挂时时断如续。咫尺江山难相聚。梦断魂消，常把江南忆。泪眼问梅梅不语，人间深意轻难许。

蝶恋花·窗外飞雪窗内语

窗外飞雪窗内语。不恨雪飞，唯怨添愁绪。多谢风寒人未去，心中只恐晴日举。寸寸离肠休言取。千回叮咛，又能向谁叙。但得此身化烟雨，伴君迢迢至西域。

蝶恋花·雪后方知江南暖

雪后方知江南暖。杨柳如烟，尚觉春光短。匆匆一顾心更乱，相见怎如初不见。泪水掩面垂成线。心系江南，登楼千回遍。最喜东风吹江岸，杨柳依依多浪漫。

蝶恋花·新春·雪花飘落冬已暮

雪花飘落冬已暮。况是东风，怎教寒霜顾。满树梨花鲜无数，看看梅蕊花正怒。休为眼前生嫉妒。冰雪无情，难得长相舞。雪怨云愁无处诉，满目春光锁不住。

蝶恋花·江南一曲意何悟

江南一曲语何悟。慢慢吟来，尽是动情赋。天上分明银汉路，两岸心牵面难顾。影卧清光随我舞。邂逅伊人，只愿长相慕。今夜明月曾照古，年华逝去人何处。

蝶恋花·古往今来愁难了

古往今来愁难了。多少深情，往日谁知晓。总是相思长见好，年华频吹人渐老。欲借琼浆愁醉倒。只因情深，醒来愁更恼。明月当空寒光照，愁怨难辨将心绞。

蝶恋花·何故别后音信杳

何故别后音信杳。更那蟾光，窗前霜雪照。谁道多晴云儿少，空断愁肠谁知晓。吟诗难将愁字了。人世悲欢，总教愁字绞。聚散匆匆霜华草，登楼远眺路杳渺。

蝶恋花·有情怎奈无情恼

有情怎奈无情恼。春晓莺啼，声声肠断了。千言万语谁知道，满腹心意无处表。废寝忘餐思想找。门外黄昏，鱼雁音信杳。泪眼问莺莺语悄，春词香笺无情绞。

蝶恋花·梦入江南烟水路

梦入江南烟水路。行尽江南，未与江南住。梦里江南魂消处，觉来梦里江南误。欲将尺素江南渡。沉雁江南，偶遇江南鹭。拨弦轻歌江南舞，心在江南情系处。

蝶恋花·几回伤春春日暮

几回伤春春日暮。杨柳轻阴，谁解垂丝处。衡雁归来只无数，一行人字牵思度。泪染新竹斑斑目。牛女相望，更待鹊桥筑。今夜明月窗前露，不知愁苦向谁诉。

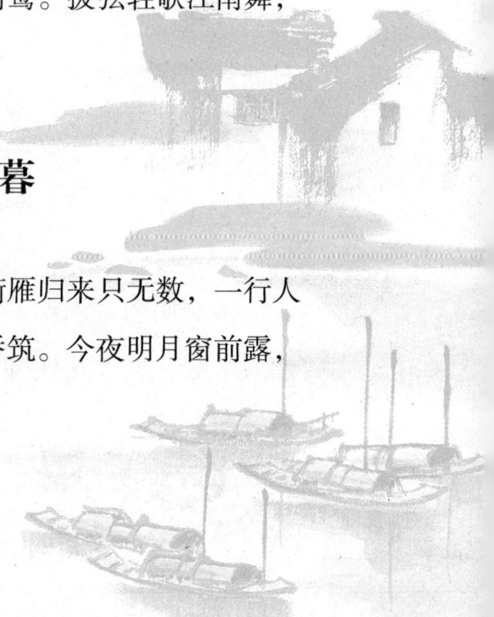

蝶恋花·每日思量眉不展

每日思量眉不展。旧时欢情，空余只燕返。因念而今潘鬓染，忧恨更添愁肠断。秋夜凄凉千回转。漏声滴滴，岁月无人管。杨柳垂丝时已晚，叶叶含青谁又揽。

蝶恋花·提笔抒怀江南好

提笔抒怀江南好。杨柳青青，不见春光老。细雨滋润花色巧，行人羡慕常醉倒。试问刘郎可知晓。总被多情，沈腰消瘦了。莫负东君情意少，韶光不待人将老。

蝶恋花·雨后风光浓似醉

雨后光景浓似醉。著柳催花，浓淡散香味。垂丝垂叶自依偎，如痴如怨独含媚。画梁细语燕成对。只是眼前，空流些儿泪。叮咛叮嘱莫心碎，月缺月圆自相会。

蝶恋花·天有阴晴常风雨

天有阴晴常风雨。杨柳堆烟，何事怀心底。燕子未飞莺不语，珠帘不卷人未起。春尽花残柳飞絮。日近黄昏，羌笛阳关曲。独对烛影同相聚，谁解新填长短句。

蝶恋花·平明电闪声无数

平明电闪声无数。秋雨潇潇，怨恨谁人诉。燕子飞来不肯住，鱼儿游去无寻处。雨横风狂一幕幕。心似滔滔，无计偏舟渡。几回相持不思慕，难耐又填思量赋。

蝶恋花·窗外凄凄一夜雨

窗外凄凄一夜雨。杨柳烟迷，翠叶丝丝洗。梦里惊觉人便起，心中滋味谁知意。恨雨偏偏将我戏。江南陇西，山水千回忆。怨雨不通人暗绪，多情却被无情弃。

蝶恋花·何故一丝猜不透

何故一丝猜不透。泪眼双眸，潘鬓沈腰瘦。眉黛两山谁掭秀，靥窝一点相思厚。行过短墙人伫久。笑语温柔，更把心儿扣。垂柳细丝烟雨漏，桃花粉色香依旧。

蝶恋花·酒酣月清夜正半

酒酣月清夜正半。何故心牵，轻轻名儿唤。别去春风双鬓然，归来秋雨风雪卷。恨到骨子意难减。独自凭栏，暗暗泪湿脸。嘱咐春风衡雁返，安顿檀郎尺素剪。

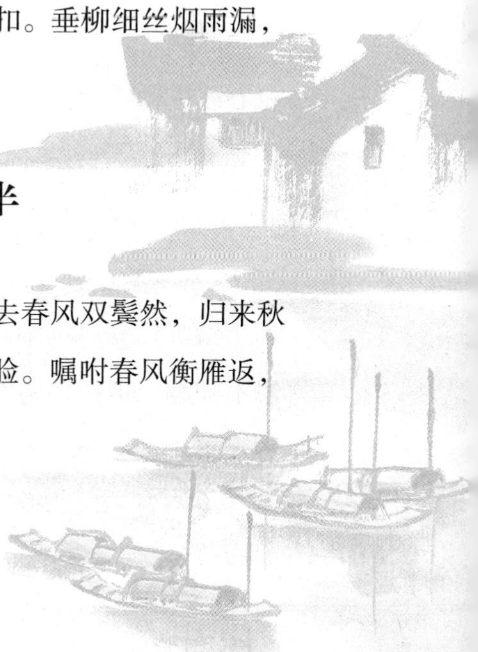

蝶恋花·绮语新词句句香

绮语新词句句香。泣泪烛痕，着是心头语。一曲柳枝枝上雨，三声叠唱阳关曲。叶叶丝丝多旧絮。谁把新词，谱上眉愁律。往事若云偏梦聚，连天霏雨正愁绪。

蝶恋花·东西两处谁知晓

东西两处谁知晓。中有贺兰，尽是盘山道。落落情怀为谁耀，杨花枝头一点俏。几回惊梦暗自笑。迎面相逢，醒来更添恼。芳心待向谁言告，常忆江南多情调。

蝶恋花·常忆江南肌雪莹

常忆江南肌雪莹。生就风标，兼得温柔性。匆匆别后经年整，常常夜来添思病。每日消愁残酒醒。运隔千山，常梦江南景。愿借江中蚱儿蜢，将心载去花弄影。

蝶恋花·人憔悴

秦淮伫立风细细。飘飘飞絮，朦胧多少意。春色凭栏至心里，欲言唯恐不知趣。拟把葡萄饮一醉。寄托心碎，总觉少些味。纸窗点破多重忆，春水东流人憔悴。

蝶恋花·胡杨树

胡杨金黄借秋助。唯恨风寒，叶叶落无数。晓看枝头重重露，似泪非泪怨难诉。唯记春时迎风舞。细雨润来，娇艳惹人妒。殷勤问春春不语，满目重重胡杨树。

蝶恋花·愁难了

古往今来愁难了。多少深情，往事知多少？总是相思长见好，年华频吹人见老。欲借琼浆愁醉倒。只因深情，醒来愁更恼。明月当空寒光照，愁怨难辨将心绞。

飞雪·送友人回京·填词·蝶恋花·咏怀

窗外飘雪千万絮。欲锁花枝，不解春情意。飞雪飘飘声寂寂，嫣红点点常空忆。共把相思青系系。飞雪无情，却把春情续。谁送彩笺词句句，雪中多少真情意。

鹊踏枝·烦恼

烦恼只因相思苦。雨后窗外，阵阵生霾雾。风吹杨柳丝千缕，恰若关情恋相否。丝丝难理无处诉。谁剪青丝，遥寄千里处。问君新愁怎淡入，借酒消愁牵不住。

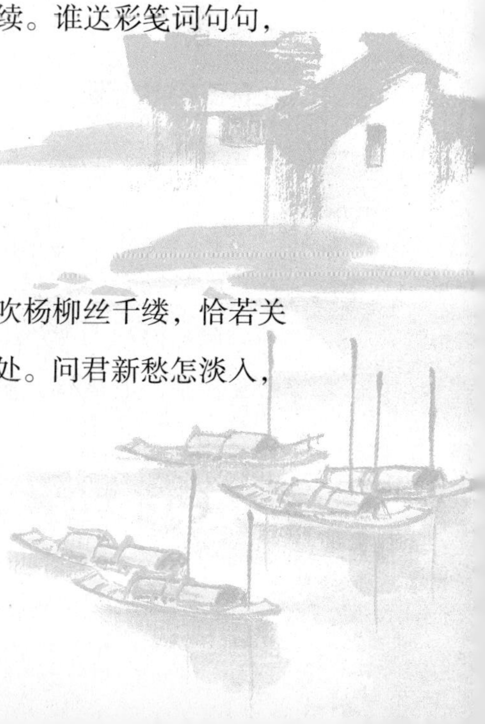

鹊踏枝·秋雨·烦恼秋风风几许

烦恼秋风风几许？雨雪霏霏，叶叶添愁绪。春雨不长秋雨聚，花开春色秋风续。只恨春光生去去。只否人儿，梦断阳关域。柳叶染霜心不语，菊花浸泪秋声曲。

鹊踏枝·梅花俏

谁道真情坦露少？此话尚早，劝君心莫恼。只是春风吹不到，杜鹃怎会枝头叫。心中思恋言未表。不怕君笑，容颜随季老。待到雪花飘落时，最是枝上梅花俏。

鹊踏枝·问君

问君春风何处去？燕子归来，细雨映晚暮。残花寒风吹满路，唯有余香留在树。燕子呢喃频频语。久不回来，模样还记否？此时满目多飞絮，往日温柔寻无处。

鹊踏枝·风筝

春风吹过君难离。风筝高低，线在君手系。残花败柳俗人弃，唯有同心互怜惜。心羡鸟儿林中戏。久未甜蜜，只能梦中忆。多风多雨难如意，无奈诗中解相思。

鹊声·春恨寂寥日迟迟

春恨寂寥日迟迟，机上织锦语痴痴。杨柳牵情丝条条，几时闻鹊声啼啼。

鹊桥仙·银汉相隔

银汉相隔，乌鹊搭桥，莫学痴牛呆女。人生何处不欢嬉，花凋谢，凄泪欲语。不荡孤帆，随风逐浪，好自珍惜春雨。人间相逢是前缘，聚与散，都皆新曲。

鹊桥仙·吟诗度曲

两情相向，一心厮睚，无奈佳期误掉。休言多半怨伊人，待见了，也许知道。你来我往，吟诗度曲，件件牵萦怀抱。从今日秋雨些些，但只要，人儿能笑。

鹊桥仙·穿针手巧

穿针手巧，秋月胜好，天上佳期又到。牛女相逢只今宵，人间事，相似微妙。花间一笑，柔情佼佼，化去多少烦恼。愿与携手暮与朝，相偎依，霜鬓到老。

鹊桥仙·剪时凌乱

剪时凌乱，收时纷溅，总教浅深浓淡。夜来无奈被西风，泪吹散，长衫尽染。声声且慢，徐徐且缓，知否伊儿呼唤。多应天意教长，路遥远，书成待雁。

鹊桥仙·为附中高中三班同学聚会作

时光风雨，年华飞絮，四十载重相聚。人生好似戏一场，哪个把，青春再系。豪言壮语，书生意气，双鬓里秋霜已。落红不管怎心伤，剪不断，同学情意。

鹊桥仙·残霞近暮

残霞近暮，寒林萧索，极目枯叶满地。唯见梅花一枝芳，惊人觉，春意情味。山遥水远，尺素传意，终能让人欣慰。天若有情天不老，举大白，休惜浓醉。

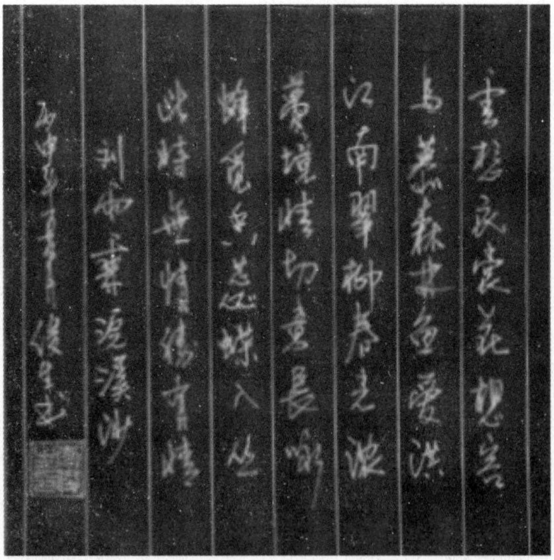

阮郎归·秋寒枝头露凝霜

秋寒枝头露凝霜，云随雁字长。天边路遥更垂阳，心情在远乡。春冉冉，秋茫茫。风卷沙轻狂。欲借浊酒暖凄凉，醒来更断肠。

阮郎归·残忆旧欢似当初

残忆旧欢似当初，人情水不如。春时犹有雁传书，秋来尺素疏。烛昏暗，影孤独。愁肠何以舒。偶有梦魂也成虚，总被风霜涂。

阮郎归·暗香浮动月黄昏

暗香浮动月黄昏，恰好江南春。念奴相问江南人，何处景致寻。杨柳垂，黄鹂音。桃花芳蕊新。折枝遥寄岭头人，刘郎知依心。

阮郎归·莫道轻鸿重泰山

莫道轻鸿重泰山，轻重焉能担。塞北江南一水间，相隔两重天。碧窗梦，忆江南。风景旧曾谙。别时容易见时难，泪水何时干。

阮郎归·饮酒偶得

吟诗把盏歌萧萧，方知谪仙高。斗酒百篇无蓬蒿，尽是蟠园桃。珠连妙，激情豪。灵感若涌潮。江山待有人才骄，也教领风骚。

阮郎归·春暖日高梳妆迟

春暖日高梳妆迟，昨夜梦犹痴。分明月下吟小诗，间或关雎词。风儿缓，柳垂丝。窗前相偎依。惊觉天涯有谁知，一声长叹息。

阮郎归·平明飞雪雪叠叠

平明飞雪雪叠叠，心情何感觉？还知春上燕飞斜，人儿月下约。芳梦谢，藻思绝，风吹鬓角蝶。如今光景又离别，红烛泪第结。

阮郎归·柳絮飞尽春色收

柳絮飞尽春色收，夜晚萤火流。轻风凉爽月光柔，独自在高楼。待君来，泛江舟，共把河山游。心恨阳关路悠悠，令人双鬓秋。

阮郎归·夜雨秋寒菊花残

夜雨秋寒菊花残，辗转难入眠。愁思思怨谁了还，杨柳无人攀。肠欲断，心欲酸，苦水向谁翻。自饮浊酒倚栏杆，昏昏也心欢。

阮郎归·梦

谁将春信到江南，杨柳垂丝牵。玉人昨日到跟前，相伴赏春颜。新月上，黄昏间，莺语娇声甜。忽地惊来破梦圆，对镜霜鬓添。

阮郎归·日月轮回几时休

日月轮回几时休，光阴逐水流。春光才去无计留，空怀一腔愁。浮云身，沉水舟，朱颜不再柔。纵将心思托驿邮，长短更无头。

阮郎归·断肠

秋寒枝头露凝霜，云随雁字长。天边路遥更垂阳，心情在故乡。春冉冉，秋茫茫，风卷助沙狂。欲借浊酒暖凄凉，醒来更断肠。

阮郎归·阮郎在归途

雪花飘落似当初，只缘深不如。看窗花里燕空屋，微微一蜡烛。丝锦断，尺素无，相思人更孤。心中灵鹊恨欺奴，阮郎在归途。

采桑子·咏怀

雨丝不锁相思泪，莫限柔情。莫限柔情，恐恨云消天又晴。依窗又把琵琶绘，曲曲声声。曲曲声声，道尽心情未了明。

采桑子·浓烈花香似春时

秋风又剪胡杨叶，只有垂丝。只有垂丝，愿约明月待佳期。秋风又送胡杨雪，装点花姿。装点花姿，浓烈花香似春时。

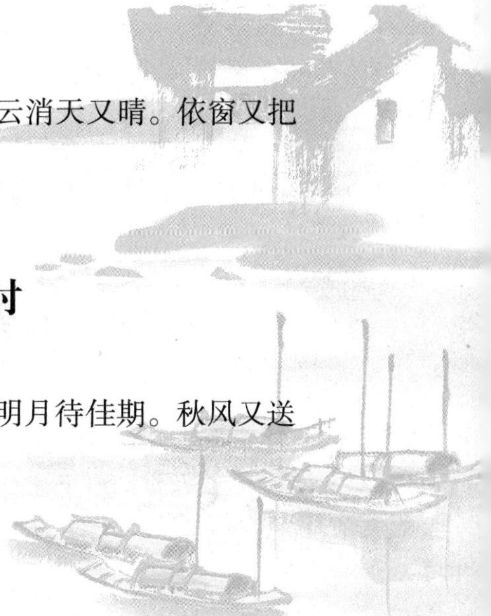

采桑子·扫去浮雪一重重

扫去浮雪一重重，花蕾自迎。枝条随风，满目青色香味浓。弄琴抚曲清江引，心思玉容。眼望山晴，唯能眷恋日月中。

采桑子·窗前谁弹琵琶语

窗前谁弹琵琶语，江南一曲。翠柳垂丝，不爱江南人可惜。花前独赏江南雨，细雨痴迷。荷底游鱼，不解江南人可惜。

采桑子·宫商角徵羽

谁拨宫商角徵调，雪也飘飘。风也萧萧，害下相思病不疗。常怨灵鹊惹人恼，音也遥遥。书也迢迢，害下相思瘦玉腰。

采桑子·匆匆相逢匆匆别

匆匆相逢匆匆别，感觉相同。飞雪濛濛，一片离索怨愁中。多情梦寄云霄外，欲见难从。满目寒风，何时春风见归鸿。

采桑子·春·梅蕾未绽若红豆

梅蕾未绽若红豆，预示春归。一旦绽时，花色鲜艳可染衣。春风一笑长含翠，让人着迷。醉倒东西，多少心情汇成词。

采桑子·高楼卷帘和煦暖

高楼卷帘和煦暖，飞絮绵绵。垂丝连连，江南塞北共春天。人生聚散浮云现，往事眼前。回忆甜甜，自古谁不盼团圆。

采桑子·咏春·梅花谢后桃花绽

梅花谢后桃花绽，树上燃红。树上燃红，细雨云娇忒有情。春光莫随东风转，留下空名。留下空名，多少心怀布谷鸣。

采桑子·咏怀·红花已尽绿青小

红花已尽绿青小，燕子翩跹。燕子翩跹，果味香甜。小雨纤纤若弄烟，花枝欲语东风笑，舞动琴弦。舞动琴弦，醉倒花前，语语声声谁不怜。

采桑子·吾言三五团圆好

吾言三五团圆好，月在当空。并又秋风，手鼓丝竹欢乐声。桂花美酒何需觅，不见人中。处处深情，好教嫦娥羡慕生。

采桑子·梦兰

每夜新梦唯系兰，盼春花发，早吐新芽，折来一枝瓶中插。幽香胜过百卉香，夜被痴麻，能不爱她？尽日徘徊无力拔 。

采桑子·秋色

何言秋色景凄凄，风也习习，雨也迷迷。满目烟柳丝相依。燕子依然枝上栖，形也姿姿，意也惜惜。满目鲜花多黄菊。

采桑子·心难平

万事总教心难平，来亦匆匆，去亦匆匆，多少怨恨在此城。黄花香浓伴秋风，不是春情，胜是春情，梦中常恋谢桥东。

采桑子·苦织

几番辛苦织就成，经历风雨。粘过柳絮，惹来多少忧和郁。夜来屋角风铃声，又添情趣。几多欢遇，唯恨吹来杨柳曲。

采桑子·难丢下

总在心头难丢下，日夜牵挂。日夜牵挂，细细想来，谁知心头话。春燕飞来屋檐下，欲说还罢。欲说还罢，轻轻走去，莫把燕惊吓。

采桑子·有情缘

久积心头难丢下，昼夜难眠。昼夜难眠，连苦蔗甘，残梦更心酸。柳枝上头谁歌唱，婉转缠绵。婉转缠绵，丝断藕连，春燕有情缘。

采桑子·胡杨

秋风又剪胡杨叶，只有垂丝。只有垂丝，愿约明月待佳期。秋风又送胡杨雪，装点花姿。装点花姿，浓烈花香似春时。

采桑子·春风早

新社清明春风早，催促农夫，吹醒青苗，隐隐杏柳争艳巧。新月弯眉初挂好，远雁低飞，急鸣选巢，东君芳俏羞冬悄。

采桑子·雪

夜读采桑心惊喜，泪湿衣襟。泪湿衣襟，只为相识遇知音。也添采桑合君意，春雪纷纷。春雪纷纷，梅花艳艳静无尘。

采桑子·雪后咏怀

梅花瑞雪新春弄，朵朵鲜红。朵朵鲜红，满眼春光羡慕容。雪花含笑新词咏，叶叶香浓。叶叶香浓，谁把春风染旧情？

采桑子·杨柳枝

谁翻乐府杨柳枝，词也思思，曲也依依。红烛一夜衣襟湿。不知何日是归期，人亦痴痴，心亦凄凄。明月当空梦难诗。

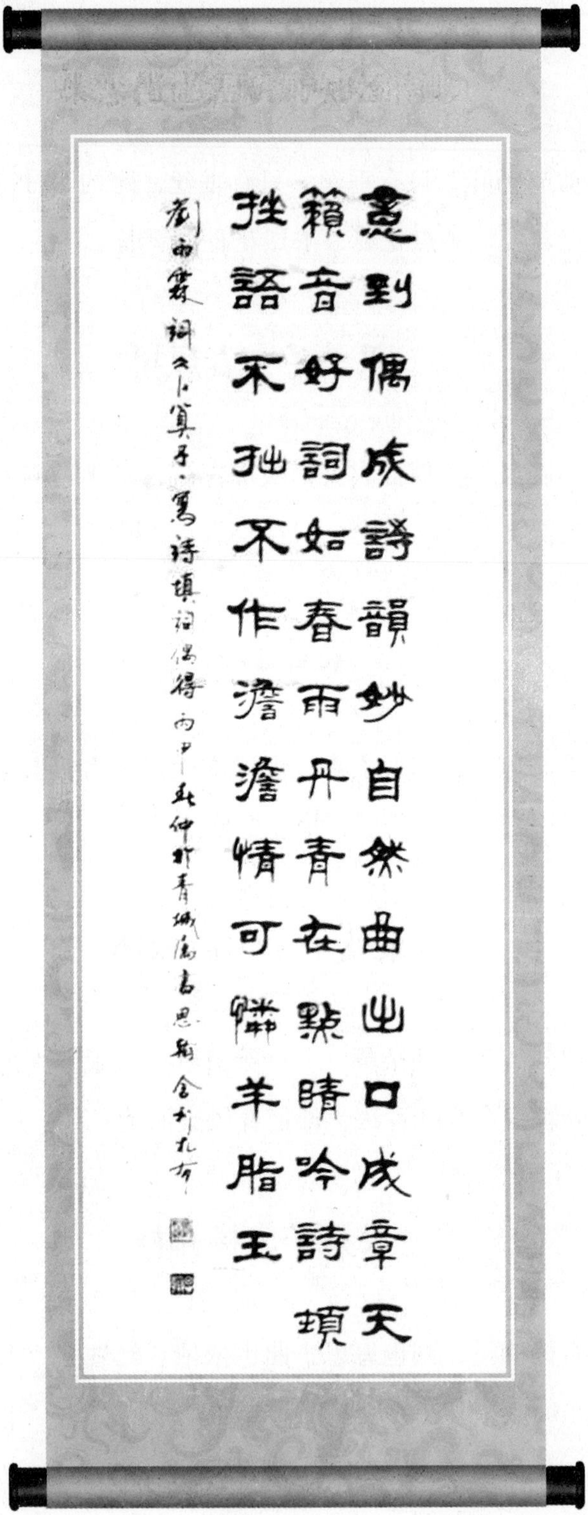
意到偶成詩韻妙自然曲出口成章天
籟音好詞如春雨丹青在點睛吟詩填
拙語不拙不作澹澹情可憐羊脂玉

采桑子·思情

窗前明月地上霜，独自思量。心中凄惶，寒风吹透帘纱窗。去年春雨燕双双，桃红满堂。对镜梳妆，暖风融融送清香。左右抛梭锦丝长，织就鸳鸯。寓意深藏，唯恐轻裁各一方。昨夜梦里到故乡，细语绵长。唯恨朝阳，别去怎不教心伤？

减字木兰花·爱儿不见

爱儿不见，独倚栏杆心生怨。搔首踟蹰，窗外雨声伴铜壶。愁云不展，杨柳垂丝青色染。细桃红烛，镜中憔悴焉是奴。

减字木兰花·怎生无奈

怎生无奈，傍仙醉酒诗精彩。焉能不知，窗前明月浸相思。千古咏颂，秦楼月里秦娥梦。多少心情，只言长亭更短亭。

减字木兰花·江南倩女

江南倩女，问君何年归得去。雨林风微。两岸翠柳丝依依，莺歌燕语。霜雪随风上下舞，莫待春归，请君不如早早回。

减字木兰花·凭谁妙笔

凭谁妙笔，绘出丹青三百尺。天下绝无。谁解人生锦蓝图，一般是些。

天高云淡明夜月，费尽心情，只这图儿画不成。

减字木兰花·虽在数九

虽在数九，毕竟癸巳是年首。笑口须开，几度逢春飞雪来。敬杯喜酒，苦淡甘咸重抖擞。休恨春迟，杨柳枝头次第知。

减字木兰花·眼前杨柳

眼前杨柳，又比昨夜添新秀。细丝才抽，占尽风情更觉柔。相伴携手，任他春风吹不走。信步悠悠，何处踏青更风流。

减字木兰花·春雨春风

（变格体）

春雨春风，问谁又染江南好。燕娇莺巧，几度春不老。夜映参辰，醉了人多少？君莫笑，心盼早早，圆月共相照。

减字木兰花·刘郎渐老

刘郎渐老，无奈桃花依旧笑。谁弹琵琶，草草几回音间杂。休言心醉，忆来多是伤心泪，莫对春风，几时还能再吹红？

减字木兰花·假期近末

假期近末，游兴匆匆寻快乐。自驾新车，沿路风情赏山河。不成虚过，西北风俗人好客。心有话说，国泰民安政通和。

木兰花令·君爱江南风景秀

君爱江南风景秀，心恨塞北春不透。江南春柳弄柔条，塞北雪絮劲风吼。愿唱竹枝移船走，风光相伴细腰扭。得开心处且开心，相守江南如翠柳。

木兰花·元宵节·彩灯悬挂春风暖

彩灯悬挂春风暖，爆竹声响电光闪。相约赏灯人熙攘，归来已是二更晚。折柳寄青人去返，细语叮咛恋字管。年复一年元宵日，莫教金樽琼浆浅。

木兰花·邂来常梦

邂来常梦，咫间焉如千里境。谁最心疼，燃起新情如旧情。情怀泉涌，好似春风花初醒。春雨相迎，雨过新晴伴旧晴。

木兰花·读诗有怀

窗前月色晓时候，寒光似霜长独守。分明一夜梦成空，眼见双颊靥生皱。柔弦用力怨太久，吹笛费劲愁积厚。坐想行思霜鬓染，为谁憔悴为谁瘦？

渔家傲·西望贺兰何处是

西望贺兰何处是，往来一千三百里。寄语思情空满纸。雨和泪，春风再回明年事。一江东去载春水，流淌愁思多少里。天涯难阻情牵矣。人不寐，鹧鸪声里烟和雨。

渔家傲·地冻天寒冬已半

地冻天寒冬已半，梅蕊包香犹未散。正是交替春信慢。春信慢，衡雁何时衔书返。两鬓从教霜色染，经年别后思渐懒。水远山长无计见。无计见，怎不锁住依思恋。

渔家傲·三月东风初解冻

三月东风初解冻，水面垂丝相对映。谁家丹青绘此景。春风颂，间隔枝头莺语共。人生本是一场梦，世间舞台互走动。纷争只为盘中饼。真不懂，提绳木偶谁操控。

渔家傲·塞北此时风雨少

塞北此时风雨少，江南此刻花朵好。春色满园人难悄。莫杳杳，踏青陌上休草草。莫道难逢开口笑，游子须乘人年少。休看塞北寒料峭。缘份巧，江南使人心不老。

渔家傲·几回烦恼几番醉

几回烦恼几番醉，几时乘兴几回泪。为伊消的人憔悴。何滋味，杜鹃声扰难入睡。水绿山青风日美，花好月圆景如绘。搜肠索句佳联对。谁相慰，宋词元曲心都碎。

渔家傲·人生坎坷随自了

人生坎坷随自了，蝇头小利争多少。回头细想堪一笑。堪一笑，几人脱离黄泉道。春夏秋冬光阴好，风雨霜雪年华老。花开花落随芳草。随芳草，自吟唐诗无烦恼。

渔家傲·解语花枝娇朵朵

解语花枝娇朵朵，不言何故眉紧锁。惹起情愁人确躲。谁知我，烛泪到晓只身坐。杨柳垂丝青扯扯，樱桃结果红个个。感旧伤今心刻刻。人疑惑，茶饭不饮谁之过。

渔家傲·竞技

塞下冬来风景异，彩幅悬挂添喜气。四方校友齐相聚。共竞技，操作台上展技艺。切磋交流最有益，水平高低莫相记。实现就业是目的。多努力，社会建设需要你。

渔家傲·思难了

何故吟唱渔家傲，苦涩辛酸谁告晓。欲求人生终日好。难成调，忧愁怨恨催人老。江南塞北路杳杳，尺素鱼书渐稀少。倚窗凝望明月照。君知道，人间最是思难了。

渔家傲·清歌一曲

岁月漂流人易老，人间万事何时了？诗词笔力谁能到。须信道，锦堂丝竹常年少。把酒自歌还自笑，谁将苦语化烦恼。对酒当歌人自好。声窈窕，清歌一曲渔家傲。

渔家傲·意重重

总被飞雪枝头弄，深红浅白凝脂冻。梅子梢头香蕾动。意重重，红梅抢把春风送。葡萄美酒谁与共，多情却被无情痛。黄昏帘幕无人拢。意重重，只堪遮拦生春梦。

渔家傲·情和思

市价不超两百币，捧在掌心倍珍惜。只因深意记心底。情和思，唯恐来生难相忆。远望青山近看溪，光阴流水人无力。只争朝夕谱传奇。人难离，杨柳春风我和你。

鹧鸪天·春天里的第一场沙尘

枝条泛青蕾泛红，寒气渐尽春正融。突如一夜胡沙起，引教千里尘埃行。云接野，水连空，此番心情谁与同。两眉新恨休要问，只待东君一扫晴。

鹧鸪天·读诗咏怀

（变格）

心在贺兰人不寐，茶清饭香觉无味。阳关路上去多远，登楼怅望空垂泪。月华寒，星斗北，而今寂寞容憔悴。不觉梅花风又剪，或许春来重描绘。

鹧鸪天·未知归期未有期

未知归期未有期，当初不合种相思。梦里长恨君不见，唯恐春寒无雁啼。君不至，奴恨执，人间别久易成痴。若把相思轻拆散，惆怅沉吟味自知。

鹧鸪天·红烛垂泪到天明

红烛垂泪到天明，伊人娇态谁知情。仰望窗外天上月，双颊珠泪不曾凝。无限事，许多情，宫商角微羽不停。为尔拨尽相思调，秋风沙沙叶落声。

鹧鸪天·令是冬至天更寒

令是冬至天更寒，漫天飞雪不见山。有心踏雪折高柳，枝条冰霜花却繁。蕾虽嫩，晶莹盘，却无莺歌燕舞欢。空有绝韵才情赋，只待夜深梦相看。

鹧鸪天·彩笺

细读细品彩笺诗，抒情抒意扣弦丝。想把拂去香缭绕，徘徊犹豫欲难息。更漏滴，红烛熄，长夜不眠月光低。谁堪共展锦中字，犹恐深醉不相识。

鹧鸪天·分明东君送暖风

分明东君送暖风，芙蓉出水映池红。岸边垂柳盈盈绿，林中迁莺细细声。思鸿雁，忆黄莺，几回相逢在梦中。今宵梦里江南去，犹恐匆匆一场空。

鹧鸪天·阵阵晓风吹杏花

阵阵晓风吹杏花，甜甜春色落谁家。垂丝翠柳和烟雨，弯月丹唇共彩霞。钗插凤，鬓堆鸦，一枝红杏进篱笆。檀郎若问伊依意，不见人人众口夸。

鹧鸪天·看过红山看青山

看过红山看青山，桃花开尽已春残。 菊花采来能安枕，桃花有色难修颜。精神气，靠仙丹，常在樽前戏人间。不如细读三字诀，也把世间敢把玩。

鹧鸪天·梦里相逢忏悔迟

梦里相逢忏悔迟，断肠泪浇甲襟湿。满怀离绪恨孤寂，多少别情愁怨期。泪点点，怨凄凄，沈腰潘鬓又添丝。夜凉窗外谁裁剪，风劲寒折柳树枝。

鹧鸪天·梅蕊初绽蝶不知

梅蕊初绽蝶不知，未告司春暂侵枝。自然风光雪未别，寒中独妍色不衰。春光高，即芳期，丝絮如风杳不归。为君织就鸳鸯结，驿使快马送落晖。

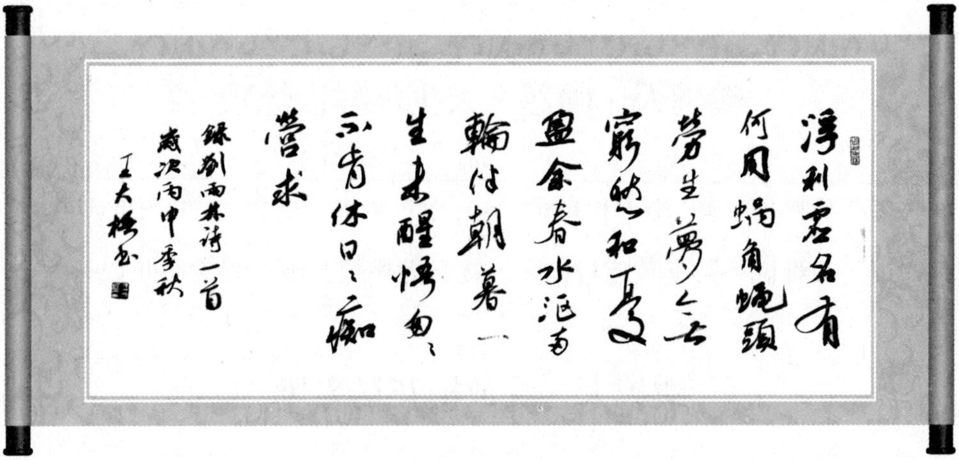

鹧鸪天·漓江

绿水漓江水色秋，白山漓水象低头。长鼻万载饮漓水，细叶千秋染绿洲。山映水，水托舟，漓江之水水长流。尔听鹧鸪三两曲，唯见神仙四季游。

【说明】

作者用“鹧鸪天”这个词牌描绘出漓江的另一番景象——上阕以水作引展现出漓江梦境般的画面……“山映水，水托舟”一个“映”一个“托”给山和水以灵气，表现出作者对大自然的热爱之情。

下阕中，鹧鸪本是体形似鸡而比鸡小的鸟类。其叫声嘶哑，极易勾起旅途艰险之联想和满腔的离愁别绪。所以，鹧鸪也就成了一种哀怨的象征。可作者却用一个“曲”字来形容鹧鸪的叫声，又在结尾处运用“神仙”这个中华文明里指过着无忧无虑生活之人的核心词——中国古人用艺术手法塑造艺术形象来表达自己对美好幸福生活追求的抒情词来坦露自己的心境，并还要“神仙”“四季游”，哈哈，好阳光的大生活观啊！

长江后浪推前浪，我辈新人胜古人啊！

鹧鸪天·闺怨·天生你样憔悴娥

天生你样憔悴娥，染上相思难过活。使君来去心无我，害下相思病折磨。谁的过，心难说，熬下黄连自己喝。终日劈桃核儿破，只见心儿仁一颗。

鹧鸪天·绽放梅花送惠风

绽放梅花送惠风，神州佳气正葱葱。九族有养跻仁寿，四海笙歌淡汤中。和煦气，溢欢声，升平歌舞至天明。何须更待除夕夜，户户门前挂彩灯。

鹧鸪天·咏春·莫道春风雁北停

莫道春风雁北停，春风催雁送佳声。谁知月底梅花意，不见河边柳色青。情恋恋，意重重，丹青妙手色难同。城中携老观乡社，郊外踏青咏玉容。

鹧鸪天·立春·才剪春幡系枝头

才剪春幡系枝头，且惊杨柳青已柔。墙角梅色更添秀，金蟾相伴在高楼。饮曲酒，润歌喉，几番曾梦江南游。今宵细把秦娥奏，不教春光似水流。

鹧鸪天·玉容何故杳茫茫

玉容何故杳茫茫，堪教春风误刘郎。翠柳垂丝江南雨，一腔真情倍思乡。浮蚁酒，更添伤，春去秋复鬓生霜。一年光景浑如梦，可惜鸿雁不成双。

鹧鸪天·一夜秋雨叶生霜

一夜秋雨叶生霜，北风驱雁又离行。玉人夜来情怀好，无语红烛漏更长。添思量，鬓染霜，秋雨春梦日夜伤。终年心儿长怨恨，不见春风燕成双。

鹧鸪天·窗外寒风几时休

窗外寒风几时休，长怀心愿泪浸眸。欲言此情难开口，几回犹豫又登楼。观北斗，望南州，春夏秋冬杳驿邮。无奈寄托频洒泪，那堪愁上更添愁。

鹧鸪天·江南芙蓉春意清

江南芙蓉春意清，塞北杨柳寒浸城。春花秋月多留恋，夏荷冬雪又送行。别离恨，团聚兴，春夏秋冬最添情。莫要嫌弃刘郎老，隔窗犹闻关雎声。

鹧鸪天·小雨初晴又曙光

小雨初晴又曙光，芳草青青透幽香。何人解识春雨面，一夜万物换新妆。情脉脉，意双双，江南春色留恋长。莫使骚客空余恨，殷勤诗赋倍添伤。

鹧鸪天·雨烦风厌懒琢诗

雨烦风厌懒琢诗，叶落花凋散秋池。风雨渐渐近深色，菊花楚楚动身姿。莫嫌弃，看新枝，浓香依旧不迟疑。台上风光明月夜，阳关三叠寄远思。

鹧鸪天·蓬莱瀛洲有仙逢

蓬莱瀛洲有仙逢，别来离去又东风。忆来当时长相处，春雨秋风香亦浓。调宝瑟，拨金铜，佳音常伴刘郎踪。樽前心事莫休问，常常夜里频梦中。

鹧鸪天·秋风渐寒雨连天

秋风渐寒雨连天，几番醉酒才入眠。只因常挂在心上，方入梦里便眼前。凌波缓，笑语甜，两山斜叠翠连娟。侬家愁怨谁堪怜，薄情莫把归期延。

鹧鸪天·几回相逢在梦中

几回相逢在梦中，梅花牡丹似玉容。双眸明媚若秋水，一点樱桃占鲜红。香郁郁，思浓浓，两个鸳鸯波上行。一双蝴蝶花下舞，尽把情为柳絮风。

鹧鸪天·总忆春色满园时

总忆春色满园时，常品花好月圆诗。忽得梦醒昨夜事，秋霜已染万条丝。移月日，各东西，谁把光阴能延迟。独自窗前听秋雨，更兼悠远羌笛曲。

鹧鸪天·飞雪蒙蒙时已春

飞雪蒙蒙时已春，含梅点点间或新。春风剪绿杨柳树，垂丝条条柔更深。心脉脉，意沉沉，杜宇声声断肠人。掩泪强压心头事，不夜依栏待佳音。

鹧鸪天·晓燕最解人儿心

晓燕最解人儿心，梁上细语动人音。情知空诵伤和气，呢喃声中韵味深。乘皓月，逐彩云，好将消息报与君。昨夜秋意多风雨，今日阳光更觉新。

鹧鸪天·不似原貌是原貌

不似原貌是原貌，似曾相识不相识。弹指一挥四十载，相逢二毛两鬓丝。人间事，恨疑迟，悟道醒晚已过时。如今雅集相依坐，推杯论盏话真实。

鹧鸪天·辗转反侧人不寐

（变格）

辗转反侧人不寐，杯深盏浅酒无味。咫尺天涯心都碎。晓得喂，荏苒光阴金也贵。雨过天晴匆匆泪，风疏云散一一绘。柳丝桃花春枝媚。晓得喂，青春年华莫愧对。

鹧鸪天·同学月英离呼返乡·咏怀

老来情怀杯酒中，放歌渔父古人风。知趣黄花香不晚，谁知青城秃鬓翁。人易远，意难通，枝上蝉鸣多凄声。年复一年秋如此，请君长忆闫月英。

鹧鸪天·欲拨琴弦诉心情

欲拨琴弦诉心情，心情随月共菊浓。沉醉不愿心情改，只待心情月相同。

分明爱，爱分明，琴弦拨动心情声。宫商角徵意在外，唯有知音心里晴。

鹧鸪天·钗插凤

阵阵晓风吹杏花，甜甜春色落谁家。垂丝翠柳和烟雨，弯月丹唇共彩霞。钗插凤，鬓堆鸦，一枝红杏进篱笆。檀郎若问伊依意，不见人人将口夸。

鹧鸪天·春未绿

肥水东流无尽期，当初不合种相思。梦中未比丹青见，暗里忽惊山鸟啼。春未绿，鬓先丝，人间别久不成悲。谁教岁岁红莲夜，两处沉吟各自知。

卜算子·喧闹常思伊

喧闹常思伊，寂静难拂去。相逢草草恨相识，平添许多事。情知不可期，心明非儿戏。也把关关歌一曲，化作风和雨。

卜算子·刚者难坚牢

刚者难坚牢，柔者难摧倒。不信请君仔细瞧，舌在牙尖少。人前莫逞骄，事前莫言早。千古光阴瞬间消，悔时无处找。

卜算子·购东风裕隆大七咏怀

早就想圆梦，今番心安静。驾驶裕隆乘东风，只想留倩影。不是让人宠，唯愿让人省，有钱购得新大七，不再寂寞冷。

卜算子·年年盛

万家灯火明，九州颂歌咏。正是一年春风迎，圆我中华梦。神州物业丰，华夏佳节庆。得意春风骏马行，国运年年盛。

卜算子·金樽频频举

金樽频频举，豪言重重意。谁愿琼浆空负己，无奈因情系。千里思情意，等闲开怀语。欲把尺素暗传寄，唯恐添憔悴。

卜算子·日升月坠西

日升月坠西，浪落潮涌起。春夏秋冬四时移，人自来还去。长短亭别离，继续梦相遇。伯牙摔琴谢子期，今古传佳句。

卜算子·有限光阴梭

有限光阴梭，无情日月磨，春花秋月几曾多，细细思量过。谁解口中渴，吹灭心里火，虚名微利两如何，情知不点破。

卜算子·片片叶枯频

片片叶枯频，阵阵风寒紧。对蜡凝珠泪满痕，浸尽滴滴恨。人去守空魂，雁到传佳信。雪色梅枝似染新，实把春来映。

卜算子·江南月皎洁

江南月皎洁，陇上天寒雪。江南红豆多寄些，陇上相思切。月下相伴携，窗前缠绵谢。记得别时三月节，情垂似水泻。

卜算子·件件相思结

件件相思结，点点回忆切。天涯海角终有竭，何必轻易灭。山外青山接，花开红花谢。人生四季转眼觉，空叹一腔血。

卜算子·一日若三秋

一日若三秋，半年似千岁。春夏秋冬到雪飞，夜夜总垂泪。因缘陷相思，为情获憔悴。东西南北念江南，日日心都碎。

卜算子·改韵·读诗有感作·丝牵魂

才饮江南水，又思陇西人。天涯海角谁相慰，泪水竹斑痕。茶饭无香味，词赋有趣吟？海誓山盟非不悔，蚕茧丝牵魂。

卜算子·心事已成空

心事已成空，词赋不再咏。休闻黄鹂百啭声，谁言能听懂。杨花性从风，柳丝常垂影。了断江南万斛情，泪水如泉涌。

卜算子·游客到江南

游客到江南，长忆江南好。碧水青山小桥东，处处闻啼鸟。微风拂杨柳，细雨润青草。劝君江南仔细看，容颜终不老。

卜算子·变韵·岁末风寒雪

岁末风寒雪，梅花独自开。春色不再万般红，一点动人怀。雪花何时谢，梨树不再白。春色尽染枝头青，为君亲手摘。

卜算子·恩义重如山

恩义重如山，情意深似海。纵使黄金堆成山，也难将心改。江南红桃情，塞北翠柳爱。纵使紫蝶最浓情，也难将理睬。

卜算了·喜鹊踏枝头

喜鹊踏枝头，暖风拂杨柳。万象更新春水流，寒冬已送走。莫要再忧愁，休将人空瘦。相邀踏青春光游，与君同牵手。

卜算子·愿与知音交

愿与知音交，期盼鸾凤好。休怪晓燕书不捎，莫非檀郎老。心中千般焦，窗外一月照。有言满腹无处聊，愁字将人恼。

卜算子·咏菊·细雨已秋声

细雨已秋声，风动丝难静。叶叶随风渐渐穷，谁把相思送。羌笛哽咽声，粤语情意动。不道山河渺渺情，唯系醉中梦。

卜算子·寒露染秋菊

寒露染秋菊，风爽言新句。莫道菊花晚送香，恰也心中语。摘朵寄乡思，好把乡思续。若恐菊花辜负心，谱上菊花曲。

卜算子·绿萼菡萏人

绿萼菡萏人，红粉屏风处。请君移眸细细寻，或有轻吩咐。摘蕊恐伤心，折叶化成露。眉目清秀点点魂，谁把神韵渡。

卜算子·梦里也踌躇

梦里也踌躇，醒时亦愁楚。醒也应难梦更难，谁把心安抚？恨愤莫怨奴，愤恨休怪主。主亦应难奴更难，都缘情牵苦。

卜算子·缫丝不缫思

缫丝不缫思，说似非说是。翠柳垂丝枝叶依，谁管秋雨细。菊黄因何急，梅彤犹成忆。多少深意徘徊期，谁把春风记。

卜算子·恨逐暮山间

恨逐暮山间，情随流水远。枫叶白蕴秋色连，晚风霜鬓染。阳关体唱绵，甘棠思德念。万种思情似泉源，总把伊人恋。

卜算子·伤离与恨别

伤离与恨别，泪水合雨雪。愁肠又似丁香结，残更银缸灰。何故音信绝，零乱半窗月。罗衾泪滴相思咽，何处觅红叶。

卜算子·念也空思念

念也空思念，怨也空埋怨。思念埋怨日相伴，谁把柳丝剪。见也不得见，断也不能断。得见能断夜相盼，泪把春衫染。

卜算子·折得杨柳枝

折得杨柳枝，寄余相思意。缫茧抽尽仁更痴，叶叶丝相系。惜别春华时，更添秋实忆。月缺月圆共相期，莫待黄花聚。

卜算子·问春

杨柳丝垂春，桃花枝娇嫩。燕子飞来更牵心，谁把闲事问。淡淡浅色云，浓浓深意浸。诸词丽句前朝音，怨恨合泪饮。

卜算子·梦里为何哭

梦里为何哭，心恨留不住。东西南北都劝奴，谁把奴心悟。窗前细挑烛，天意人难阻。待他新月亏还足，照见回家路。

卜算子·酒后难成眠

酒后难成眠，恍惚眼前面。试问春暖或秋寒，几时能相见。红豆生江南，此物多思恋。不听鹧鸪啼声间，似把人儿怨。

卜算子·欲将意告知

欲将意告知，填词卜算子。唯恐衡雁飞去迟，那边更孤寂。相契古来稀，分携却相忆。酸甜苦辣何味滋。无从能对比。

卜算子·新月玉环眉

新月玉环媚，樱桃飞燕嘴。池水清清照见人，杨柳垂丝美。琼浆易使醉，词赋难言肺。花明月暗笼轻雾，西厢人落泪。

卜算子·新月杨柳间

新月杨柳间，手揽花枝看。青丝一缕未梳完，方觉影添乱。平日垂丝烟，细雨泪湿眼。旁人不解此中言，晚风动帷幔。

卜算子·胡杨

对镜笑秋风，不怕黄花妒。莫道桃花独一家，看我香满路。无语意涓涓，开口情渡渡。若把醇意相比看，不知谁吃醋。

卜算子·见雾霾有怀

雾霾何时无，明月不再有。碧空如洗白云净，晴天难再守。小院瓶中地，大地家显瘦。自然春梦不再有，都是自作受。

卜算子·写诗填词感悟

意到偶成诗，韵妙自然曲。出口成章天籁音，好词如春雨。丹青在点睛，吟诗顿挫语。不拙不作淡淡情，可怜羊脂玉。

卜算子·杨柳垂金丝

杨柳垂金丝，鸳鸯动形影。暖风细雨六月天，一醉不愿醒。相忆长寄梦，眷恋又托窘。心语不解谁知愁，长亭短亭共。

卜算子·梦里愿如心

梦里愿如心，君伴村边路。醒后情知苦闷中，谁把痴来渡。心盼早如期，依待花深处。雨细风轻处处莺，莫把奴家误。

卜算子·愿与知音交

愿与知音交，期盼鸾凤好。体怪晓燕书不捎，莫非檀郎老。心中千种焦，窗外孤蟾照。有言满腹无处聊，愁字将人脑。

卜算子·飞雪

片片飞来轻，点点含深情。道是天公不惜花，总把春来迎。朝雪不见晴，暮雪不见停。若是天公果有心，莫把梦儿惊。

卜算子·读诗有感作变韵

才饮江南水，又思陇西人。天涯海角谁相慰，泪水竹结痕。茶饭无香味，词赋有趣吟。海誓山盟终不悔，蚕茧丝牵魂。

卜算子·平韵

岁末风寒雪，梅花独自开。春色不在万般红，一点动人怀。雪花何时谢，梨树不再白。春色尽染枝头情，为君亲手摘。

卜算子·乡思

梦里为何哭，心恨留不住。东西南北都劝奴，谁把奴心悟？窗前细挑烛，天意人难阻。待他新月亏还足，照见回家路。

卜算子·寅虎年咏

阵阵爆竹声，处处灯笼红。道是雪后又春风，虎年味最浓。新春喜相逢，中西佳节重。道是人间多怡情，都在欢笑中。

卜算子·晚风动帷幔

新月杨柳间，手揽花枝看。青丝一缕未梳完，方觉影添乱。平日垂丝烟，细雨泪湿眼。旁人不解此中言，晚风动帷幔。

卜算子·新春

片片叶枯频，阵阵风寒紧。对蜡凝珠泪满痕，浸尽滴滴恨。人去守空魂，雁到传佳信。雪色梅枝似染新，实把春来映。

卜算子·拜年

玉鼠送冬归，金牛迎春到。已是祝词飞满天，犹有喜讯报。报也不争先，只把心愿道。待到爆竹声声时，阖家齐欢笑。

卜算子·似把人儿怨

酒后难成眠，恍惚眼前面。试问春暖或秋寒，几时能相见。红豆生江南，此物多思恋。不听鹧鸪啼声间，似把人儿怨。

卜算子·唯恐添憔悴

金樽频频举，豪言重重意。谁愿琼浆空负己，无奈因情系。千里思情意，等闲开怀语。欲把尺素暗传寄，唯恐添憔悴。

卜算子·香满路

对镜笑秋风，不怕黄花妒。莫道桃花独一家，看我香满路。无语意涓涓，开口情渡渡。若把西子相比看，不知谁吃醋？

卜算子·欢歌

万家灯火明，十亿欢歌咏。正是一年好日逢，圆我中华梦。神州基业隆，华夏佳节庆。得意春风骏马行，国运年年盛。

踏莎行·不似春潮轻易误

何时归来，切莫空负。好雨自当时节处。眼下风寒吹霜暮，枝头瑟瑟断肠赋。别易聚难，酒荤肉素。夜夜企盼心无数。多情唯有冰河固，不似春潮轻易误。

踏莎行·心系江南

心系江南，人在塞北。远隔千山和万水。梦里愁怨默默云，阳台别意萧萧泪。杨柳东风，黄昏西桂。独倚栏杆谁相慰。一场怨梦酒醒时，经年愁思心难绘。

踏莎行·一夜秋雨

一夜秋雨，平明添寒。怎得转眼花谢完。记得春风花迎面，蝶飞蜂舞蕊相缠。眼下光景，惹动闲愁。秋风袭来确绸缪。叶落留下千万缕，只有垂丝入尔眸。

踏莎行·几番痴疑

几番痴疑，归期总误。切成此恨无重数。欲借浊酒解旧愁，谁知暨入愁新处。重重垂丝，缔缔阴雨。泪眼迷茫向谁诉。夜渐深寒酒渐消，衡雁一一南飞路。

踏莎行·赋江南

诗赋江南，情寄塞北。心儿好把伊操碎。赋诗无雁梦相传，可惜泪里屠苏味。晓经红烟，芳郊绿翠。凭栏总是山和水。倚楼无语又谁牵，为谁黯淡人憔悴。

踏莎行·满眼秋容

满眼秋容，心情难咏。人生唯有别离痛。流水落花春已空，寒雁南飞凄伤中。恨写心声，云笺寄送。短封难结乡思病。望君频向梦中迎，免教断肠愁争宠。

踏莎行·云间别雁

一叶秋高，云间别雁。岁岁年年若流电。时光只解催人老，人生有限情无限。秋水滔滔，音失弦断。倚遍朱栏难相见。谁唤谢娘斟满酒，朝花月夜莫嫉羡。

杏花天·雨后咏怀

多愁更兼风如雨，淡妆梳懒无情趣。为伊憔悴难言语，眼见得花谢去。多情人已难相遇，人空老，鬓染霜絮。莫问侬家何情绪，丝弦断不成曲。

杏花天·燕飞常在屋檐角

燕飞常在屋檐角，动情处，声声巧巧。柳丝儿翠人样貌，谁把心情相告。信杳杳，恨忧难表。怎说好，真个草草。方壶只有人知晓，醉后不同烦恼。

如梦令·杨柳垂丝绿透

杨柳垂丝绿透，春雨霖花红皱。莫要怨春风，乍暖还寒时候，消瘦，

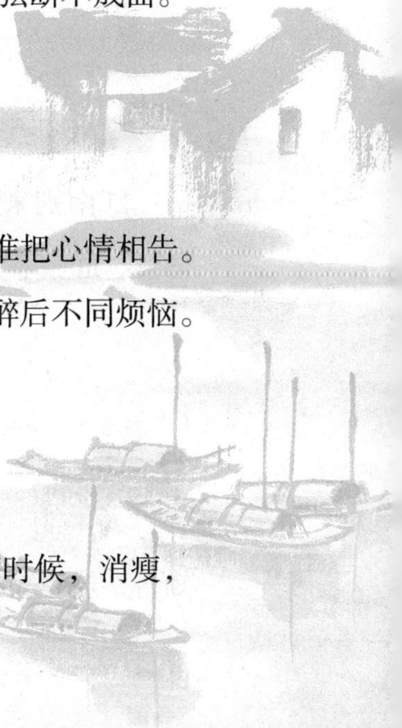

消瘦，不觉槽深尽漏。

如梦令·雅淡浓俗心语

雅淡浓俗心语，杨柳花间垂处。春色本凝心，搅在江南烟雾。飞絮，飞絮，不似朝云暮雨。

如梦令·华灯明月光中

华灯明月光中，菊花秋风相送。六十四年驰，国泰民安昌盛。歌咏、歌咏，再圆中华强梦。

如梦令·春雪纷纷正好

谁说天涯海角，几度春风芳草。登高遥望时，唯恐惹人相恼。休恼，休恼，春雪纷纷正好。

如梦令·江南别来多久

江南别来多久，新怨已添陈旧。抚琴春宵曲，镜中人儿消瘦。杨柳，杨柳，昨夜春风吹透。

如梦令·樊运新·生日作

人生能有多久，转瞬两鬓霜就。不若迎春乐，翩跹舞动春袖。知否，知否，君是吾的朋友。

如梦令·迷茫疑惑难左

迷茫疑惑难左，幽怨惆怅相扯。烛暗泪干时，沈腰潘鬓消磨。寂寞，寂寞，休待暮春花落。

如梦令·莫道梅花独艳

莫道梅花独艳，岂知杨柳自羡。雪中冬梅燃，春雨怎会久远。期盼，期盼，不枉逐此心愿。

如梦令·江南飞来鸿雁

莫道梅花独艳，岂知杨柳自羡。雪中冬梅红，春雨怎会久远。期盼，期盼，江南飞来鸿雁。

如梦令·管弦丝竹古谱

管弦丝竹古谱，《暗香》《河传》《幸薄》。听罢泪无数，谁解内心莲苦。哭诉，哭诉，人在黄河源处。

如梦令·分明已是春暮

分明已是春暮，不见杨柳飞絮。玉人心更寒，独在闺房深处。无语，无语，泪珠线断似雨。

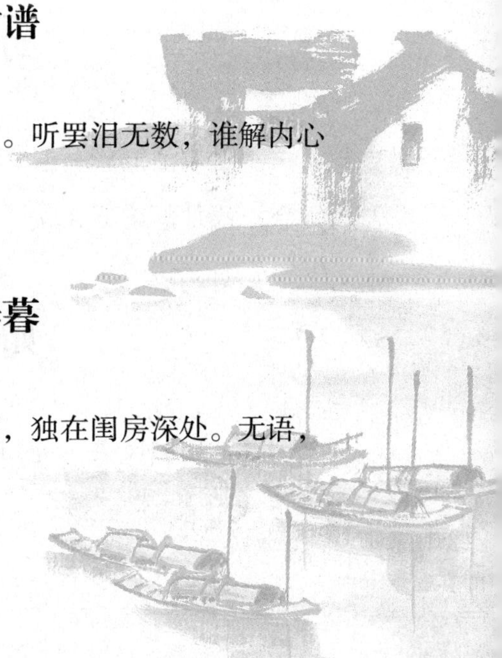

如梦令·恩情

害下相思这病，谁晓不得安静。辗转人不寐，为他拼却性命。省醒，省醒，人生原来如梦。

如梦令·双双鹧鸪啼咏

双双鹧鸪啼咏，两两黄鹂相应。人儿梦破惊，勾起相思这病。泪涌，泪涌，风动红烛只影。

如梦令·陌上花繁莺语

陌上花繁莺语，帘卷东风春雨。长记别伊时，情似窗外飞絮。相忆，相忆，唯有梦里甜蜜。

如梦令·都道生活五彩

都道生活五彩，怎知苦里甘外。打翻五味瓶，谁能还清这债。无奈，无奈，残月落花不睬。

如梦令·都道田园风采

都道田园风采，谁知苦里甘外。分明雨不来，无力呼云唤海。难奈，难奈，久旱急需灌溉。

如梦令·江南依归春住

江南依旧春住，燕子翻飞无数。婉转倦寻芳，竹笛思乡一曲。情趣，情趣，心系塞北柳絮。

如梦令·寄吾深情

水映荷花日暮，轻歌诉尔心慕。月明荷花红，寄吾深情注。谁知，谁知，泪水绵绵如露。

如梦令·乍暖还寒

杨柳垂丝绿透，春雨霖花红瘦。莫要怨春风，乍暖还寒时候。消瘦，消瘦，不觉槽深尽漏。

如梦令（一）

回首相思愁怨，谁知别恨深浅。不是泪水多，期盼春风归雁。难见，难见，雪花飘落庭院。

如梦令（二）

常忆相思愁怨，自知别恨深浅。不畏泪水滴，期盼翠枝归雁。好见，好见，春风吹化江面。

如梦令·难忘

红杏白梨肌样，生就一脸福相。人儿忒精神，恰似罗敷形象。难忘，难忘，人人见了向往。

长相思·游赤峰翁牛特旗灯笼河草原有怀咏·花儿

草也肥，水也肥，花好时节燕子飞，春风细雨霏。日生辉，月生辉。踏赏花儿红正菲。举杯人醉回。

长相思·咏怀

月色明，烛色明，光映窗纱未了情，春深夜不宁。早霞红，晚霞红，早晚红霞连海平。相思难洗清。

长相思·雪纷飞

雪纷飞，絮纷飞，二月塞北雪含梅，不见柳丝垂。莺儿飞，燕儿飞，二月江南烟雨归。踏青人未回。

长相思·月圆月缺时

长歌词，短歌词，词里真情恨别离，冤家知不知。君心思，奴心思，各自心思和泪痴。月圆月缺时。

长相思·咏怀·朝缫丝

朝缫丝，朝缫丝，缫到深情好制衣。心情恐又离。暮相期，暮相期，久恨别离伊不知，朝暮心不移。

长相思令·人在无尽头

花下愁，月下愁，花落月明人在楼。断肠春复秋。思悠悠，恨悠悠，恨到归时方始休，人在无尽头。

长相思·梦江南·一韵到底

梦江南，忆江南，魂梦萦绕在江南，玉人是江南。望江南，思江南，别离牵肠在江南，何时见江南。

长相思·燕儿飞

燕儿飞，莺儿飞，二月江南春雨回，踏青犹未归。雪纷飞，絮纷飞，二月塞北雪含梅，不见柳丝垂。

长相思·寒尽遇春光

雁一行，泪一行，分携千里心彷徨，各在水一方。整罗裳，脂粉香，夜间衡雁啼声双，寒尽遇春光。

长相思·惆怅心久期

恨怨依，愁怨依，断肠关情怨别离，杨柳空垂丝。瘦因思，病因思，秋风渐紧因雁西，惆怅心久期。

长相思·雨簌簌

雨簌簌，漏躇躇，窗外垂柳窗内烛，只影心更孤。南鹧鸪，北鹊乌，啼声听来啼音殊，不道为谁呜。

长相思·何处郎马踪

来匆匆，去匆匆，梦中相逢亦成空，遗恨流云行。春匆匆，秋匆匆，短暂花季一场风，何处郎马踪。

长相思·菊花芳

菊花芳，秋风香，水中天上月儿双，依栏赏月光。饮琼浆，歌安康，江南江北富而昌，华夏好家乡。

长相思·长相思

长相思，恨别离，为谁相思人入迷？相见恨迟迟。恨别离，长相思，为谁别离心生疾？相见何时时。

长相思·君泪迎

君泪迎，妾泪迎，西相深陷牵挂情，无力与理清。春雨生，秋雨生，细雨霏霏月难晴，潮起江水平。

长相思·回冯畔

春风吹，柳絮飞，无定河畔白鹭归。千里寻梦回。山清秀，水清透，冯畔乡[①]亲人憨厚。怎能不怀旧?

【注释】

①冯畔乡：下乡时住过的地方。

长相思·明月何时圆

指尖尖，脸圆圆，常忆月下舞翩跹。水中百花仙。思牵牵，泪涟涟，深情之处夜难眠。明月何时圆?

长相思·咏怀·风似伊

风似伊，雨似伊，风雨何时不再疑，问伊梦里时。蚕有丝，藕有丝，蚕藕丝情总教迷，问伊织锦迟。

长相思·怨恨难成眠

言缠绵，似蜜甜，荷藕深处根相连。情趣多盎然。心儿念，人不见，

柳丝依旧风拂面。怨恨难成眠。

长相思·读词有怀

君源头，妾源尾，朝夕共饮黄河水。中有何滋味？相思情，相思泪，洒落黄河心都碎。月明难入睡。

长相思·尺素亦不通

水清清，柳青青，多少垂丝倒影中，情景亦相融。怨声声，恨重重，多少思念人不逢，尺素亦不通。

长相思·几时梦相寝

风一阵，雨一阵，春衫薄薄寒难忍，心中好郁闷。酒不饮，茶不饮，相思泪泪落在枕，几时梦相寝？

长相思·闻音喜上眉

怨一回，惦一回，燕子云中相戏随，杨柳丝空垂。风一回，雨一回，燕子细语意向谁，闻音喜上眉。

长相思·泪水染衣衫

一重山，两重山，折折曲曲多少弯。夕照云已燃。山有缘，水有缘，宗宗件件心儿缠。泪水染衣衫。

长相思・相思人儿知

长相思，长相思，两鬓相思已生丝，相思人心痴。长相思，长相思，一场相思何惋惜，相思人儿知。

长相思・鱼水情

雌鸟飞，雄鸟追，罗带同心能结谁，心中能有谁？东渭水，西泾水，桃花流水鳜鱼肥，鱼水情向谁？

长相思・待佳音

几重山，几道湾，山高水远边塞关，人儿相见难。桃花开，杏花残，几度春风人未还，何期佳音传？

长相思・水仙

相聚短，离别长，春夏秋冬奔波忙。怨恨心里藏。桃花红，杏花黄，梅兰竹菊难欣赏，怎比水仙香？

长相思・心系长短亭

柳垂垂，叶青青，衡雁飞来两两情，翩翩起舞迎。怨浓浓，恨重重，不见闻人佩玉声，心系长短亭。

雨霖词蕴

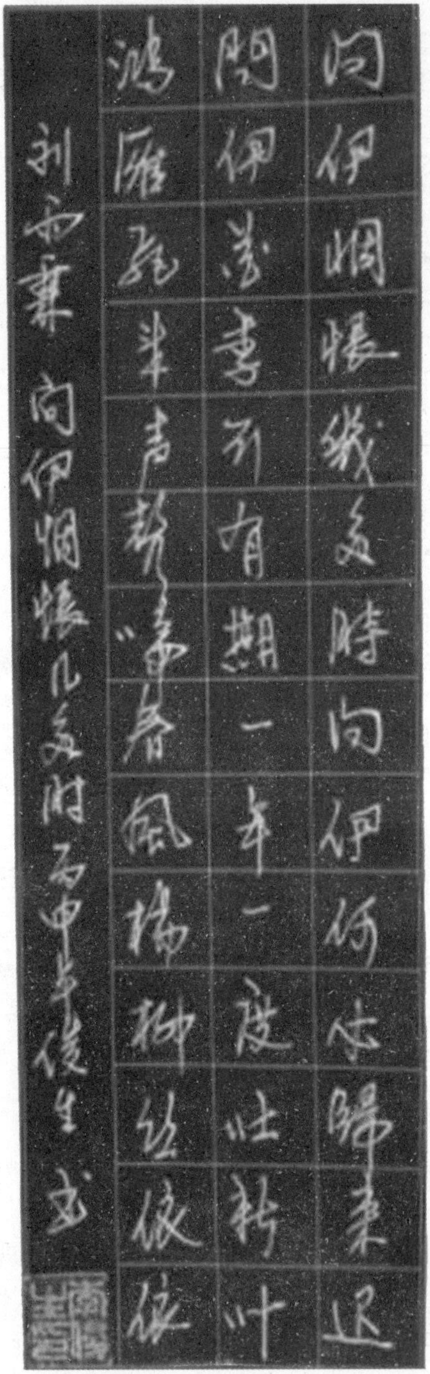

南歌子（一）

柳丝青且长，杨花雪送霜。人间到处暖风扬，切莫乱莺声里误春光。

南歌子（二）

白杨风中立，翠柳烟里迷。谁道势弱被人欺，忧愁胜过天地，心苦凄。春暖花争丽，水寒鸭先知。岁月若水起涟漪，忠良最不容易，人猜疑。

南歌子·欲取江南柳

欲取江南柳，思与陇北人。绿情粉意系根深，自是寒暖相润，雨霖霖。怅望梅花驿，凝情柳絮村。快意平生遇知音，不必与他伤感，锁深心。

南歌子·玉石需人琢

玉石需人琢，银铃待耳听。西山落日天映红，柳外断桥流水，几多情。梅蕊添新意，雪花失旧容。不见佳人尺素通，断送一年心事，怨愁中。

南歌子·族思

斜月映寒岗，直条垂丝长。虽然江南已春光，衡雁不至心里添凄凉。渔父[1]今谁唱，戚氏[2]音凄凉。字字句句皆故乡，千里迢迢驿路亭短长。

【注释】

①渔父：曲牌名。

②戚氏：曲牌名。

南歌子·眼前风和雨

眼前风和雨，山后松与林。骚客笔尖常留痕，抒发胸怀情意，似水深。诗思清如水，毫端妙入神。落霞残照也能文，只恨知音稀少，不知春。

南歌子·分明月儿满

分明月儿满，晴空天地宽。因何不念人而牵，特地明月著意，烦恼添。杨花风吹散，柳枝月送寒。倚窗凝伫心更酸，只因地偏人远，难照看。

南歌子·诗有谪仙语

诗有谪仙语，词无后主声。花间径里遇春风，青城贺兰山下，溪水清。眼前黄鹂飞，身后白露鸣。心意系在花间庭，江南塞北两处，共牵情。

南歌子·拨弄琴上线

拨弄琴上线，调匀瑟中弦。宫商角微羽之间，音韵偏偏生怨，泪儿添。弹兮声深浅，歌兮心牵连，见时不似别时前，几回登楼往返，望天边。

南歌子·玉漏迟迟尽

玉漏迟迟尽，垂条淡淡风。夜来琼浆意还浓，好梦犹在品味，怕天明。春色添烦恼，人去流水空。独倚危栏多少情，犹恐被人抛弃，泪不停。

南歌子·紫燕梁上睡

紫燕梁上睡，白鹭云间飞。谁怜泪尽烛成灰，心怀一腔春事，暗蹙眉。春暖花更美，秋寒鱼也肥。思情哪堪雨霏霏，泪染彩笺心上，诗题谁。

南歌子·江南飘细雨

江南飘细雨，塞北起尘沙。同是初春景色杀，一钩明月，海角照天涯。天上飞紫燕，水中游红虾。梅花不怕雪花压，独妍春色，老枝吐新芽。

南歌子·初春突尽寒

初春突尽寒，雨雪咋霏霏。心盼燕子早早回，画梁依依细语，道春梅。莫吟关关雎，常使意菲菲。河汉滔滔难相随，一年春好辜负，泪珠垂。

南歌子·易别多离恨

易别多离恨，难逢笑口开。试问杨柳谁人栽，每逢东君垂丝，月徘徊。无奈多愁闷，有意燕不来。盼春又去泪满腮，飞絮落花香散，阶生苔。

南歌子·才拭眼角泪

才拭眼角泪，又湿身上衣。双燕雕梁无语啼，何况眉头心上，长叹息。春风桃花艳，秋雨柳丝迷。天上衡雁人一一，离伤柔肠欲断，载相思。

南歌子（凤蝶令）

久旱尘沙起，雪融树杈青。东风吹蕾遍山红，燕子飞来翠柳长垂情。

南乡子·杨柳丝垂垂

杨柳丝垂垂，春暖春寒雨霏霏。窗前有人挑锦字，为谁。泪湿红衫染画眉。佳期不曾回，花开花落春又归。鸳鸯织就又裁剪，纷飞。一场离恨化风吹。

南乡子·商调

春色动妆楼，桃红柳翠眠底收。谁道开窗风不定，轻柔。荷塘鸳鸯趁水游。飞絮吹上头，欲绾手懒叹不休。长恨沉吟心底事，泪流。忍听鹧鸪啼声愁。

南乡子·雨后斜阳

雨后斜阳，淡淡秋风淡淡香。雨打金菊珠非霜，却双。何不汲取酿琼浆。清透芬芳，滴滴能润人心房。此景此情最牵肠。为郎，秋雨红腮泪千行。

南乡子·人孤独

红豆化泪珠，绿柳成丝竹。一曲阳关叠，声声悲且呜。人孤独。

南乡子·莫言离别愁

莫言离别愁，细雨翠柳泪水流。思似黄河东流去，休休，春蚕到死丝无头。何时再相游，黄鹂枝头鸣翠柳。心底私语恐人知，羞羞，双眸相视是温柔。

南乡子·莫忘

雨后又斜阳，淡淡秋风淡淡香。雨打金菊珠无数，非霜。莫不汲取酿琼浆。清透又芬芳，滴滴能润人心房。此景此情君莫问，莫忘。秋雨红腮泪千行。

捣练子·江南柳

江南柳，塞北梅，不同区域不同菲。两处常盼鱼书信，打起黄莺快取回。

捣练子·织锦字

织锦字，绣荷包，夜夜相思人寂寥。红烛有情知垂泪，窗前只影为谁娇。

捣练子·还记否

还记否，旧时情，春风翠柳小燕鸣。如今不知因何故，连日阴雨不见晴。

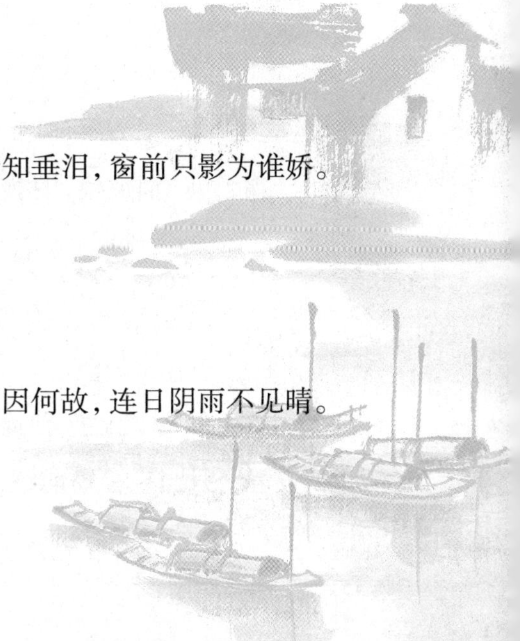

捣练子·天涯远

天涯远，尺素怜，慕君才情难合联。满园春色君不见，斑竹新泪为谁添。

捣练子·夜寂静

夜寂静，玉床空，红烛落泪几行中。无奈人去常无寐，月光凄寒和冷风。

捣练子·锈斑痕

梅溪渡，柳长春，断续琴音断续吟。丝断曲竭谁晓意，细听秋雨锈斑痕。

捣练子·江南夜

风重重，雨溶溶，细雨江南夜不停。无奈夜长人不寐，对烛流泪到天明。

捣练子·霜鬓染

霜鬓染，泪痕残，月夜难眠夜月繁。无奈怜情心惦恋，抛梭几度丝相连。

捣练子·绣帘拢

秋夜静，月当空，独倚窗前听秋风。山南山北人不寐，此情此意恨难拢。

秋夜静，月当空，窗前织机伴秋风。一南一北人不寐，一丝一线绣帘拢。

捣练子·有丝连

词千句，心里言，无奈风筝被线牵。只因缘分苦与甘，天地再远有丝连。

捣练子·怨恨

花儿芳，味甘甜，梦里常常在眼前。辗转无寐人憔悴，怨恨难及到天边。

捣练子·笑相迎

风儿静，雨儿停，乌云散尽天放晴。春雨过后杨柳新，何日佳人笑相迎？

柳梢青·匆匆相聚

匆匆相聚，淡淡泪水，丝丝絮微。几度功名，几番成败，几回盈亏。高台一望不悲。人间事，空争是非。浪起潮落，斗转星移，浓淡烟飞。

柳梢青·雪后咏

雪色烟轻，春燃缓浸，染柳清心。水阔山新，梅枝嫩润，往忆谁吟。新词尽索神魂。雁不信，揪人皱心。不道来春，花随涌劲，柳色春深。

柳梢青·咏聚

雨意生凉，云容催暮，九月菊黄。眼下黄河，潺湲东去，沿岸流香。

人间友谊天长，再把酒，回眸四方，莫问功名，且寻诗酒，歌咏华章。

柳腰轻·分明丝线绞成索

分明丝线成绞索。谁寻思，这结果。为伊心意，千梭万梭，鸳鸯织就谁错。匆匆么，怎生稳妥。苦与甘，两处疑惑。寸肠愁怨锈锁。在人前，焉敢点破。看看瘦损，潘鬓消磨，前生注定缘过。到如今，悲喜难左。好一场，春水寞寞。

满庭芳·同学·聚会有怀

秋菊芬芳，年华向往，何言不再风光。放歌轻爽，休再议离伤。四十年来细想，那么样，风华红装。莫惆怅，谁不欣赏，花甲也疏狂。秋高气爽，星遥暗光。问晴有多长，星月双双。莫笑酒后模样，纵情唱，粤曲秦腔。鬓角上，青春回荡，一曲满庭芳。

满庭芳·游广西德天瀑布怀

渔火牵情，举棹回首，满目春色尽收。思量心事，深情任悠悠。圆荷垂杨水下，风吹去，惊起白鸥。人间事，犹如船楫，两处难相求。人生浮萍迹，何是乐处，辜负东流。慰心经，梦中依依温亲。请看德天瀑布，银珠散，春色入眸。真堪与江南春雨，渔歌汤江楼。

满庭芳·往事空空

往事空空，回首初醒，休再复诉断肠。眼前烟雨，不抵这阳光。且趁

青春未老，君与我，携手疆场。再相聚，推杯论盏，童趣心无藏。芬芳，当此际，借月宁静，秉风飞扬。这一江流水，凭君疏狂。虽然天涯海角，请细听，羽衣霓裳。伤情处，千钟美酒，一曲满庭芳。

满江红·咏怀·山可迁移·平韵

山可迁移， 愚公颂，福溢子孙。缅先圣，当为新作，不负人心。此去大江淘浪尽，相从高处雨雾吞。恋梦情，思忆几多春，牵动魂。雄心树，敢与拼。壮怀境，再耕耘。恐晓窗飞燕，不懂惜恩。柳树垂丝丝纤纤，桃花开满满芬芬。恨不得，策马越关山，双抚琴。

一剪梅·咏怀

莫把心思细细言，杨柳风烟，枝叶缠绵。银蟾夜夜照无眠。新月窗前，霜色心间。谁知时刻泪涟涟。银漏滴完，春梦新攀。飞红万点恨斑斑。春雨花繁，秋雨花残。

一剪梅·潇洒佳人淡淡妆

潇洒佳人淡淡妆，言语甜甜，牵人心房。迎步随风似霓裳。生就天姿，无需羞藏。百花丛里她最香。如玉纯洁，好似月光。谁人不羡暗凄伤。杨柳垂丝，春风荡漾。

一剪梅·愁绪焉能借酒消

愁绪焉能借酒消，醉后谢凋，醒来悴憔。若丝无序理更糟。心里唠叨，口中牢骚。谁将此景来画描。风吹雪飘，雨过云高。唯恨忍上心悬刀。不得逍遥，只能寂寥。

一剪梅·心期幽欢路迢迢

心期幽欢路迢迢，寂寞难熬，恨怨难消。才过三五心又焦。树下人娇，月上柳梢。小园门锁春萧萧。晚风香飘，旭日花凋。旧日心爱谁相邀。秦美越妖，潘鬓沈腰。

一剪梅·欲别难舍手相牵

欲别难舍手相牵，怨恨两难，恨怨两难。此情无计能相安，思也心酸，念也心酸。流光容易两鬓斑，春月谁还，秋月谁还。垂丝杨柳景更残，古今阳关，今古阳关。

一剪梅·兴安盟咏雪

雪夜兴安景色妍，白也枝繁，黑也枝繁。风吹雪舞动情间，诗也一篇，词也一篇。歌声语意诉缠绵，思也难眠，恨也难眠。谁知心里苦与甜，才掩辛酸，又挑琴弦。

一剪梅·化作东流

寒月窗前泪不收，月满西楼，心事悠悠。独酌霜色更添愁，剪断丝绸，尺素谁邮？燕子何时青寨游？春染雕楼，暖在心头。风吹细雨更温柔，多少忧愁，化作东流。

山花子·多自在

心盼燕子早春来，梨花开败桃花开。柳叶若眉细雨裁，谁不爱？双目相视意自白，何需絮语泪腮。只要真情心不猜，多自在！

山花子·都为情

沙尘一夜晓转晴，雪花万朵日成冰。黑白混淆愁怨处，难分明。人若有情何须盟，弦中拨动琴瑟声。丝弦交织牵心处，都为情。

读诗偶得·五绝第一种格式·咏梅

叶叶常留恨，随风梦不成。春光歌不尽，雪色映梅红。

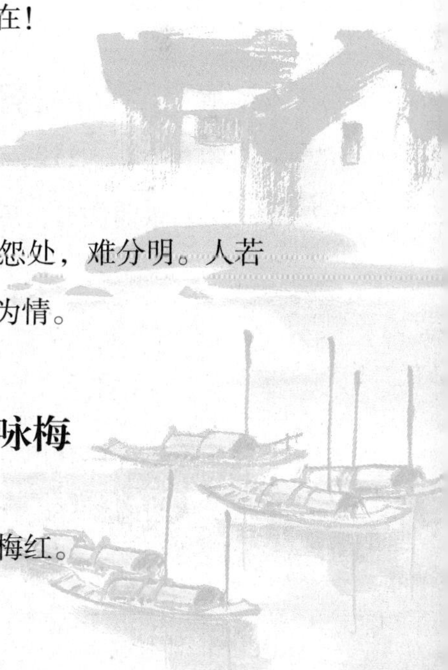

读诗偶得·五绝第二种格式·咏思

竹箫声切切，刻漏伴难眠。莫把烛心剪，春风不会怜。

读诗偶得·五绝第三种格式·咏莺

绿树掩莺姿，莺莺树弄啼。声声多少意，细雨柳丝齐。

读诗偶得·五绝第四种格式·咏情

杨花柳月清，寄予许多同。为报君心意，摘来雁送情。

读诗偶得·五绝第四种格式·咏岁月

心中日月晴，眼里早分明。敢问山河壮，春光可有情。

读诗偶得·五绝第四种格式·咏贪官

金银贿位爵，燕燕伴春携。问悔可知否，德性尽丧绝。

少年游·秋风不似春风好

秋风不似春风好，吹落叶多少。月高清寒，草霜露白，渐觉心意渺。雁去生些离愁意，音信期杳杳。多情成病无药医，人空瘦，谁知晓。

少年游·商调·读信感怀

抽刀断水，浪花似雪，依旧向东流。塞北氍毹，江南图障，何处不见愁。眼前杨柳春来发，垂丝更添柔。莫言轻裁，离思牵索，问君怎能休。

河满子·新妆粉面玉腮

新妆粉面玉腮，轻敲心扉动开。只因东君情甚好，才把疼痛晓白。本是龙种凤胎，谁知任人轻摘。

命薄多少怨恨，此情花落谁埋。怨天怨地怨贾才，风雨牡丹尘埃。惊喜春风吹来，怒放焉能徘徊。

河满子·春情·淡淡春阳天气

淡淡春阳天气，屋顶积雪泣淋。唯恐春宵漏短，乍暖犹寒难寝。谁信如今憔悴，两鬓霜雪染侵。乌鹊玉兔频转，此时莫问升沉。

世间光阴几许，离情总叫失魂。须信沈腰易瘦，何教潘鬓轻痕。登楼远眺多时，春水东逝频频。夜夜欲求好梦，谁知烛泪灰尘。

河满子·草草时间欢笑

草草时间欢笑，厌厌别后情怀。留下一场烦恼，身心何处安排。终日心下悬悬，梦眠何曾安宅。几回猜伊心意，惆怅难以分开。但愿人心长在，有意有情常来。杏梢梅萼深浅，莫教泪水满腮。

画堂春·翠柳垂丝春风柔

翠柳垂丝春风柔，细叶才展眉头。几声啼语杜鹃羞，难了心愁。独自凭栏楼上，相忆千里那眸。一江春水向东流，载去新愁。

画堂春·情人节快乐

一江春水向东流，载不尽许多愁。君住长江水源头，愿往同舟。过泸州到常州，一路唱晚徐游。但得两情永莫休，鸳鸯同洲。

画堂春·虽是东风却匆忙

虽是东风却匆忙，空教垂丝叶长。飞絮满天雪茫茫，少了芬芳。昨夜江南春雨，今晨燕巢泥霜，可怜翠柳被折伤，泪儿汪汪。

画堂春·独自高楼

江南拂面春风柔，吹起水面波皱。几句诗词踪迹透，添了心愁。落寞苦自心上，相忆千里那眸。一壶浊酒握在手，独自高楼。

玉栏干·怕卷珠帘秋残景

怕卷珠帘秋残景，夜雨绵绵身心冷。声声雁去白云中，人不寐，愁染闲病。欲将怨恨传书信，前思后，心难裁定。几回栏前细思量，水悠悠，载去春梦。

玉楼春·匆匆秋雨匆匆絮

匆匆秋雨匆匆絮，匆匆相聚匆匆去。风若无意莫催行，休教人儿添愁绪。镜中已觉霜雪戏，路上更添风雨继。风流才子莫怜惜，唯恐被伊轻抛弃。

点绛唇·浮世如何

浮世如何，问春些事花谢语。唯有飞絮，应我愚钝句。柳轻春深，却是愁丝聚。窗外雨，为谁焦虑，流逝韶光去。

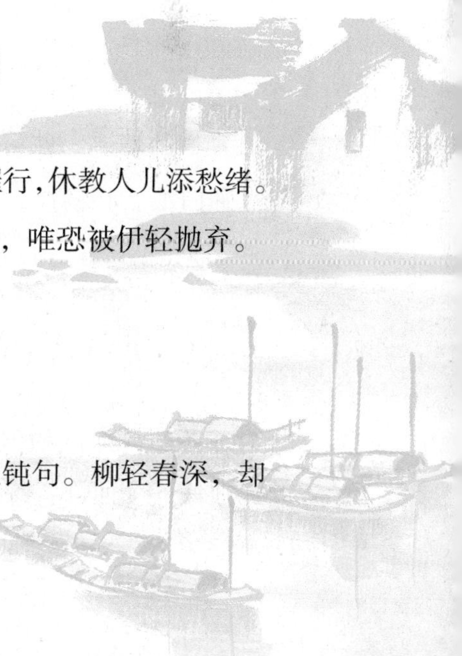

点绛唇·咏梅·香来不歇

香来不歇，恰遇寒风浓在雪。霜衬红叶，临寒蕊绽裂。重重叠叠，春燃火难灭。明月夜，心儿切切，肯把春光借。

点绛唇·春雨春风

春雨春风，问谁又染江南好。燕娇莺巧，几度春不老。夜映参辰，醉了人多少。君莫笑，心盼早早，圆月共相照。

点降唇·依意痴呆

依意痴呆，难负杨柳青丝债。天涯无奈，两处病儿害。只因情怀，谁肯不字改。这丑态，白云天外，空余年年爱。

点绛唇·日渐秋凉

日渐秋凉，此情此意无计量。更添帐望，杨柳垂丝长。菊花黄黄，秋水翻白浪。心畅往，月儿明朗，寄托梦频想。

点绛唇·又闻燕语

又闻燕语，知是别后春去。心中清若，又伴黄昏雨。可怜那边，凄凄孤独住。今何许？细雨如故，垂柳残丝处。

点绛唇・流水天涯远

杨柳丝牵，去年今日与君见。相思难断，心被串一线。如今似前，未见玉人。又谁怨，金缕弹遍，流水天涯远。

点绛唇・秋深花残

秋深花残，满目凄凉心欲碎。辗转难寐，心思谁安慰。莫言情重，人在天涯北。空流泪。一江秋水，何时怨潮退。

点绛唇・春意催花

春意催花，寒梅枝头清香吐。韶光暗渡，飞雪留不住。一曲阳春，辞把心情诉。君不悟，出自肺腑，的卢在新路。

点绛唇・梅花飘香

梅花飘香，暖风渐渐浸树梢。素娥相照，倍觉春光好。花本无情，总被寒意恼。知音少，难把心交，莫待春光老。

点绛唇・香染红腮

香染红腮，玄发丝丝撩人慕。恰最好处，多情使凝伫。葡萄酸酸，心愿口难诉。杨柳絮，凭风吹去，散作愁无数。

点绛唇·怎表心情

怎表心情，细书尺素邮难到。几回废掉，雁影空相照。柳绿春深，月色空荒了。人杳杳，雾遮梦渺，能解愁多少？

点绛唇·冰雪肌肤

冰雪肌肤，恰如春风桃花面。含情漫漫，世俗尘不染。新月如眉，笑靥双侧点。谁不羡，难掩心乱，寄书托鸿雁。

点绛唇·泪珠

雪白草枯，塞北寒风鸿雁无。沧桑四野，何处寻啼呜？心怀怨恨，只能默默哭。书不至，谁解心意，滴泪雪成珠。

点绛唇·衡雁

衡雁有心，几番风寒不愿去。徘徊最苦，泪珠似秋雨。霸陵桥边，多情谁留住？莫轻许，玉环成古，休学霓裳舞。

友朋聚会·见壁上咏月图·酒后即兴填词·点绛唇·咏怀

吹尽愁云，碧空明月新如洗。好风再起，似诉心中意。多少相思，如月当空际。每忆起，频添情趣，恰在春风里。

雪中观柳·填词·水调歌头·咏怀

杨柳不知恨，雪中乱纷纷。落尘丝染霜鬓，几度月勾魂。朝雨心儿折尽，暮霭桥边留信，岁月几回春。雨雪不停顿，风景又更新。雁询问，人泪浸，恨深深。春风又近，杨柳飞燕语佳音。把酒琼浆痛饮，醉里无那忧闷，只是不相临。但愿春风劲，不教老山林。

永遇乐·咏怀·别也匆匆

别也匆匆，聚也碌碌，辛酸难诉。当年青春，如今霜鬓，恨不知早悟。悔耶无奈，恨耶无奈，人间沧桑迷雾。想当年，雄姿英发，出口词章歌赋。朱颜已老，明月如水，梦里常常回顾。三十多年，感情犹记，只换了朝暮。古今如梦，何曾梦觉，休再蜂飞蝶舞。君不思，玉环飞燕，皆成粪土。

长命女·春风柳丝长

春风柳丝长，双燕依画梁，不见鱼书意，思君泪干行。举樽敬远方，愿君人安康，行若梁上燕，相伴岁岁双。

武陵春·记忆那时人去后

记忆那时人去后，春水向东流。浪外烟波更转愁，渐渐染白头。思见伊人期太久，情已化成仇。两处相思病样眸，夕照遍凉州。

武陵春·春恨·乍暖还寒风不定

乍暖还寒风不定，吟咏心难静。夜来兴致还春梦，醒来才知窘。消得刘郎已心病，谁与山水共。莫听莺簧巧舌动，泪潮涌，难把控。

武陵春·咏新月

裁剪蟾蜍成曲月，楼上挂偏斜。怎教圆圆又剪缺，问否有知觉。分明月影扁舟也，新月几回叠。牛女相思日累结，徒待乞巧节。

武陵春·托闺情抒怀

才剪蟾蜍成新月，偏挂楼上斜。分明圆圆剪成缺，问君何感觉。月影倒映扁舟叶，圆缺几回叠。不解牛女相思结，徒待乞巧节。

清平乐·景色如画

景色如画，焉听鹊语漫话。飞絮随风香落瓦，休教游子闲踏。春暖柳枝生芽，细条垂地婆娑。莫道东君移情处，好风自在杨花。

清平乐·挽留不住

挽留不住。费尽些儿语。满地残红泥泞污，黄叶自落风雨。多情拨动琵琶，萦回梦绕天涯。声声催的人妒，秋风吹散晚霞。

清平乐·莲蕊初绽

莲蕊初绽，早被蜂儿恋。上下翻飞恨日短，更恐秋风添乱。莫愁家住溪边，采莲心事年年。只待游子归来，共剥莲蓬青圆。

清平乐·采笺寄语

采笺寄语，着侬多少意。每日窗前盼春雨，何时归来相聚。风吹杨柳丝丝，常忆梦里痴痴。莫怪红烛泪止，画饼焉能充饥。

清平乐·谁伴只影孤烛

当初相见，心恨相逢晚。元曲宋词弹未遍，无奈句句愁怨。谁教恩浅情疏，谁教丝垂絮浮。惆怅黄昏时近，谁伴只影孤烛。

清平乐·雪

梅花映雪，总教人心悦。不管冬日和春夜，只愿梨花凋谢。愿你多来一些，化成清水纯洁。莫唱阳关三叠，春风频频报捷。

清平乐·茫茫浓雾

茫茫浓雾，何处寻归路？若有人知请告诉，莫教白白辛苦。垃圾何日清除？天天累得想哭。不为民生做主，焉能保住前途。

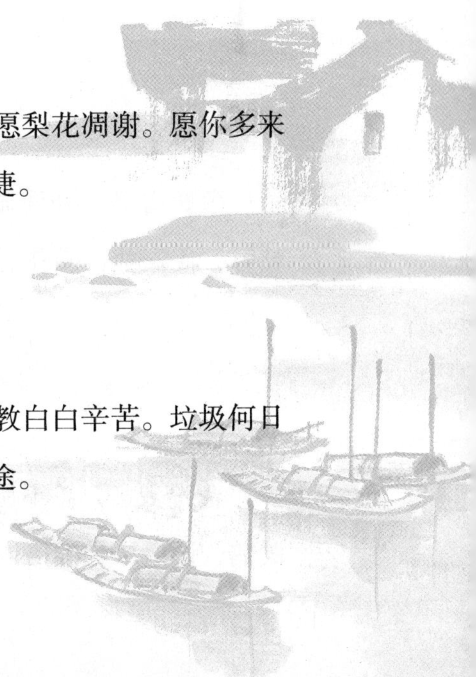

清平乐·夜来风起

（学习民歌描写手法作）

夜来风起，又把雪花坠。寒情郁恨汇成泪，浩似黄河水。此水饮来心醉，又载多少心碎。长夜辗转无寐，谁肯将人心慰？

清平乐·春风多少

春风多少，莺啼绿树早。分明声声告知晓，何必将信疑笑。叶底间关声娇，恐惹蝶怜蜂恼。待到日斜人静，携手绿丛醉倒。

清平乐·无眠

春才过半，长条丝丝染。杏花却随风儿乱，扫去复又返。行人江北江南，抱琴谁和流泉？想来更添肠断，夜深愁绝无眠。

清平乐·争妍

争妍占早，处处显机巧。紫薇丁香花太小，自胜牡丹花好。日烘群里粘香，夜深独自癫狂。不见花前一笑，风雨过后精光。

清平乐·闺怨

企盼多日，总不见一字。不知何故难揣意，多少怨藏心底。昨日遇着灵鹊，谁道尽是漫语。更添寂寞惆怅，只恨他不怨你。

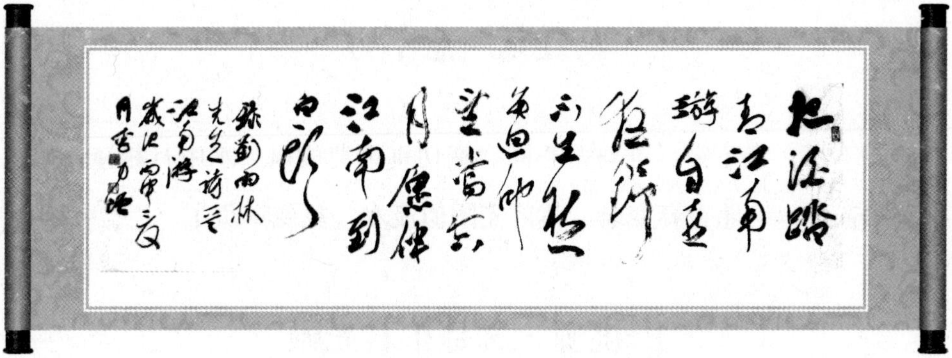

清平乐·荷包

荷包巧绣，情意结盘扣。鸳鸯成对丝若柳，总教爱不释手。中有多少相思，件件回味着迷。离恨聚欢匆匆，荷包寄我相期。

极相思·咏月·都言明月相思

都言明月相思，不见月如诗。风风雨雨，别离聚忆，日月相期。心事重重牵梦绪，月有意，不道痴迷。水清月移，月移人去，空教相思。

唐多今·咏心·天地入胸膛

天地入胸膛，文章吐粹芳。志气刚，谁能主苍莽。纵使有心人向往，江水长，不留香。明志淡泊扬，静心德显彰。莫迷茫，难道是刘郎。不是只求心里爽，难道想，为琼浆。

喜迁莺·意不穷

心不尽，意不穷，谁与吾心同。意切真情莫成风，水中月相逢。朱弦上，知音少，谁愿青春变老。苒苒光阴似流水，莫要辜负了。

醉桃源·又是东君光顾

又是东君光顾，冰溶雪消翠吐。试问行路人，相见曾在何处。吩咐，吩咐，春光莫要虚度。

醉蓬草·问江南胜地

问江南胜地，景胜人幽，相聚难得。登高相望，远处唯黄河。月色虽同，归意何期，无心琴瑟拨。举杯邀月，人在何处，对影独歌。好在江南，心往驰处，花好月圆，别是天国。今夕楼中，愿将心颗。谁解此意，心盼衡雁，琼浆待谁喝。乐事难成，池中明月，叹来命薄。

醉落魄·绿枝红萼

绿枝红萼，为君折来花一朵。遥寄陇头春恋者，翠柳江南，常把丝牵扯。天涯万里情怀个，海角几时意犹索？不堪往事寻思著。苦涩甜中，多少是欢乐。

醉落魄·云深海阔

云深海阔，长忆江头云起落。人生不解频离索，昨日花开，今个睡不着。杨花随风人飘泊，秋风春雨真情薄。如今始信从前错，奴盼刘郎，莫负山中月。

醉桃源·布谷声里春已浓

布谷声传春已浓，踏青赏花容。北山阴处雪未融，南坡桃花红。风细细，露重重。雁阵缓缓行。凭高念远思无穷，牵挂心儿中。

醉桃源·秋风又锁乡思梦

秋风又锁乡思梦，怎教凄凉同咏。我赋新词谁懂，句句心都窘。残烛落泪长空影，阵阵寒风又送。杯酒不疗俗病，醉后休催醒。

桃源忆故人·夜来寒风丝条挽

夜来寒风丝条挽，秋到菊黄耀眼。对景可堪肠断，无力愁眉展。愁寒引走归期雁，寒蝉枝头凄遍。凝想梅花心漾，空结相思怨。

桃源忆故人·江南何时寄春信

江南何时寄春信，陇上人儿霜鬓。每填新词谁问，相忆愁肠损。依依杨柳青青近，为伊更添新恨。对镜无意脂粉，梦中泪儿浸。

桃源忆故人·菊花雨里秋风早

菊花雨里秋风早，不比寻常开了。枫叶层层多少，莫非春不老。青城灯火笙箫好，夜里徐徐吹到。分明四季颠倒，染红枝头了。

桃源忆·几回梦里人何处

几回梦里人何处，听得寒鸦噪枯树。几点雪花冻雨，寂寞闲庭户。秋风焉解叶留住。片片着人无数。楼上望雁归去，风雪迷归路。

丑奴儿·菊花谢了梅花发

菊花谢了梅花发，红白相催。衡雁回家，处处风寒结窗花。人生乐事知多少，频频金樽。添些鱼虾，休教空逝荡年华。

丑妇儿·春风杨柳垂丝条

春风杨柳垂丝条，燕语莺歌。燕语莺歌，雨打芙蓉润新荷。锦帐轻卷月光娇，影儿婀娜。影儿婀娜，休将杨柳轻易折。

丑妞儿·晚来风寒衣渐薄

晚来风寒衣渐薄，分明愁添。分明愁添，伊人不知在哪边？叹息声中常遗恨，愁在心尖。愁在心尖，断肠飘泪泪连连。

丑妞儿·此生相识缘休问

此生相识缘休问，心在忧愁。心在忧愁，不信伊人泪不流。乞求君来恰逢雪，独在高楼。独在高楼，谁说西风能阻眸。

丑妞儿·年年盼来雪花笑

年年盼来雪花笑，春暖人心。春暖人心，小燕翠柳月又新。词情诗意谁邮寄，唯有郎君。唯有郎君，春暖花开知依心。

丑妞儿·风寒雪飘天晴后

风寒雪飘天晴后，月又心痴。月又心痴，再填新词言别离。月在高楼人儿笑，心心相知。心心相知，总在两头陷相思。

丑妞儿·昨夜天上初飘雪

昨夜天上初飘雪，点点似珠。点点似珠，落在脸颊润肌肤。美人弯眉似新月，笑靥又出。笑靥又出，常把闲暇用在书。

诉衷情·心念我佛

世态人情饱经磨，眼也见来多。恰如春水东去，愁怨随逐波。休点破，话莫说，似酒浊。错中谁过，春夏秋冬，心念我佛。

诉衷情·一情到底

诉衷情处诉衷情，玉侬可知情。丝不断，思添情，惆怅难为情。休剪丝中情，易伤情。何时再咏杨柳情，诉衷情。

诉衷情·彼此别离隔多时

彼此别离隔多时，相思心都痴。塞北江南咫尺，相聚遥无期。风日日，雨习习，恨惜惜。可怜长饥，明月清诗，难以充饥。

诉衷情·爱赏河塘春色莲

爱赏河塘春色莲，团团出水鲜。生来多情如画，风吹雨如烟。忆往事，惜流年。长醉清夜，辗转不眠，涟漪圆圆。

诉衷情·夜来雨过转伤情

夜来雨过转伤情，寂静了无声。此刻心情何样，左右任秋风。追往事，忆姿容，思无穷。秋寒春暖，花落花开，星暗星明。

诉衷情·秋雨习习起寒风

秋雨习习起寒风，长夜滴漏中。不道秋来多事，蝉声也凄清。身倦倦，愁浓浓，雁匆匆。多少心愿，春风未至，秋雨不晴。

诉衷情·梦中欢

一场秋雨一场寒，枝只蝉，叫声残。心酸，泪湿衫。那人在边关，难还。相忆心相缠，梦中欢。

诉衷情令·惊闻险遇夜难眠

惊闻险遇夜难眠，揪心痛如煎。欲思亲临照看，无奈线相牵。心儿乱，泪斑斑，苦难言。唯能想念，无人遮栏，寄与跟前。

诉衷情令·江南一别无数天

江南一别无数天，梦里在眼前。多少思绪情怀，春雨和柳烟。相携手，共醉眠，赋诗篇。江南寒北，山水日月，命中有缘。

一从花·春风习习柳丝丝

春风习习柳丝丝，明月照窗低。别愁正引牵丝乱，烛光前，只影轻移。簪鬓乱散，心思谁题，佳期待何时。人间如梦转头西，空误英华惜。黄莺啼啭声无数，空惆怅，更添叹息。细语叮咛，莫要忘了，明月照双思。

一夜夜·莫使我情空对月

莫使我情空对月，流水匆匆花儿谢。此意此恨千万遍，这愁这怨一夜夜。

一落索·双调·感春

鹧鸪啼声悲苦，似把心吐。蛛网殷勤黏飞絮，恐花也，化成露。幽恨向谁哭诉，难逢尺素。眼见春去花将谢，人空瘦，留不住。

小重山·一韵到底·浊酒更添红粉伤

浊酒更添红粉伤，画梁小燕双，守空房。溪流几曲似回肠，更斜阳，流淌为谁长。雁书嘱衷肠，音信两茫茫，添思量。霓裳羽衣转清商，换新妆，一心在刘郎。

小阑干·春怨

杨柳垂丝和烟柔，叶叶织愁。草色烟雨，絮飞似雪，春怨难休。惆怅梦里往事省，泪满望月楼。红豆生在，江南枝上，牵奴心头。

豆叶黄·梅

疏枝冷蕊已报春，独绽冰雪花中魂。敢笑牡丹虚此身。空留痕，不及梅花最清心。

豆叶黄·心中诸事若飞云

心中诸事若飞云，久荡随风难守魂。雨雪纠结怨恨深。泪斑痕，不解刘郎一片心。

豆叶黄·晓风送暖杨柳中

晓风送暖杨柳中，丝丝相缠垂影重。却因有此好春风。共青青，两只黄鹂枝上鸣。

豆叶黄·柳丝无绪理缠纠

柳丝无绪理缠纠，乍暖还寒难将休。风雨雷电声不柔。愁愁愁，远水长山何是头。

豆叶黄·细读圈点品其味

细读圈点品其味，方知书中黄金贵。 浩瀚辞语人人泪。醉醉醉，千种风情使心慰。

豆叶黄·夜夜难寐泪空流

夜夜难寐泪空流，更短漏长恨悠悠。谁把霜染鬓添秋。休休休，花残花落使人愁。

豆叶黄·雨后怀·好雨甜甜玉珠凝

好雨甜甜玉珠凝，好风轻轻柳丝中。间隔听得黄鹂鸣。一声声，好似杨柳更多情。

霜天晓角·连夜秋水

连夜秋水，更无意减退。零落春艳秋媚，恨秋意，无情味。心碎谁能绘，知音焉能背。人醉心儿难醉，擦不尽，腮边泪。

霜天晓角·深情自爱

深情自爱，梦里歌常在。谁道锦织深处，丝丝上，缯光彩。谁把玄机脉，动乐深情待。若是知人情意，心旷阔，如大海。

惜奴娇·独木桥体·生在江南

生在江南，爱江南，情系江南。思江南，迷恋江南。忆江南，歌江南，咏江南。江南，梦江南，多情江南。缘在江南，怨江南，恨江南。恋江南，心念江南。谁解江南，话江南，论江南。江南，最为牵是江南。

惜奴娇·人约黄昏

人约黄昏，月上梢，卿卿早，情绵绵，心意谁表。两鸳鸯，江南调，休恼。似阳台，庄蝶梦晓。沈腰消瘦，潘鬓霜，太草草。忆江南，牵挂多少。春风翠柳，夜莺鸣，月儿照。莫跑，回头看，嫣然一笑。

更漏子·晚来风

晚来风，叶吹落，可叹韶光虚过。人不寐，泪双腮，纠葛心难裁。左

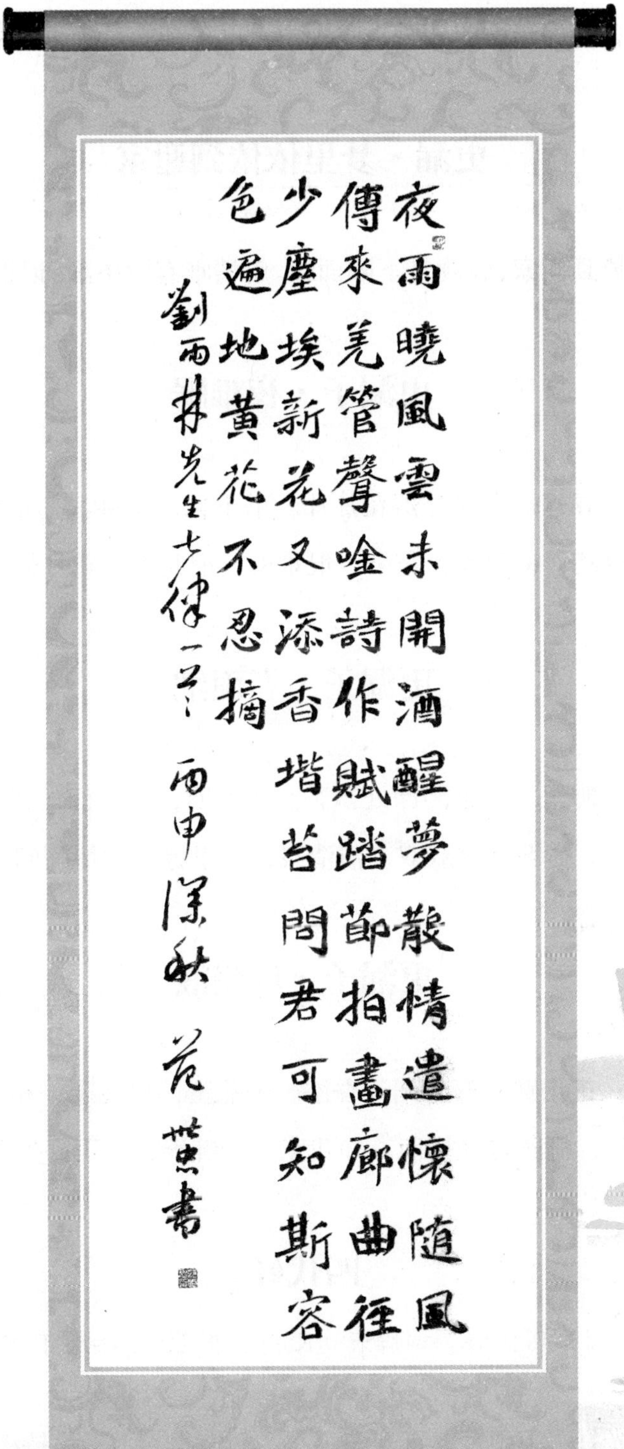
夜雨曉風雲未開酒醒夢散情遺懷隨風
傳來羌管聲唫詩作賦踏節拍畫廊曲徑
少塵埃新花又添香堦苔問君可知斯容
色遍地黃花不忍摘
劉雨林先生七律一首
丙申深秋

也恋，右亦念，愁绪谁能分辨。叹秋雨，淋黄菊，莫怨吾痴愚。

更漏·梦里依依到谢家

梦里依依到谢家，朦胧月下隔面纱。解情唯有屋中漏，迟迟点滴更不达。

更漏子·夜难眠

夜难眠，春宵短，窗外落花片片。书不见，怨谁言，垂柳叶叶相牵。心生怨，妆也乱，镜前鬓上霜染。恨难剪，泪儿酸，新月何时圆。

更漏子·春雨细

春雨细，柳丝长，小园深处飘香。多少回，梦水仙，情知此花鲜。明月夜，照故乡，荷塘鸳鸯双双。清清泉，命里缘，此情须问天。

更漏子·琼浆液

琼浆液，花儿鲜，蕙兰阵阵香添。采花蜜，蝶儿恋，相逢在春天。明月夜，人相见，柳丝轻轻拂面。知我意，情缠绵，心语好生甜。

四代好

（选用“四代好”词牌表达心意，祝 2015 年新年快乐）

旭日春光好，中国梦，喜迎东风早。新态常对，平稳持续，光明大道。十三亿人怀抱，国内外，人人称道。再扬帆，乘势争分夺秒。国泰征兆，巩固良好势头，再接再厉，改革深效。殊不知依法制，敢把腐败尽扫。近平克强多好，又寄予，图强新貌。渡难关，春去春来，号令号角。

相见欢·夜来辗转难挨

夜来辗转难挨，泪满腮。只恨寂寞难奈人不来。剪不断，理还乱，思难裁。唯有庆幸知遇为良才。

相见欢·成都咏怀·才别乐山春容

才别乐山春容，雨朦朦。又登峨眉金顶寻密踪。万年寺，佛光济，香火浓。眼前三江东逝隐钟声。不念世俗唯空，心意平！剪断烦恼便可获重生。宗旨记，诚信礼，自然明。待得心愿了却再登峰。

相见欢·何时再见春容

何时再见春容，雾层层。又教啼莺惊梦，恨难逢。泪谁控，意谁咏，太匆匆。了断心底憧憬，困重重。

相见欢·强言寂寞忧愁

强言寂寞忧愁，上层楼。韶华匆匆又过，月如钩。人空梦，鬓先秋，泪长流。别情聚意滋味，怎休休。

相见欢·夜来前岗寒风

夜来前岗寒风，不知晴。月在云端添窘，看难明。相忆梦，已成病，更心疼。知是奴家失宠，不甘宁。

相见欢·垂柳落叶生霜

垂柳落叶生霜，好凄凉。枝头残花余恨，更彷徨。杳无信，情难尽，剪愁肠。衡雁飞来飞去，一行行。

相见欢·杜鹃香

山上平湖春光，杜鹃香。千里踏青只求身健康。钻山洞，游仙境，赋篇章。劝君常游牡丹江。

相见欢·泪湿衫

回首北望惘然，泪湿衫。春夏秋冬过尽独凭栏。空守候，人消瘦，心寒酸。何日春风送暖相见欢。

相见欢·与相同

春雨送暖花彤，香浓浓。紫燕双双飞去，太匆匆。亲亲嘴，交交尾，情融融。但愿人间嫦娥，与相同。

相见欢·香浓浓

莫言谢了芳容，香浓浓，细雨霏霏垂柳和春风。蜂也采，蝶也爱，竞相争，自古英雄谁不爱花红。

雪中见蚕蛹有感·填词·相见欢·咏怀

纷纷雪染枝头，似丝绸。又把新蚕裹住，御寒流。看失宠，待春涌，更轻柔。叶叶焕然倩影，把丝抽。

谒金门·秋渐老

秋渐老，圃里黄菊减少。遍地落花浑不扫，梦把残香找。红笺寄与恐烦恼，难书胸臆多少。醉后小字深情表，泪水却湿了。

谒金门·总执心系线

期未见，冬去春来天暖。杨柳垂丝拂面，雨飞和泪眼。白去红飞片片，碧水青山点点。天上白云筝再远，总执心系线。

谒金门·残烛香穗结

相思切，秋雨渐寒花谢。好梦惊回清漏咽，罗巾沾泪血。长恨江南明月，只照人间离缺。西窗看尽月痕夜，残烛香穗结。

谒金门·春渐至

春渐至，雪染柳梢轻细。多少垂丝随风起，沙沙如私语。人道杨花多絮，我说柳丝最忆。常把关情相系系，别怨愁恨里。

谒金门·秋雨细

秋雨细，染尽杨柳花絮。秋雨入帘催菊丽，翻添情绪。心吟玉郎诗句，目赏才女书体。看看都是相思语，怎不教人忆。

谒金门·匆匆去

匆匆去，好似一时急雨。风绪焉知云月意，空驱晴相继。剪烛写诗无语，卷帘倚栏相忆。谁念天涯海角际，彩虹南北系。

谒金门·不寂

云不寂，玄色层层又聚。心里燥湿难平绪，怨天迟坠雨。花絮风吹轻去，丝断枝头还系。终日盼君空忆忆，角楼人伫立。

谒金门·谁还记

谁还记，离别后无消息。眼下江南多细雨，再瞧人面洗。多少相思寂寂，怨恨深藏心底。纵有心情何处去，断肠愁怨续。

谒金门·相思切

相思切，秋雨渐寒花谢。好梦惊回清漏咽，罗巾沾泪血。长恨江南明月，只照人间离缺。西窗看尽月痕夜，残烛香穗结。

钗头凤·端午读屈原·离骚有怀

风摆弄，柳摇动，春暖杨柳谁不颂。织机锦，传鸿信，花留香粉，雨存痕印。吝、吝、吝。难成梦，易生病，秋寒伤感谁知痛。心添愤，泪流尽，红蔗甘浸，黄连苦饮，恨、恨、恨。

钗头凤·人思念

人思念，肠空断，雨送黄昏心更乱。欲相见，难谋面，谁解此恨，泪水溅溅。倦、倦、倦。丝难剪，鬓易染，欲期心事恨春短。滴漏干，晓妆残，无心言语，不思茶饭，懒、懒、懒。

钗头凤·丝竹断

丝竹断，鸳鸯剪，再联秦晋心知晚。人虽在，情移改，船头进水，釜底火败。害、害、害。春迟梦，人初醒，一旦纷飞何再拢。心不恼，怨不报，早去枷锁，化尽烦恼，笑、笑、笑。

钗头凤·垂丝绿

垂丝绿，烟系雨，双燕归来画梁语。人不寐，空流泪，相约未酬，心儿憔悴。累，累，累。春又去，西凉曲，眼前迷茫唯飞絮。谁安慰，彩笺绘，空有锦字，难得妩媚，悔，悔，悔。

钗头凤·忆、忆、忆

春风尽，秋霜浸，转瞬别离无音信。思与念，愁和怨，满纸心字，无人知剪。惋、惋、惋。花儿皱，人消瘦，万条丝细垂杨柳。长相记，相欢日，离愁别恨，从无织起，忆、忆、忆。

钗头凤·晚、晚、晚

春风尽，秋霜浸，转瞬别离杳音信。思与念，愁和怨，满纸心字，无人知剪。惋、惋、惋。花儿皱，人消瘦，秋雨绵绵衣湿透。竹杖短，霜鬓染，离愁别恨，编织迟缓，晚、晚、晚。

钗头凤·一平到底·秋叶黄

秋叶黄，路草霜，风寒雨细野茫茫。人情伤，鬓角苍。一别故乡，几回梦香。长！长！长！心欲慌，茶也凉，去马如飞尘土扬。心念郎，人思疆。几回花芳，今又秋黄。伤！伤！伤！

钗头凤·长忆

才分手，饮苦酒，满面泪水欲折柳。全无恶，意不薄，多少怨绪，对我说说。错，错，错！人依旧，情莫瘦，泪水已将衣湿透。心失落，在楼阁，回忆长在，不要难过。莫，莫，莫！

钗头凤·情人节

红日出，白云散，风儿阵阵送春暖。树又绿，花亦红，香气扑鼻，紫燕徘徊，来，来，来。逢佳节，好风光，满城绣女着新装。花丛站，笑声伴，生就标致，人人争看，爱，爱，爱。

钗头凤·新年贺词

瑞雪飘，拜新年，家庭和睦人称贤。财运广，似涌泉。工作顺心，喜事连连。圆，圆，圆！辞旧岁，迎新年。丰衣足食记勤俭。讲和谐，记清廉。广交朋友，幸福牵牵。甜，甜，甜！

钗头凤·惜分钗

江南水，塞北泪，杨花飞絮柳憔悴。心思念，人想见，日日挂念，夜夜恨晚。怨、怨、怨。人情薄，世态恶，灞陵增柳倍折磨。实相盼，空成幻，情意浓淡，鬓毛已染。憾、憾、憾。

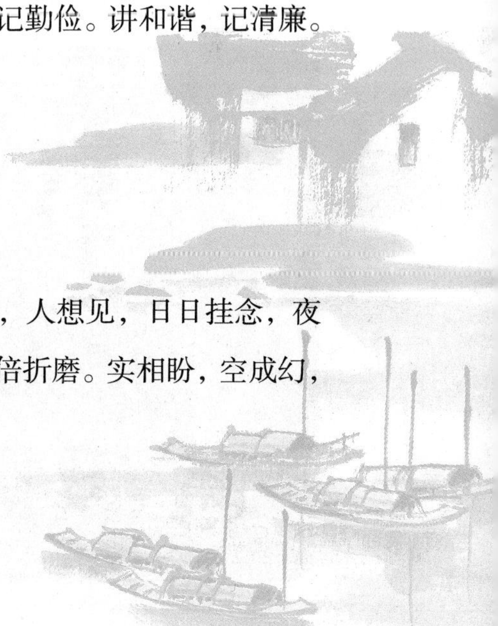

摊破浣溪沙·白杨翠柳雨正霏

白杨翠柳雨正霏，紫燕黄鹂云里飞。横笛竖琴杯酒满， 怨恨谁。一声横玉吹流云，往事江南梦几回。多谢子规啼劝我，不如归。

摊破浣溪沙·悔时晚

几回梦里轻轻唤，唯恐声高惊不返。多少心意生情感，恨夜短。几回新月今又满，鸳鸯织就烛泪染。唯恐被取轻裁剪，悔时晚。

摊破浣溪沙

翠叶春风岁月残，秋霜初起叶时燃。一夜飘飘情系晚，恨生寒。好梦

不成心恋怨，坏瘢未愈体堪攀。多少泪珠衣尽染，叶生斑。

【说明】

《摊破浣溪沙》借秋雨展愁绪，诗作妙哉，妙哉！

读其诗作不由得让我想起了这段话—— 春去秋来，季节更迭，风雨几度，虔诚几许，静守岁月深处，篆刻的约定依然伫立在那年的记忆中。风，依然是最初的姿态；念，依然是最初的颜色。光阴如水，寂寞轻染，唯有心间一枚盈香暗展，卷首着凄美的薄凉，剪一段清愁，研一池墨香，写意成初的模样，也能在静夜里吟唱那淡淡的忧伤。

好事近 · 雨后菊更深

雨后菊更深，窗外日日鹊鸣。长忆梦中明月，正是团团夜。莫唱阳关重三叠，人似黄花叶。请君品尝琼液，翻这新一页。

好事近 · 五月咏雨花深

风漫雨中花，丝细玉珠垂挂。剔透让人心爱，又黄莺儿画。如今才是五月天，一夜花朵大。醉卧梦中期待，与我悄悄话。

【说明】

这是一首词，词牌是“好事近”作者借此词牌的寓意，来表达思念的情绪。风漫天地吹，带来了阵阵细雨。小雨珠落在地上，溅起一朵朵小花。柳条细细玉珠般的小水珠倒垂在枝头，晶莹剔透让人心爱。美丽的黄莺鸟像画儿一样，那么的可爱。才五月的天啊，一夜间花朵儿也绽放了。我陶醉在美好的回忆中。静静地期待，心上的人儿你可愿意与我说说悄悄话。

好事近·春光好

春色到梅梢，欲绽花枝更俏。岁寒依旧春报，辞旧迎新早。嘉鼓悦声春潮闹，何不心意表？再填新词择调，一派春光好！

春光好·细细想

细细想，花正芳，是兰香。百花丛里为君子，实难忘。如今水远山长，凭鳞翼，难叙衷肠。唯有内心祝福意，人在思量。

好时光词·不见秋景模样

不见秋景模样，菊花嫩，味浓香。秋景无须人儿画，深情知多长。莫负秋光貌，摘取个，有情芳，从此年年好，不负好时光。

凭栏人·两处相思许多愁

两处相思许多愁，独倚雕栏望江楼，明月偏偏江南照，无意塞北把春留。

凭栏人·谁写江南春满园

谁写江南春满园，画梁双燕语甜甜。翠柳丝如烟，春色又一年。

琴调相思令·喜迎春

喜迎春，倍思亲，迢迢千里归途辛。除夕进家门。敬老人，拜乡邻，畅饮叙怀念感恩。更掂兄弟们。

生查子·尺素稀

尺素稀，恨相见，不见还相念。雪映梅花红，霜把鬓角染。烛泪流，长不断，只影与相伴。可惜杨柳枝，犹待春风剪。

生查子·春情

去年春风时，杨柳娇莺语。甜甜细语声，柔情烟如雨。今年花发时，杨柳风吹絮。专守莺飞来，再续江南曲。

生查子·合目影跟前

合目影跟前，泪珠线扯断。无奈心中酸，不能与相看。有心不能前，空余心惦念。唯有祝福言，祈祷千万遍。

生查子·风吹云散晴

风吹云散晴，满目菊和柳。白白与青青，叶叶相守守。月移丝添情，云飞浓似酒。实实与空空，依依相久久。

生查子·柳絮飘落时

柳絮飘落时，泪落垂丝雨。难言此刻心，遗恨无从比。不见江南诗，月淡五更起。可惜一春潮，总在闲愁里。

生查子·城头长短更

城头长短更，水溪高低声。别去不盈斟，泪洒烟雨中。明年春色浓，再向城头听。清平乐声齐，一轮红日迎。

生查子·迟迟春昼长

迟迟春昼长，冉冉东风派。行杯情意双，吟诗愁绪待。忍泪不能彰，牵肠空相爱。啼鸣心自伤，唤起情无奈。

生查子·相见喜

相见喜，喜相见，想见好想见。春柳丝如线，夏荷莲最艳。秋菊怨，冬梅羡，四季常思恋。人在天边远，影在眼前显。

渔歌子·奴是天上断线筝

奴是天上断线筝，随风随雨任西东。莫怨我，不相从，何时牵手在心中。

渔歌子·开怀

长忆江南雁不来，春雨花落泪满腮。一壶酒，人空瘦，待到何时能开怀？

渔歌子·如今变

风黄天暗沙江流，天公遇见也发愁。如今变，绿黄洲，黄的乃是稻谷熟。

渔歌子·恨凄凄

思绪和风九月移，只为情意使心迷。风阵阵，雨习习，倚楼凝望恨凄凄。

渔歌子·乡情

无定河畔白鹭飞，河岸稻田绿苗肥。出勤早，披星归，勤劳汗水映春晖。

渔歌子·秋雨

梦里魂牵知几回，醉酒敢言心底谁。柳丝牵，菊花肥，窗前秋雨正霏霏。

渔歌子·忆屈原

杨花垂柳月儿弯，枝头蝉鸣断续间。人间端午多思念，龙舟香粽忆屈原。

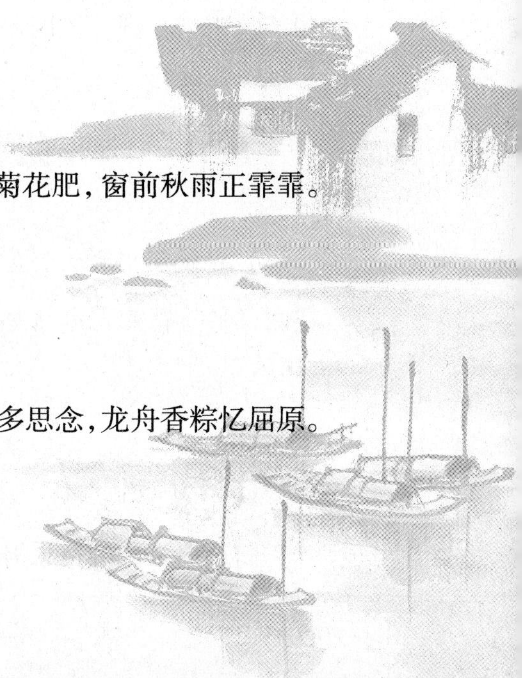

潇湘神·江月明

江月明，江月明，月明照见望江亭。去岁弄春楼上月，今秋明月不燃情。

潇湘神·杨柳丝

杨柳丝，杨柳丝，万条垂下绿拂衣。骚客咏怀抒已怨，焉知垂柳细丝痴。

潇湘神·杨柳枝

杨柳枝，杨柳枝，秋风吹来霜染丝。君问衡雁可路过，佳人是否带消息。

朝中措·春风三月柳生芽

春风三月柳生芽，垂丝若拢纱。回首旧游何在，人生苦恋天涯。林花谢了，明年春到，依旧丰华。莫问人生易老，春江流水落花。

朝中措·春夏秋冬一天天

春夏秋冬一天天，寒来暑往间。春风吹落杨柳，夏夜酷暑难眠。秋雨花谢，冬雪霜寒，度日如年。几个如今在得，休待霜染鬓边。

归字谣·白玉山

白，白玉山中待采开。羊脂玉，不教昆仑埋。

归字谣·春莫去

春莫去，平地落花添絮雨。柳丝风剪浑无绪，恙笛渐送阳关曲。心久郁，恨无感染情真句。

惜分钗·相与数年亲为友

相与数年亲为友，因意天涯携手。回味似美酒，丝丝相缠若垂柳。去年情味君思否，如今无情冰就。肠断伊人瘦，不道春风何时候。

折柳寄远·以名赋诗·赠柳丽

春风徐徐柳色新,垂丝深深啭鹂音。纵使妖桃绽放时,谁肯折枝寄远亲。

醉花阴·双调·巧做风筝丝牵放

巧做风筝丝牵放，谁不春向往。牵丝细而长，唯恐损伤，合敢断处想。春风送我白云上，吹尽心惆怅。向往为鸳鸯，处处双双，合敢断处讲。

醉花阴·风筝

君做锦筝丝斗放，心向高空往。丝线细而长，暗恐遗伤，丝断安难讲。春风送在白云上，吹尽心惆怅。向往成鸳鸯，处处双双，线断谁曾想。

浪淘沙·小令别格·情怀难书

情怀难书，意愿难如。总教绯徊又踌躇，栏杆拍尽问却无。荒草谁锄。柳丝难梳，萍花难扶。不尽春水逝何途，无奈孤独。

浪淘沙·不知

风吹秦淮烟雾开，细看荷花露满腮。欲得一枝头上戴，不知摇橹肯过来。

浪淘沙·再谱新篇 2011 年

把酒祝新年，共叙团圆。虽是白雪风正寒，毕竟红梅花色鲜，春在眼前。往事虽辛艰，回味甘甜。只要用心去攀援，不信天平左右偏，再谱新篇。

乌夜啼·江南使我陶醉

江南使我陶醉，塞北让人生愁。同是春风景不同，不道更添忧。杨柳垂丝牵挂，梨花飘絮无求。人儿思见不得见，无言在高楼。

乌夜啼·恨几重

独自寂寂伤情，恨几重，眼前垂柳摇曳和秋风。雁不至，难与通，损娇容。唯有秋雨凄凄泪相同。

乌夜啼·何情怀

衡雁别时徘徊，何情怀？黄花谢了寒风雪花开。红烛泪，滴滴贵，意难白。待到何时东风春燕来。

乌夜啼·味酸甜

情感纠葛无言，味酸甜。缠绵难耐总教人无眠！心不宁，泪流横，似汤煎。怎能修得缘分在人间？

乌夜啼·何时休

无奈旧怨新愁，何时休？几番抛却难从心底丢。藕丝连，蛛网结，更黏稠。许是连汁苦涩甘在后。

乌夜啼·太庸俗

寂寞忧郁孤独，太庸俗，情感疏离深藏为哪出？谁在舞，心凄苦，生踌躇。纵有千金焉求相如书。

朝玉阶·景色清

秋风欺人景色清。枝头枯叶坠，叶叶飘逸轻。天高星远似银屏，唯月当空挂，圆圆似相迎。美人对镜描不停，自赏芬芳处，两眸泪盈盈。问君何处最多情，一笑值千金，不信不倾城。

夜游宫·寒月冷风独自

寒月冷风独自，企盼处，今又春去。欲折柳枝满天絮。叹相惜，断人肠，连心句。匆匆年华逝，双鬓染，空余愁绪。痴情无奈心底里。有谁知，思与丝，泪如雨。

昭君怨·谁教春风难住

谁教春风难住，转头花谢何处。心绪两难间，蔗与连。夜冷风急沙起，晨暖雨缓柳戏。春夏一瞬烟，常相牵。

山坡羊·眉来眼去

眉来眼去，有意无语，凭般多少风和雨。许是迷，或是痴，风吹杨柳连天絮，雨打芭蕉接次第。丝，织成了凄，思，填做了曲。

谢狄娘·对影空自嗟

千里外，日日心纠结。欲把长丝相缠绕，又恐短线互竭绝。对影空自嗟。

陇头月·枝头闻鹊

陇头西月，鹧鸪啼切。寒秋时节，杨柳残叶。枯叶满地，菊花香谢。凄凉断雨残云，多少恨。又能谁解，但愿年年，春风依旧，枝头闻鹊。

十六字令·暮雪更添寒

南湘红花此正繁。塞北看，暮雪更添寒。

苍梧谣·十六字令·变体

江南好，别游寂始牵。人何在，梦里忆江南。

章台柳·江南柳

江南柳，江南柳，雨后青青丝在否。燕子翻飞忆旧垂，恐她春去花枝朽。

思佳客·别去胭脂泪洗痕

别去胭脂泪洗痕，孤灯影对近黄昏。春季桃花相约雨，冬时雪片吹进门。思往事，锦回文，踏春人人心似云。不若老柳深系根，四季长把垂丝存。

杨柳枝

新作杨柳枝，浓郁和妍词。把来为君唱，多情不自持。爱兰之心人谁痴，心底透出相忆诗。翩翩舞袖双蝴蝶，声声婉转叹春惜。

杨柳枝·杨柳春来垂翠丝

杨柳春来垂翠丝，新叶依依，玉丝重重更迷离。好雨最是痴。莫待春风随絮去，空瘦身姿。留下遗恨赋叹惜，唱尽渭城曲。

织妇歌·缫丝只为织成绢

缫丝只为织成绢，夜夜抛梭恐轻剪。多少心血相凝注，谁解美人轻挑拣。

艳歌行·学古诗手法作

青青杨柳丝，红红桃李实。春风复夏雨，相约何为迟。桑树生嫩枝，春蚕吐新丝。丝丝相缠绕，枝枝连理姿。荷塘花更滋，美酒伴新诗。庭前吹参差，曲中多少思。久思心成迷，窗前填曲词。内中花间意，信手墙上题。春燕何啼啼，深情谁知知。一春常在树，知音不可惜。绵绵远送思，缠缠甘甜滋。生死不相弃，共为情意知。

凤栖梧·点点滴滴秋雨连

点点滴滴秋雨连，不忍细听，声声好凄寒。断肠声处谁可怜，重重心事不能眠。一片凄凉无计圆，泪染衣襟，恨难同畅欢。倚楼仰望问苍天，谁共缠绵与共缘。

定风波·踏雪徐行无浅深

踏雪徐行无浅深，眼前杨柳使觉新。或许春风已靠近，春信，一字一句总关心。莫要匆匆开口问，思忖，留有余情待好音。岁寒春暖莫沉闷，休恨，何不踏雪去沐春。

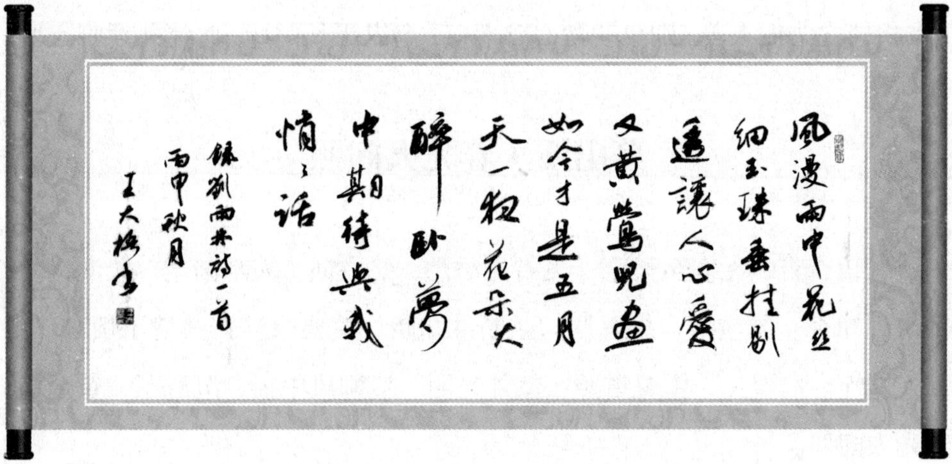

挥春令·为伊情意

为伊情意，频添丝絮，少晴多雨。算来相恨才几次，往憔悴消香肌。拈花雾里空中戏，梦中谁欢喜。赋曲词，略表情思，心盼暖去春风始。

桂殿秋·相思

人相思，心相爱，新词填罢还新债。春燕呢喃多少语，韵儿未了好无奈。

桂殿秋·闻雁声有怀

冰雪融，路泥泞，几行鸿雁人字形。雁语声声多少意，人间处处春色迎。

桂花令·拟古绝句词

人生若只如初见，何事春风心牵念？明月窗前动人心，轻轻唤出多少遍。相聚欢情任人羡，别离悲楚心含怨。千金纵买长门赋，此情此意唯心愿。

蓦山溪·春光人间照

音信杳杳，无寐至天晓。飞雪更添愁，忆一回，人都渐老。天涯远梦，寄情可知否，琵琶抱，想思调。弦断谁知晓，莫要取笑，为情添烦恼。如今人憔悴。怕羞见，霜鬓雪照。窗外光阴，翠柳风中摇，沉醉了，黄鹂鸟，春光人间照。

决绝·如果要忘记

如果要忘记，除非天成地。六月飘雪花，寒冬雷阵雨。大海枯竭底，日月位相异。北斗回南面，参辰平明起。万物均已逝，不附有灵气。宇宙不再有，才敢与君弃。

太平时·春自多情染绿洲

春自多情染绿洲，柳丝柔。江南春伴踏青游，好风流。南来北往花自好，润双眸。谁怜独倚水边楼，心忧愁。

懒画眉·对镜闲散懒梳妆

对镜闲散懒梳妆，心事转闷泪湿裳。杨花飞絮粘纱窗， 唯见双燕栖画梁。不觉又闻杜鹃鸣，好声凄凉。

杨柳情·君喜娇杨妾喜柳

君喜骄杨妾喜柳，杨柳垂丝春风久。小燕双双语，缠绵烟如雨。芳香浸心透，伫立赏识秀。折枝轻轻藏衣袖。

窗前又把琵琶斗，商羽切切眉宇皱。幺弦不成句，采莲曲难续。别后人儿瘦，谁把合欢奏。烛影夜静听更漏。

几度醉醒杜康酒，两重心事天地扣。彩笺寄心欲，唯恐被轻取。鸳鸯不能绣，谁植江南豆。天涯极目肠断朽。

问君还记红酥手，夜夜休贪黄藤酒。昨夜清明雨，细听杜鹃语。青春林中柳，句句染红口。高唐梦绕赶不走。

眼儿媚·半窗斜月风萧萧

半窗斜月风萧萧，烛暗人寂寥。音信杳杳，魂梦草草，怨恨滔滔。铜壶匆匆人渐老，春去色已凋。转眼秋到，瞬间霜角，愁字搅扰。

为玲·填词·眼儿媚·咏怀

寒风似剪月如钩，勾起几多愁。柳丝还在，雁子何处，海角洲头。天涯谁不常思月，银汉渡牵牛。无情明月，有情归梦，人在高楼。

读古乐府·上邪·习民歌手法·咏怀

隔墙丝竹音，分明相思引。墙里是何人，墙外生怜悯。多叹不成音，岂为明月引。照见负心人，其情谁不悯。

夜读古诗·捣衣·习民歌手法戏作·思君歌·咏怀

赋尔梦境诗，思君春秋日。请君细品读，中有情真意。烈烈北风急，漫漫秋夜寂。辗转不能寐，披衣彷徨起。炆香扣弦丝，酌酒吹管玉。思君杨柳枝，思君春风雨。思君秋月菊，思君雪花絮。思君无饱饥，思君难理绪。思君锦不织，思君心无语。思君晨起迟，思君夜不聚。昏昏欲欲迷，冷冷清清你。深深长叹息，涓涓泪如洗。白露滋我衣，秋风满叶地。轻汗染双题，芳香已不济。人生无根蒂，年华焉能续。我失无所惜，愿君常相忆。

东坡引·红梅花朵艳

红梅花朵艳，白雪枝头染。团团白雪红梅面，倩影人人羡。梅花易观，雪花难剪。夜遥遥，更添思念，愁浅爱深唯恨远。谁把丝儿捻。

恋绣衾·柳丝空有万千条

柳丝空有万千条，系不住，江南细腰。我自是，笑别人娇。想今宵，却被伊抛。如今只恨因缘消，留啼痕，心病谁疗。回头瞧，席筵虽豪，终须有，人去花凋。

意难忘·泪隐双眸

泪隐双眸，叹早春残梅，心里愁忧。东君只解去，不管意相留。难相忘，尺素邮，相逢何是头。路迢迢，轻别凝恨，又登西楼。夜深月影悠悠，无意睡眠里，梦景相柔。重逢情应在，不语意难搜。今非昨，鬓先秋，新愁织旧愁。记当时，花好月圆，相伴同舟。

罗敷媚·陌上谁种杨柳树

陌上谁种杨柳树，谷雨垂丝。细雨迷离，叶叶心心总相依。心在那边怨难诉，悔恨相识。牵挂痴迷，镜里新妆常叹息。

秦楼月·千般怨

千般怨，缫丝无续更添乱，更添乱。人间天上，良宵苦短。有心无力难扯断，桑蚕到老丝长绊，丝长绊。绵绵思远，青青河畔。

念奴娇·写在仲秋

金风玉露，月儿明，夜色居然如昼。唤起嫦娥，舞长袖，尽情人间享受。昔日月宫，而今孤寂，休劝桂花酒。川流岁月，万结愁肠凝久。遥想别后经年，聚散常匆匆，赢诗千首。多少真情，一字字，偏重红花翠柳。勾起心思，淡荡秋光里，泪粉湿透。此情谁念，刘郎心意知否。

青玉案·长亭短亭阳关路

长亭短亭阳关路，西北望，云和雾。旧忆春风又几度，落花添恨，流泪不尽，无奈人何处。去年此时燕巢筑，今年不知何处住，愁绪满怀谁与诉。罗帐灯昏，辗转难梦，远处三更鼓。

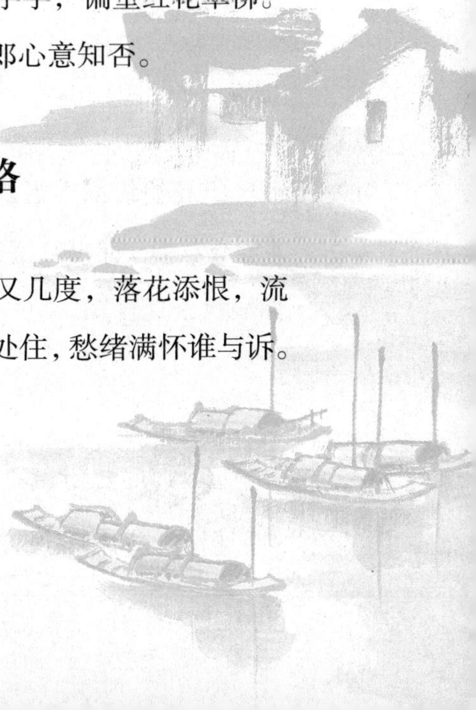

明月掉孤舟·咏同学聚会

忽得相逢惊似旧。问心中，又添诗友。南山游遍，北山归后，月下歌舞声久。人间真意今在否，休再问，陈酒醇厚。聚散匆匆，相约九九，佳语后人知臭。

休休歌·为谁落泪为谁揪

休休莫莫休莫休，忧忧怨怨忧怨忧。红烛一夜空相照，为谁落泪为谁揪。

解佩令·晚霞绯红

晚霞绯红，年华匆匆。长相思，今与谁同。叶叶零落，多凝霜，人字归鸿。忆江南，此刻春风？佳期何在，朱弦未改，多翠柳，更添梧桐。自古别离，分飞去，怨恨无穷。明月夜，河汉难从。

系裙腰·雪花纷纷漏迟迟

雪花纷纷漏迟迟。自别后，总忘时，寒风吹处梦难痴。谁念我，我念谁，皱双眉。锦书红笺寄相思。泪不断，烛光微。怕伊晚来路上迷。我恨你，你恨我，莫言知。

调笑令·河岸桥边路口

杨柳，杨柳，河岸桥边路口。枝叶青翠如烟，细雨柔丝玉妍。妍玉，妍玉，似我江南伴侣。

调笑令·春雨

春雨，春雨，春雨柳丝碧绿。黄莺紫燕细语，飞来飞去相聚。相聚，相聚，你我柳下相遇。

调笑令·燕

燕燕，燕燕，春来秋去恋恋。记得花中那面，身姿羽翼人羡。心愿，心愿，早早飞来相见。

闺怨·曲曲角宫商

曲曲角宫商，扶琴为谁伤。但见泪痕湿，飘泊在异乡。

临江仙·长短驿亭情漫路

长短驿亭情漫路，人儿心里踌躇。分明意境幻如初，琵琶金凤语，竹管玉声鸣。自作新词寄何处，影只空对孤烛。此情珍重似玑珠，无聊成靥泪，有恨继衫污。

临江仙·思乡

余杭别离到津塘，风吹新月斜方。秋光催绽菊蕊黄，蝉鸣雀噪乱，怎忍不思乡。只恨相识太短暂，两情牵扯疯狂。若把鸳鸯绣成双，不再迷茫慕，沉醉卧榻旁。

临江仙·片片飞花寒不减

片片飞花寒不减，更堪万点愁人。烛影残淡添泪痕，细思愁不饮，寂寞难守魂。试问江南花还好，风卷细雨如春。斑竹青枝两修纹，多少心愿许，切莫辜负心。

临江仙·谁剪翠柳新丝垂

谁剪翠柳新丝垂，小燕江南飞回。明月照人影相随，心中多少意，梦里又添悲。莫倚雕栏往事追，脸上人字愁眉。春雨和泪正霏霏。闲愁朝复暮，

憔悴几春晖。

临江仙·秋景

满眼秋风丝柳意，匆匆何处相逢。雁飞雨细憾渐中，不知多少恨，徒有意相倾。自笑一生常作客，月圆水里犹彤。待将心意化成风，古今多少事，喜欢又谁听。

临江仙·燕玲悠扬声美

燕玲悠扬声美，幽情彼此心知。为尔拈笔赋新诗，笙歌起明露，红烛香雾时。相思经年有去，往忆南星不离。他年相遇酒重司，东君送风暖，双燕栖柳枝。

临江仙·心一片

几行小字心一片，青春再次生焰。谁能解我心中念？好似初恋，福祸难分辨。千里总被牵一线，桃花春风迎面。知是衡阳飞鸿雁，鹿城何现？能否遂心愿。

临江仙·才饮

才饮葡萄琼浆液，又食番茄浆汁。原来味道苦丝丝。柳絮似雪，忽东忽又西。扪心问谁肯远离？总教扣心思。阳关一曲，灞桥杨柳，浓处俩人知。

临江仙·急雨

急雨摧残桃花瓣，烟柳情绪阑珊。独自倚窗更觉寒。春燕不见，何处觅新欢？去年春时花色鲜，粉蝶和蜜甜。眼前花枝风雨现，谁肯呵护，留住春日繁。

红豆·翠柳

雨后清新相思红，枝头露珠春色浓。请君轻折细品味，颗颗润心意无穷。

种瓜·百亩方田不种花

百亩方田不种花，只求日暖种小瓜。细细耕耘勤料理，不信苍天辜负他。

饮酒有怀·酒味人情似相同

酒味人情似相同，玄宗玉环也从容。霓裳羽衣舞不尽，江山社稷化成风。

望秦川·六角银花落

六角银花落，一川霜雪薄。傲骨红梅春风播，正是迎新时刻，唱欢歌。弱柳垂青色，残梅尚红灼。夜里梦见东君哥，不肯松手紧扯，将心托。

赤枣子[①]·咏枫

寒霜浓，叶叶彤，此情胜出二月容。春风能润万水绿，秋霜岂染一山红。

【注释】

①赤枣子：即“桂殿秋”，格式一如“鹧鸪天”之下篇，或是将七言绝首折成三三句而成。此调亦具有七言绝句的诸多特点，简洁明丽，善言风怀，容易上手，百般回味。

苍梧谣

情！自古贤君断不明。心中恨，思念最难平。

河 传

（以“河传”词调学写“秋残”）

秋雨，燕去，杨柳曲。谁解其中委屈？独自窗前饮苦菊。残躯，香销梦渐虚。情意深处勾往事，在心底，唯恐泪水洗。垂柳丝，长相思，皆痴，香残空余枝。

酒泉子

九月秋风，凋却好花无限了。枝上枯叶落纷纷，最愁人。名利场上斗一身，不若一杯菊香酒。也能慰我温其心，暖如春。

露天晓角

连夜秋水，更无意减退。零落春艳秋媚，恨秋意，无情味，心碎。谁能绘？知音焉能背。人醉心儿难醉。擦不尽，腮边泪。

满宫花

盼燕来，叙情怀，眼前风霜雪白。寒在眉尖寒在心，浓淡胭脂泪腮。该不该，猜也猜，梨花开罢谁开？暖在心上暖在眉，红杏一枝任摘。

平湖乐

游子何时有归期，心将何人记，塞北江南两天地。蹒跚迟，可曾记得长相忆？江山信美，终非故土，切莫将心迷。

秋月夜

垂柳落叶生霜，好凄凉。枝头残花余恨，更彷徨。杳无信，情难尽，剪愁肠。衡雁飞来飞去，一行行。

梦仙姿

江南依旧春住，燕子翻飞无数。晚春更寻芳，竹笛乡思一曲。情趣，情趣，心系塞北柳絮。

清江引·秋情（双调）

秋蝉声声门外柳，菊黄九月九。雁南方不久，多少相思瘦，鹦鹉杯中人醉酒。

苏幕遮

白云天，绿草地。春水生波，波中浓烟翠。花映青山天连水，燕子有情，藏匿柳枝啼。人销魂，为乡思。水中清园，好似美人睡，画舫轻轻窗前倚，眼前荷香，含有相思泪。

双荷叶

江南恋，最恋江南花儿艳。花儿艳，春添姿色，百看不厌。独倚栏杆都拍遍，江南江北心呼唤。心呼唤，转蓬踪迹，鬓角霜染。

双调·乞巧节

乞巧节，恰逢秋雨绵。瓜果树下人相约，喃喃细语话情缘，脉脉心相煎。乞巧节，又把喜事添。茫茫银河鹊桥建，缕缕红线将心牵，有情人团圆。

天净沙

鸭绿江水溅溅，风吹柳叶片片。登楼远望念念，轻轻呼唤，游子何时再见？

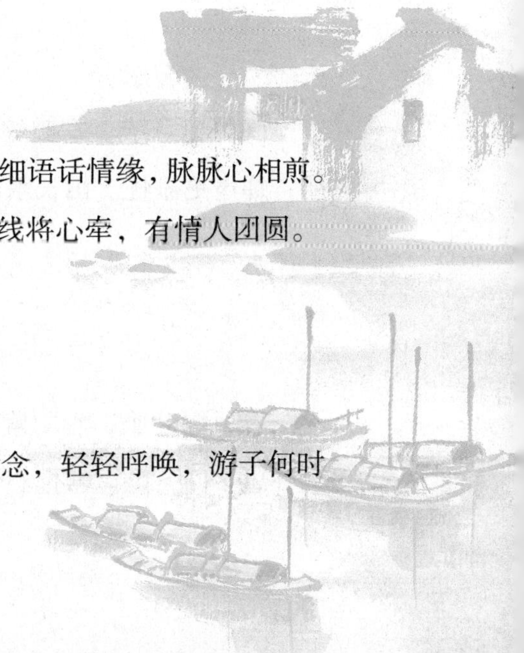

天仙子

芙蓉亭亭水中粉，短棹轻轻歌声悯。刘郎岸边长徘徊，心郁闷，情难忍，多少疑惑向谁问？

探春令

为伊情意，频添丝絮，少晴多雨。算来相恨才几次，憔悴消香肌。拈花雾里空中戏，梦中谁欢喜。赋曲词，略表情思，心盼暖去春风始。

闻鹊喜

春已返，垂柳和烟相挽。谁道刘郎情深染，愁怨天不管。昨夜蛛丝结满，今晨鹊声不断。处处红绿春灿烂，心把人儿盼。

巫山一段云·晚风

晚风凉意浓，垂柳丝不柔。水声山色春复秋，盎然激情休。云淡星月明，蝉声更添忧。山长水阔天尽头，不见亲亲眸。

惜春曲

春风绿叶肥，春雨紫燕飞。道是春光最有情，劝君莫惜金樽杯。明月入怀思千回，琵琶悬抱心惦谁？春风春雨春情在，花开花落花相随。

寻芳草

衡雁窗前过，人字伴，啼鸣声和。怎见得说道，若不是秋风凉，能去么？相别太匆匆，意难待，却不说破。虞美人，句中将心堕，燃烧着激情火。

相和歌辞·收芦歌

收新芦，邀尔居同屋。满天星斗出，不见牛郎独。月照伤心奴。

相和歌辞·居延怨

君不见，居延海中芦花飘，昔日春光多妖娆。鸳鸯双双芦中出，欢歌百鸟鸣声娇。眼前凄景谁人看，风吹胡杨百花凋。上千年前水丰满，人居马饮多自豪。春暖水开草生芽，清水流淌鱼尾摇。夏日荷花相对出，雨后荷叶随风摇。秋景海边看奇树，胡杨叶叶金染梢。冬寒霜雪茫茫白，北风吹来似狼嚎。谁人不知边塞苦，征战争夺多少遭。征夫年年居延仕，家中妻小谁肯抛。少时精壮无可忧，妻母家中砧杵劳。鸿雁随季又南去，尺素一封路迢迢。千言万语心中意，日月轮回又几朝。家中梧桐枝叶长，居延海边胡杨高。雨滴梧桐秋夜长，风吹胡杨起海潮。十五明月歌声凄，一声一回悲若萧。生子生女莫生男，骨肉别离成王膏。人生百年有几回，转瞬年华随风消。莫将愁怨多想忆，谁人不化土中毛，对酒长歌莫长叹，一死一生何足寥。

喜春来

道旁翠柳小花香，乡间小路细且长，一早匆匆为何忙？寻花芳，只为配鸳鸯。

渔　父

春雨丝丝紫燕飞，鸳鸯池涨鲤鱼肥；田野鹊，柳中莺，春曲眷恋忘思归。

一情到底·诉衷情

诉衷情处诉衷情，玉侬可知情。丝连情，思添情，惆怅难为情。休剪丝中情，易伤情。何时再咏杨柳情，诉衷情。

忆少年又十二时

相忆琴瑟，相忆歌赋，相忆吟咏。四时常相守，无疑人专宠。鸿雁飞书成心病，每回念，勾人情动。想来也如此，最恨话相送。

杂　词①

爆竹声中除旧岁，声声将人心撕碎。心撕碎，已无泪。红烛光耀，万家灯笼对。窗前镜中，花儿憔悴。花儿憔悴，茶饭亦无味。

【注释】

①这首词是学习民歌手法，描写一女子由于丈夫外出商贾几年，连春

节都没有回家，思念之情跃然纸上。

竹枝词

杨柳依依细雨时，鸳鸯双双荷塘移。风吹杨柳风吹雨，道是无丝确有丝。

醉春风

举杯痛饮，醉里无愁，虽是春花盛开，却无香有。是世间无路？还是不学无术？真可叹！徒有虚名与世，几春秋。山路高，路难走，且慢，着我风鹏翅展，飞出九万九。

玉楼春

菊花初绽秋光好，柳丝相依蝉声吵。年华容易转瞬去，秋风不减长恨少。凭栏尽望相思草，悔无深意风袅袅。樽前贪爱物华新，秋色虽好人渐老。

鹤冲天

蜂恋蕊，蝶思薇，花季翩翩飞。秋深风寒雨霏霏，叶叶被风吹。春去后，空消瘦，春夏秋冬似漏。待得来年迎东风，切莫再匆匆。

夜行船

常忆那时共欢纵，自别后，有谁能共。春风翠柳和桃花，细寻思，件件如梦。他日相逢情莫重，易风吹，柳丝牵动。天若有情天来定，自会有，

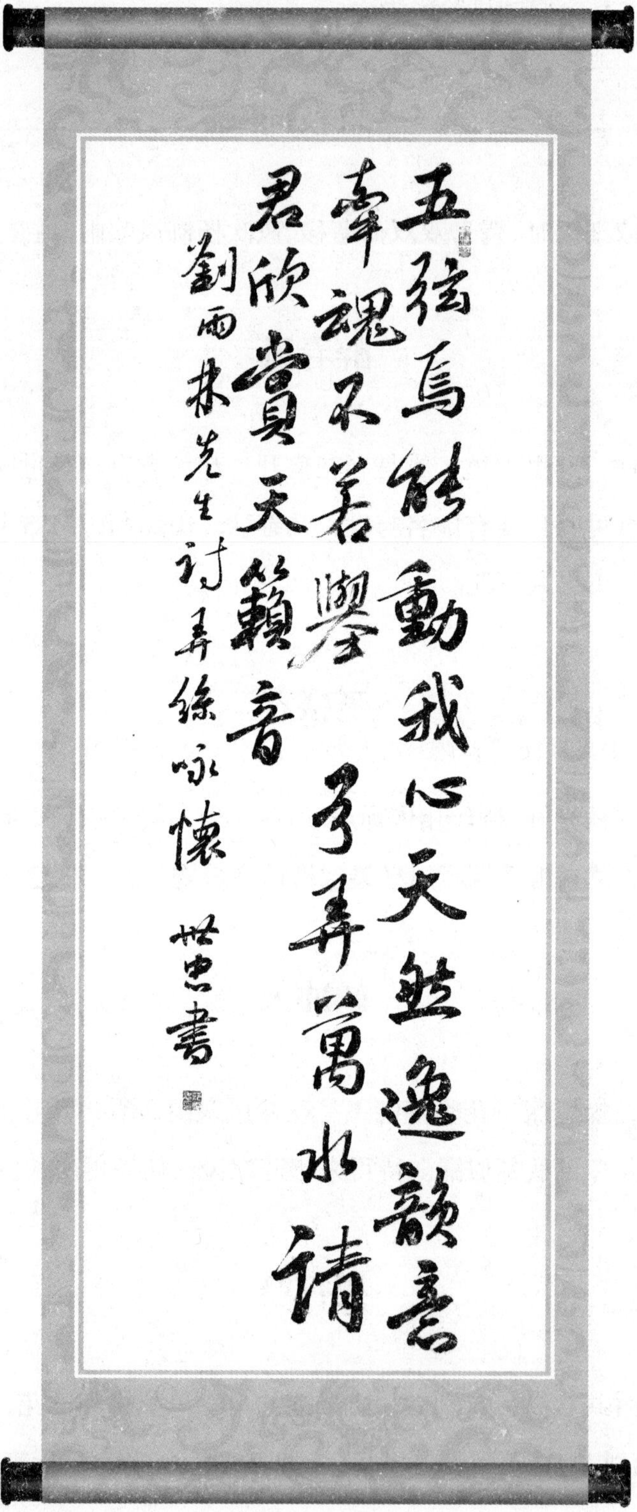
五絃焉能動我心天然逸韻喜
牽魂不若學子弄萬水請
君欣賞天籟音
劉雨林先生詩弄絲詠懷
世忠書

圆相送。

玉连环

把酒樽前问起，满座人惊喜。本是萍水一相逢，却显得，如此亲密。有道谁恐风雨，无非柳絮。人间自有真情在，歌一曲，长相忆。

一声叹息

命薄多少怨恨，此情谁埋。怨天怨地怨贾才，风雨牡丹尘埃。惊喜春风吹来，怒放焉能徘徊。

醉桃源

又是春风光顾，冰融雪消翠吐。试问行路人，相见曾在何处？吩咐，吩咐，春光莫要空度。

柳腰轻

分明丝线绞成索。谁寻思，这结果。为伊心意，千梭万梭，鸳鸯织就谁错？匆匆么，怎生稳妥。苦与甘，两处疑惑。寸肠愁怨锁。在人前，不敢点破。看看瘦损，潘鬓消磨。前生注定缘过。到如今，悲喜难左。好一场，春水寞寞。

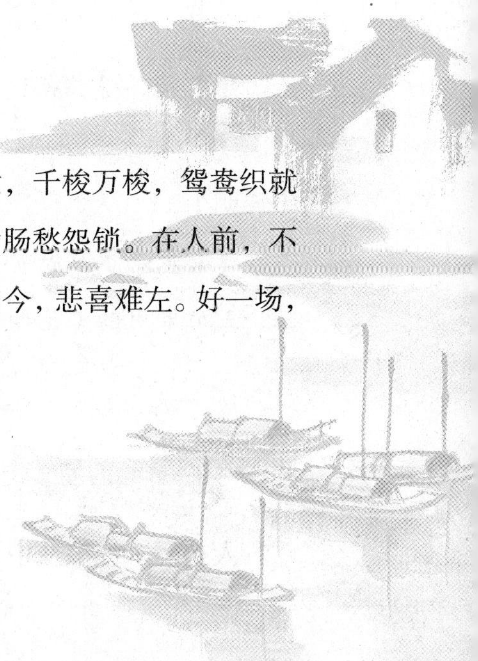

独脚令

柳丝无绪理纠缠，乍暖还寒难将休。风雨雷电不曾柔，更添忧，远水长山何是头？

武陵春

记忆那时人别后，春水向东流。浪外烟波更转愁，渐渐染白头。思见伊人期太久，情已化成仇。两处相思病样眸，夕照遍凉州。

昭君怨

夜冷风急沙起，晨暖雨缓柳戏。心绪两难间，蔗与连。

蕙　兰

蕙兰花，蕙兰花！今日春风开谁家？蕊香姿妍难忘了，把来一枝盆中插。

【说明】

这首词是学习民歌手法描写的。句式：三、三！七？七，七。一、二、三、五句末用韵（花韵）。

归自谣

人初醒，夜来梦中与谁共？双眸含情难猜懂。脸颊犹存，泪痕影。刘郎病，牵处只因恨重重。

酒泉子·咏东君

问君记得，春暖杏枝花正多，香满坡。柳婆娑，人婀娜。粉红胭脂映酒窝，樱桃嘴一颗。问君何时爱上我，情哥哥。

夜合花·咏怀

雨打纱窗，风吹柳叶，四周弥漫幽香。人情似玉，相思说就话长。偶然遇，便牵肠。染芳情，撩我心房。断魂余梦，渐渐影影，酥雨池塘。雨花牵动柔肠，长夜频频不寐，蜡烛结霜。抛梭刺锦，一一件件鸳鸯。花弄醉，月依墙。苦相思，夜夜茫茫。何时重见，登高凝望，细细思量。

字字双·咏怀

人儿久思春复春，月满亏盈新复新。牵人情意魂复魂，断肠似水深复深。

花深深·咏怀

口号：人间最是情深往，长空雁叫月明朗。（上林春慢）

谁不知，芦管一曲声欢唱。声欢唱，六幺水调深情往。深情往，声声朗朗，去了惆怅。柳枝芳草人儿想，红情步月心儿爽。心儿爽，淋漓酣畅，快哉雄壮。

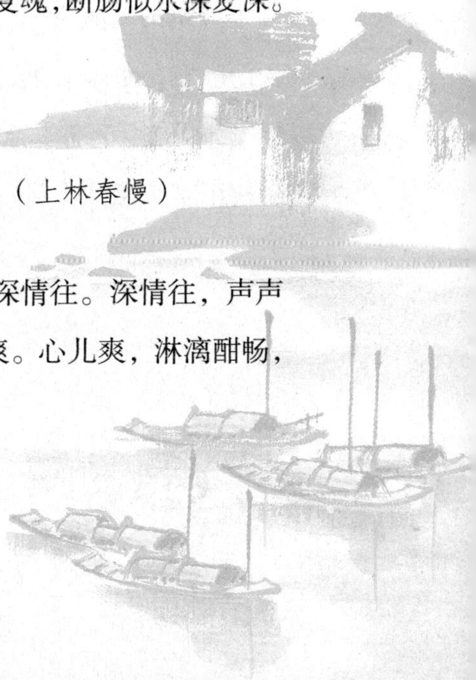

七月七日乞巧节咏怀

飞云凌乱，乌鹊翩翩返。织女牵牛情漫漫，今夜相约河畔。人间情意酸甜，无情风雨连绵。离恨别愁无限，不同天上千年。

自度曲·咏怀

为忆身姿，相思苦，怨愁谁诉。日日相思，夜夜苦渡。为尔辗转，吟遍曲谱。纵有千言无数，业已化成，篇篇词赋。碧纱窗外黄鹂语，声声如怨似愁雾。那日花前相见后，便使萧郎憔悴骨。几行清泪，欲制还注。问萧郎，可知雨花凝成露。人生天地两相间，邂逅是缘心生慕。横玉一声情似水，从此春风到深处。问萧郎，莫言不，再见时，还记否？

水龙吟·咏怀

分明细雨溅飞花，可怜春风如故。满池飘萍，半山飞雨，尽惹风絮。长门歌意，千金非重，难表心慕。梦随风雨花，指点迷雾，也好把，真情吐。为伊愁怨苦渡，念人儿，锦字谁赋。万重云外，萧郎何处，雨花凝露。多谢东君，花开千树，莺语吩咐。笑多情司马，佳人同谱，眉飞色舞。

诗

咏母·老母九十多

老母九十多，形体渐已缩。
唯有深情意，将儿双手摸。

咏母亲·生与贫家女

生与贫家女，窑居关爷岭。
兄妹五人中，序列星座柄。
父母以农耕，足食衣亦丰。
宗姓承王氏，名唤为淑英。
二八出闺阁，夫婿河头人。
从此刘王氏，宗情琴瑟深。
沁水东悠悠，中有　沙洲。
沙洲能常在，水去无还流。
奈何人世间，生死永离别。
感恩相扶养，著我情深长。

咏怀·夜读

提笔欲书心无辞，此中苦涩谁人知。
花谢香散春风尽，空对朗月泪垂池。
寻思尘世常离迷，寒来暑往年年期。

百岁人生又何事，一声长叹星月移。

咏怀·江南情意长

江南情意长，
江南翠柳翠南江。
香花开满开花香，
长意情南江，
江南情意长。
乡思同思乡，
相思弄琴弄思想，

肠断别离别断肠。
窗前明月霜。
双燕依燕双，
江南翠柳翠南江，
香花开满开花香。
江南情南江，
双燕依燕双。
长意情南江，
伤感依感伤，
相思弄琴弄思想。
肠断别离别断肠，
乡思月思乡。
窗前明月霜，
霜月明前窗。

咏怀·乡情

月在东头空照地，
寒风飕飕。
独自依窗前，
不见雁回眸。
鱼书迟久，
心牵两头。
泪湿红襟衫袖，
纵有万种怨愁。

晓妆·咏怀

若比月色谁最美，
镜中桃面无穷味。
银光只合鬓丝染，
红颊尽把春颜绘。

咏　怀

浩浩长河水，漫漫胸襟情。
春夏秋冬季，酸甘苦辛重。
千载无穷尽，万古同此踪。
都道不了歌，自持心底明。
日月有阴晴，草木有枯荣。
人生何茫茫，丝竹韵相同。
知音人何在，何处是春风。
我心壮不已，高歌请君听。

读古诗词·长相忆·咏怀

天与地与山与水，
日与月与季与岁。
春夏秋冬长相忆，
酸甜苦辣何滋味。
昼晓夜暮难入睡，

风吹雨浸都是泪。
有情有意谁知样，
无形无骸怎描绘。

学作·半字诗·咏怀

半风半雨半天晴，
半窗半床半月明。
半醒半睡半梦中，
半思半怨半泪盈。
半柳半月半夜行，
半霜半雪半寒风。
半愁半恨半心疼，
半心半意半点情。

学作·回文诗·咏怀

雨挽风迟迟，絮惹树枝枝。
碧柳春意有，忆君更心痴。
痴心更君忆，有意春柳碧。
枝枝树惹絮，迟迟风挽雨。
喜从眉语知，举杯歌和曲。
遇君有真意，始知相逢迟。
迟逢相知始，意真有君遇。
曲和歌杯举，知语眉从喜。

学作·顶针续麻体·咏怀

春蚕丝吐丝连丝，
吐丝连丝织绣衣。
织绣衣上绘鸳鸯，
上绘鸳鸯春蚕丝。

学作·一字诗·咏怀

一湾海水一湾咸，
一轮明月一轮圆。
一丝萦绕一丝牵，
一回相思一回甜。

读元曲·有感·填寿阳曲·言别·咏怀

午夜风，凌晨雪，
冷飕飕让人心裂。
牵手处春去冬来也，
空留下些情切切。

咏竹·嘴巴尖尖腹中空

自视博文树成材，谁知腹空青竹栽。
不若春风做杨柳，也将垂丝拂双腮。

咏柳·只恨东君不展眉

虽是寒冬雪未飞，柳丝千条依旧垂。
桃花一心待春晓，只恨东君不展眉。

咏柳·不逢时

春晓霜溶化泪滴，杨柳和风垂条丝。
不是不解春情意，只恨眼下不逢时。

咏柳·绾别行

似花非是花，有情似无情。
言它无才气，偏偏绾别行。

咏炜·屈指细算二十八

屈指细算二十八，属牛或鼠两头搭。
忠厚聪明其本性，得遇伯乐事业发。

咏冬·雪压枝头梨花白

雪压枝头梨花白，冰莹纯洁春光来。
大寒小寒知次第，桃花杏花争着开。

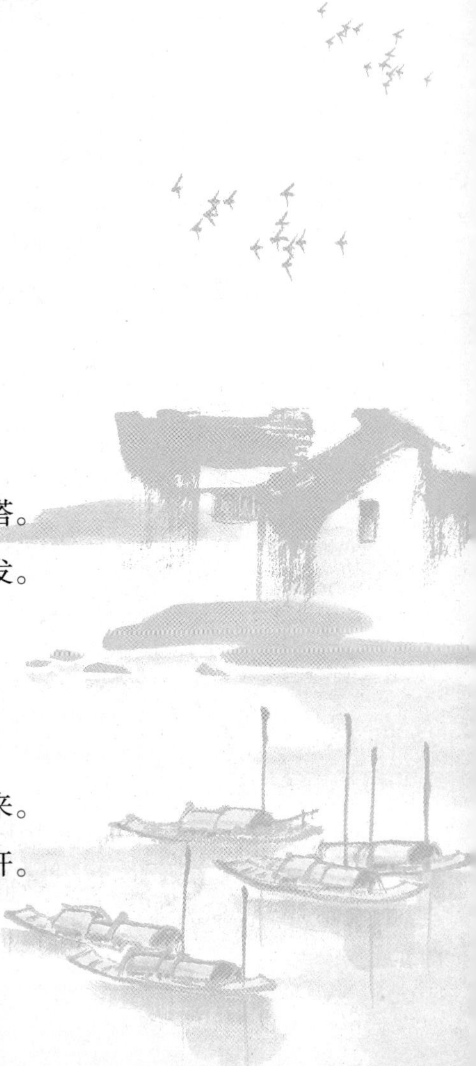

咏春·梅花心意请君猜

梅花心意请君猜，遇到春雨情满怀。
莫道眼前飘白雪，今年好为使君开。

咏立春·小寒大寒正春寒

小寒大寒正春寒，立春谷雨花枝繁。
折枝欲寄心所思，唯恐春燕渡江南。

咏雪·不能将情寄辽西

秋时采菊寄所思，眼前飞雪落满枝。
有意摘来唯恐化，不能将心寄辽西。

咏梅·群木寒霜怯

群木寒霜怯，焉有浓香叶。
唯她长绽先，一枝独傲雪。

咏怀·相识恨晚知君迟

相识恨晚知君迟，仰慕先贤珠玑辞。
一曲秦淮波凌乱，好春长在最高枝。
夏日冬夜不眠时，春风秋雨未成词。

心安静看闲云过，船移动处影偏西。

咏怀·梅谢引来桃芬芳

梅谢引来桃芬芳，雪后送去雨清香。
东君有心注春意，更添杨柳垂丝长。

咏藕·春暖藕花甜

春暖藕花甜，叶叶根相连。
掘藕新伤处，丝丝胶相黏。

咏怀·心愿浓醉不愿醒

心愿浓醉不愿醒，梦里江南春色景。
相携相伴夜长夜，画梁双燕紧靠拢。

咏怀·春风送暖染枝头

春风送暖染枝头，薄衫轻扇杏花楼。
春风春雨谁人解，满怀心意恨难酬。
欲将心底语出羞，唯恐又去春不留。
蜂蝶焉知花儿苦，未绽芬芳却已休。

咏怀·杨柳入词情无限

杨柳入词情无限，丝丝垂处无从辩。
莫言轻折相寄远，从此别泪断难剪。

咏怀·寒来暑往返

寒来暑往返，冬去春来暖。
香烛销成泪，紫燕啼声缓。
玉关心期盼，银钗玄发管。
梨花隐春梦，烟雨锁空幻。

咏怀·青云往岁期

青云往岁期，长吟红杏诗。
才情诗中见，风味酒边知。

咏怀·金樽琼浆贵

金樽琼浆贵，佳味知音会。
才情风流意，歌舞同来醉。

咏怀·梅子初青春正芳

梅子初青春正芳，柳丝垂绿两添香。

千丝万丝谁解意，自然景色好风光。

咏怀·代友咏·往事回首心酸楚

往事回首心酸楚，怎奈引得泪双垂。
依窗遥望心已冷，白头鸳鸯失伴飞。
心中苦，知为谁，红烛燃尽泪成灰。
有情无意终不悔，不为闲情再皱眉。

咏怀·有恨不能消

有恨不能消，无怨谁肯抛。
分明相交织，为尔成细腰。

咏怀·黄菊随风幽远香

黄菊随风幽远香，青山遮目相思长。

不道此刻玉容样，两鬓生霜似潘郎。

咏怀·秋风何太急

秋风何太急，催促衡阳雁。
谢尔捎锦字，心把江南恋。

咏怀·静观银蟾思故里

静观银蟾思故里，满目霜色心难语。
秋风吹雁忆江南，莫教巫山多凄雨。

咏怀·梦滞江南君不见

梦滞江南君不见，魂泊塞北难成愿。
苍天何故此心偏，南北相盼肠已断。

咏怀·江南何故移新爱

江南何故移新爱，塞北无端起旧衰。
心虽添恨实无奈，人到忘情泪满腮。

咏怀·恨侬眼力极千里

恨侬眼力极千里，怨雁鸣声达九天。
不能看见君行处，怎教知道奴挂牵。

咏怀·春暖日短泪涟涟

春暖日短泪涟涟，秋寒夜长雨绵绵。
一年四季瞬息转，是苦是甜不可言。

咏怀·初逢更像人似旧

初逢更像人似旧，急雨催泪心伤透。
前生有缘盟修订，不言也知味醇厚。

咏怀·奴为相识不惜情

奴为相识不惜情，何故言我爱新红。
愿与君前歌一曲，似曾相识又相逢。

咏怀·秋夜雨增寒

秋夜雨增寒，平明菊色残。
心惦千里处，衡雁几时还。

咏怀·挥毫抒怀四十载

挥毫抒怀四十载，汇成拙诗千八百。
画尽风雪与情物，泪洒绢纸常挂腮。
诗词使吾茅塞开，精髓让人情满怀。

如逐春风知桃李，似随秋雨识柳槐。

咏怀·秋风何太急

秋风何太急，落叶谁更牵。

冥思春时日，垂丝烟雨间。

咏怀·因何欲哭泪水干

因何欲哭泪水干，九曲柔肠断续还。

千梭织锦示心意，无言面对好江南。

咏怀·云深雨味浓

云深雨味浓，菊淡娇色容。

分明秋容色，随风芳香同。

咏怀·驾新蟾为船

驾新蟾为船，乘东风鼓帆。

渡河汉寻觅，忆惜兮江南。

咏怀·秋风柳线残

秋风柳线残，遥望忆江南。

谁把别离恨，和泪唱阳关。

咏怀·泪频频而涌

尽思美兮，夜常常而梦。

往忆矣兮，相依依而影。

雁雁归兮，秋瑟瑟而冷。

谋玉容兮，泪频频而涌。

日月相轮转，岁月安可长。

春夏秋冬去，雨露化雪霜。

依依翠杨柳，条条步障[1]伤。

不畏风如雨，只怨雪与霜。

人心不可测，海水焉斗量。

桑蚕丝不尽，杨柳青见长。

秋风何徨徨，秋雨何茫茫。

雁雁南归去，人人西别常。

一一合成双，溪溪汇成江。

曲曲酒初醒，愔愔[2]水流芳。

【注释】

①步障：代指垂杨重重。

②愔愔：安闲的样子。

咏怀·此生平苦心

此生平苦心，系心在江南。

情真不可分，鱼水之情缘。

咏怀·夹缝几朵白云

夹缝几朵白云，不似海阔天空。
人心应当开阔，莫要自闭家中。

咏怀·莫道刘郎才情高

莫道刘郎才情高，红烛落泪谁人娇。
千金纵买相如赋，君王心中花已凋。

咏怀·重重叠叠枝叶繁

重重叠叠枝叶繁，
绽放花蕊妍。
试折一枝寄那边，
仅表春风甜。
若有心意也赠言，
共把柳丝牵。
霓裳羽衣舞翩翩，
中有相思黏。

咏怀·秋霜鬓上染

秋霜鬓上染，年华逝不返。
愿把春留住，重将日月管。

咏怀·撕锦声如裂

撕锦声如裂，折枝伤似血。
缫丝断头绪，念君无昼夜。

咏怀·谁设四季又逢春

谁设四季又逢春，惹来飞絮乱纷纷。
愿将年华重新改，焉有牵丝与断魂。

咏怀·提笔抒怀忆江南

提笔抒怀忆江南，杨柳垂丝夜夜燃。
同心结里频添恨，谁教缫丝抽不完。
劈开桃瓤仁在里，打破沙缸水见底。
抽尽蚕丝方知你，茧中包裹太神秘。

咏怀·要想休

（学习民歌描写手法）

要想休，
除非是冬做了春，
夏做了秋。
除非是天做了地，
地做了天。

除非是海水从此干，
谷底出了山。
东做了西，
北变作南。
黄连从此甜，
蜂蜜从此酸，
红日不生光，
天色不再蓝。
宇宙把个翻，
冬天暖，夏天寒，
大雪纷飞不见边。
休言难，
君不见，与尔相识，
把心牵，
何言完。
为了你，辗转不得眠，
泪儿酸。
自从楚王梦惊断，
人间无梦再相传。
难、难、难。

咏怀·试问秋雨可知晴

试问秋雨可知晴，不闻柳丝依然青。
垂丝细雨皆是意，何不再遣月儿明。

咏怀·金蟾三五挂高楼

金蟾三五挂高楼，银梭千回连丝绸。
心愿三春永不谢，何须一江载春愁。

咏怀·思怨似墨磨长短

思怨似墨磨长短，情意如笛吹更高。
春风半路香迎客，花朵全开色正娇。

咏怀·不愿忍心旧地看

不愿忍心旧地看，原来同是一辈人。
荏苒回眸四十载，犹有琴弦耳边音。

咏怀·折柳弃路旁

折柳弃路旁，莫再为其伤。
年年枉垂丝，夜夜月如霜。

咏怀·百年事成奇男子

百年事成奇男子，天下才归有心人。
小溪终究汇成海，大风歌兮岂有云。

咏怀·要除烦恼心须静

要除烦恼心须静，解脱困扰人淡定。
中天自古悬明月，不见月下多倩影。

咏怀·期待·才过残月又新月

才过残月又新月，期盼昨夜和今夜。
登楼倚栏陇西望，最关情处是切切。

咏怀·乌海沈阳又吉林

乌海沈阳又吉林，千里奔波欲断魂。
三月阳春风已焦，路上匆匆煎熬人。

咏怀·柳枝·折取一枝遥寄去

折取一枝遥寄去，告知四月已春深。
莫怨花色匆匆老，不见雨珠点点新。

咏怀·问心无日不相逢

问心无日不相逢，迎面有鸿皆书空。
心如牵挂涯咫尺，身似雨露梦常通。

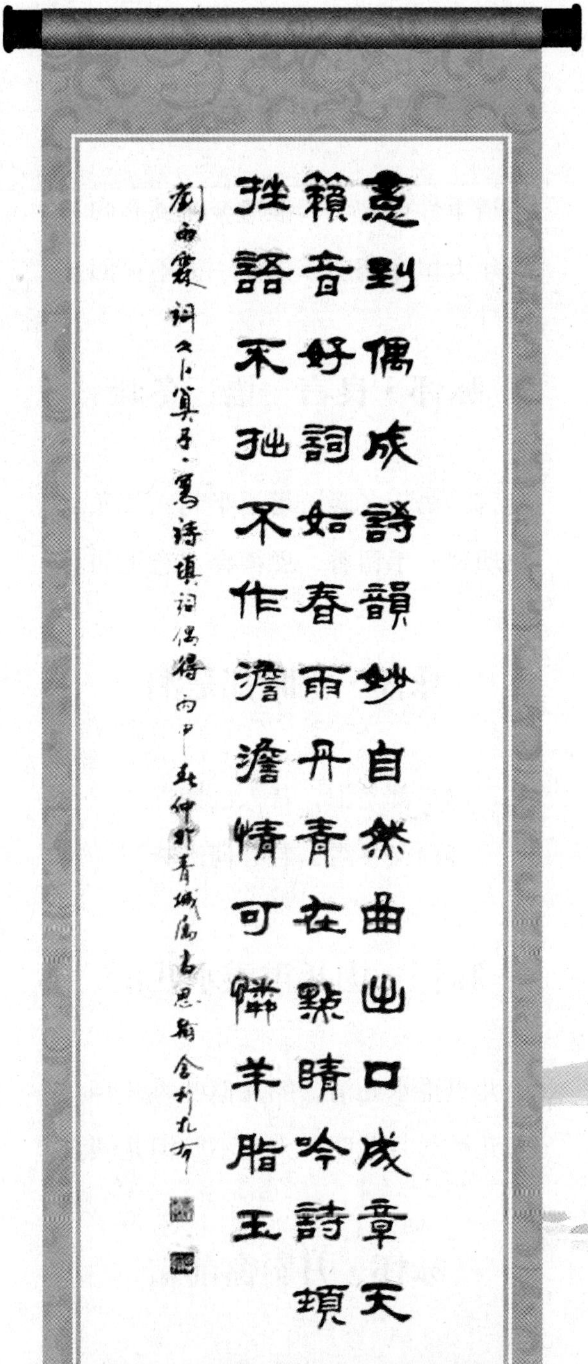
意到偶成詩韻妙自然曲出口成章天
籟音好詞如春雨丹青在點睛吟詩填
拙語不拙不作澹澹情可憐羊脂玉
劉西霞詞之卜算子·寫詩填詞偶得 丙申

咏怀·不道秉性任高飞

不道秉性任高飞，谁遣金笼锁心归。
当年万里多闲适，如今一去不再回。

咏怀·良言一语三冬暖

良言一语三冬暖，著语半句六月寒。
玫瑰赠君手留香，恩德释人意更甜。

咏怀·满眼都是泪

满眼都是泪，昔人已憔悴。
春雨又冬雪，君心何滋味。

咏怀·山儿重重水儿清

山儿重重水儿清，船儿似叶风儿轻。
云儿散尽月儿明，人儿不归泪儿倾。

咏怀·月影窗前霜

月影窗前霜，秋风滴漏长。
思到雁归处，诗成字也香。

咏怀·试问秋雨可知晴

试问秋雨可知晴，不闻柳丝依然青。
垂丝细雨都是意，何不再遣月儿明。

咏怀·谁为我知情

谁为我知情，谁为我知疼。
登楼眺望云雾浓，北风呼呼叶落声。
人生好比是场梦，牵萦长把心儿动。
泪雨淋漓相意处，谁能将心丝牵控。

咏怀·观画像

几回翻看添新恨，每日相思减旧悯。
莫怨此心多惆怅，不道为尔少霜鬓。

咏怀·一夜夜

莫使我情空对月，流水匆匆花儿谢。
此意此恨千万遍，这愁这怨一夜夜。

咏怀·留与千年作美谈

留与千年作美谈，

纷纷蜂蝶知争桃。
谁解知音，
伯牙琴操。
识破尘芳扰扰，
何如乐取逍遥。
我本无为野客，
浪迹人间飘飘，
四望雨霖，
今古英豪。
珠玑玉句，
银钩铁画，
分外妖娆。
百花洲上醉时吟，
不负一生诗骚。
风流人物，
吴姬劝酒，
弹丝吹箫。
唱得廉颇能饭否，
西雨东晴，
春眠觉晓。
人道无情又有情，
历尽艰关，
劳梦知多少。
赢得虚名在世间，
添华发，几时消。
一念不能休，

莫问鬓丝长短，
即时杯酒醉歌谣，
算省得，闲愁一半，
过隙光阴易了。
浮云富贵难凭，
吹拉弹唱，
莺歌燕舞，
几时欢笑。
竹林七贤相伴，
谛仙诗圣相携，
随渊明采菊，
伴浩然踏郊。
诗词曲赋把情抒，
欢渡一生多好。

咏枫叶·莫怨秋风紧

莫怨秋风紧，飞落又重生。
请君细细看，不见枫叶红。

咏秋雁·秋雨绵绵情

秋雨绵绵情，小燕匆匆停。
知君有吩咐，已近长安城。

咏雨·说丝非丝却是丝

说丝非丝却是丝，说晴非晴却有晴。
云雨本是亲姊妹，焉能分辨晴和清。

咏秋·花落无意风有声

花落无意风有声，雁飞有雨天无晴。
阳关路上多惆怅，灞水桥边少深情。

咏情·相遇缘牵手

相遇缘牵手，琼浆味醇久。
寄语有情郎，迟迟难开口。

咏鹃·有情不快意

有情不快意，都怨两分离。
愿化杜鹃鸟，朝暮林中啼。

咏雁·雨阵阵天渐冷

秋雨阵阵天渐冷，野菊朵朵风送香。
春来秋去衡阳雁，几时捎信到故乡。

咏月·月美人眉

新月美人眉，难道只一个？
生来应双对，除非被丢舍。

咏蝶·侬有可梦

问侬有何梦，报君千万种。
彩蝶示胸意，唯恐君不懂。

咏风·谁剪红花一片片

谁剪红花一片片，不见青杏已生些。
柳叶如眉才舒展，早有月下人相约。

咏影·玉容初映水天中

玉容初映水天中，微风吹动影重重。
分明此刻着明月，不教飞云遮面容。

咏别·匆匆离别泪

匆匆离别泪，夜夜月正东。
小楼深秋里，幽梦寒风中。
枫叶随风尽，残丝和雨空。

折枝怀深意，忍泪觅残红。

咏诗·古韵芳香在

古韵芳香在，今声情意纯。
新诗绮语寄，枯木又逢春。

咏菊·徐徐秋风至

徐徐秋风至，渐渐枝叶黄。
请君莫惆怅，不有菊花香。

咏燕·小燕翻飞捕虫忙

小燕翻飞捕虫忙，许是已知秋风凉。
愿借东海作深漏，好教金秋时令长。

咏蝶·问侬有何梦

问侬有何梦，报君千万种。
彩碟示胸意，唯恐君不懂。

咏菊·九月风送香

九月风送香，金丝秀发长。
不知何家女，归来懒梳妆。

咏菊·众蕙尽凋此花新

众蕙尽凋此花新，金色不亚牡丹魂。
人间花好在圆月，无限秋韵似逢春。

咏梅·春雪花更妍

春雪花更妍，尤知梅花鲜。
村里和村外，芬芳不夜天。

咏友·冬梅一枝红

冬梅一枝红，为伊恼诗情。
终日若相思，只为图虚名。
香雾入帘清，晓梦啼莺惊。
曲栏深进处，更见此轻盈。
梅花香正浓，桃李却消声。
相如千金赋，难达寂寞情。
休言闲暇中，何不溜湾行。
浪费文君才，谁肯将心疼。

咏无·红梅花朵艳

美玉遗失倍心牵，匠师此去似隔天。
从此无处再寻觅，满腹经轮向谁言。

毕竟江南花儿鲜，不似塞北柳丝粘。
吩咐东君常呵护，莫教从此无春天。

咏别·花含宿雨柳含烟

花含宿雨柳含烟，心忆江南别有天。
几回新月人不见，泪落常使青竹斑。

咏春游·携手石经赏春光

携手石经赏春光，牵衣曲廊影成双。
借问蜂蝶知深浅，踏青归来满身香。

咏梅·别时已有数月重

别时已有数月重，有谁知我此时情。
独对梅花倾一盏，傲雪临寒诗又成。

咏雪·满天飘落梨花蕊

满天飘落梨花蕊，平地滋润山河美。
分明春情喻新意，再把憧憬细描绘。

咏柳·杨柳枝

杨柳枝，杨柳枝，年年春暖垂新丝。

柳丝牵恨一条条，燕子焉何归迟迟。

咏杨柳·莫道杨柳轻

莫道杨柳轻，杨柳最有情。
年年春来早，处处垂丝迎。

咏莲·并蒂莲花水中姿

并蒂莲花水中姿，月光水影共相移。
莫道根深方思藕，唯有藕中有飞丝。

咏新月·银蟾谁人剪

银蟾谁人剪，笑眉挂半空。
心疑另一半，何时落水中。

咏风筝·相思本是无线筝

相思本是无线筝，遨游天际凭借风。
倘若一丝相牵住，怎地相逢频梦中。

咏春雪·潘母桃园风乍起

潘母桃园风乍起，桃花飘落似春雨。
细细滋润枝和叶，妒煞杨柳飞万絮。

咏江南·若言谁相牵

若言谁相牵，无非在江南。
青山绿水中，情意总缠绵。
杨柳垂丝千，玉叶烟雨间。
玲珑清越声，相伴蝴蝶泉。

咏梦·如果能久长入梦

如果能久长入梦，愿酒相伴终不醒。
只因翠柳全依水，莫待秋风叶坠咏。

咏月·似叶似眉影只单

似叶似眉影只单，似镜似盆挂西山。

人间底事常相借，总欲三五共团圆。

咏春·有意常邀共欢醉

有意常邀共欢醉，无言化作别时泪。

不见垂丝动飞燕，暖风处处燃青翠。

咏诗友·天上果有巾帼才

天上果有巾帼才，人间竟得相逢缘。

莫道河山隔万远，相如词曲赋在前。

咏诗友·偶识巾帼获宝山

偶识巾帼获宝山，自然诗谪非秦川。

夜深不肯合书卷，只为明月高挂天。

咏不辨·借物抒怀

春季花草旺，雪中无陋巷。

雌雄傍草飞，野兔常蔽罔。

君子坦荡荡，小人怀怏怏。

恶人与贤者，谁辨其模样。

诗的描写手法·借物咏怀

借景咏心志，吟物达其心。

曲终韵不尽，远峰传佳音。

诗境·诗籁性情真

诗籁性情真，寓意达其心。

不得自然力，焉有天籁音。

诗情·秉性已决诗之体

秉性已决诗之体，莫以宫商笑徵羽。

后人鼎力专长处，游刃抒怀自由取。

诗魂·巧用词句无斧痕

巧用词句无斧痕，妙引典章续琴音。

文章不见凿之砌，诗词意境自然神。

诗铺陈，不用虚字“兮”·“些”

画蛇又添足，似蛇世皆无。

画龙不点睛，焉能成腾图。

月弦光照人不寐

月弦光照人不寐，孤鸿哀鸣心都碎。
登楼遥望阳关路，不思茶饭何滋味。

月为眷恋常行缓

月为眷恋常行缓，花因羞涩总开晚。
圆缺不能心恨月，浓淡自然风情染。

莫怨秋风紧

莫怨秋风紧，飞落又重生。
请君细细看，不见枫叶红。

莫笑鬓角已霜白

莫笑鬓角已霜白，休为相思泪满腮。
纵使秋色浸山野，谁不知君情满怀。

十五咏

独上高楼思绪燃，雪花纷纷枝头攀。
去年赏灯人何在，依旧春风自倚栏。

十五月

花市灯如昼，明蟾当空候。
照见楼上人，泪湿红衫袖。

江南游

把酒踏青江南游，自喜狂野不生愁。
每回仰望当空月，愿伴江南到白头。

江南花未凋

江南花未凋，随风暗香飘。
有林亦有雨，含情亦含娇。
江南水涛涛，孤帆一线遥。
徘徊江上月，空度可怜宵。

江南翠柳春色染

江南翠柳春色染，塞北霜雪冬景缓。
佳期似梦久参差，日月如梭更复返。

江南春

风迷离，雨泣凄。

夜来梦频历，不明泪浸衣。
春风秋日何时尽，白杨翠柳长相依。

江南春

江南春色美，杨柳丝丝坠。
烟雨和飞燕，自然天成配。

江潮一层又一层

江潮一层又一层，风声相伴共此生。
满腹苦水谁知味，跳进长江难洗清。

江南春雨

春入新枝风又起，燕寻旧巢雨不寂。
杜鹃啼声惊晓梦，昨夜伴君江南雨。

春　光

莫道孤独情，满眼好春风。
柳丝最有意，折来祝尔兴。

春之歌

春茶一杯春风好，春风千波春雨早。

春情一曲春之歌，春伴千禧春不老。

春 燕

二月好春风，不负柳丝青。
燕语自含意，告知春之容。

春 雨

扯断丝线珍珠散，双手欲捧恐时晚。
期待随风潜入叶，多少枝头碧玉染。

春风送暖草青青

春风送暖草青青，远山近水似画屏。
别后心期若春梦，唯借诗语寄托情。

春近百卉生

春近百卉生，枝枝多情恋。
蕾蕾绽枝头，渲染娇红遍。
情随歌意深，心牵词语淡。
不是不相知，只为难相见。

春暖为你置新衣

春暖为你置新衣，秋寒何不添所需。
一针一线多相牵，好似春雨将心滋。

春风翠柳初换装

春风翠柳初换装，竟惹江南燕飞双。
时阴时晴多阵雨，也是有晴惑无晴。

春雨润叶青春时

胡杨叶落天虽寒，犹有干条傲霜枝。
请君当记春风好，春雨润叶青春时。

春暮百花竞争红

春暮百花竞争红，也知过后不再浓。
人生焉能同草木，也当雁过留其名。

春花秋月何时了

春花秋月何时了，往事如勾知多少。
衡阳有雁书未至，伊人不见心亦老。

春暖开遍红梅花

春暖开遍红梅花，垂柳枝上绿头鸦。
多少寒雪风吹尽，楼上匆匆玉钩斜。

春风穿林叶沙沙

春风穿林叶沙沙，秋雨连天泪洼洼。
世俗冷暖阴晴扯，人际关系尔余佳。

春闺梦里想思泪

春闺梦里想思泪，尽把枕上桃花绘。
花蕊芬芳香犹在，谁解其中景和味。

秋　雨

雷声惊动秋雨纷，玉珠断线滴滴沉。
君看人间怨愁处，总把相思化泪痕。

秋雨平明宁

秋雨平明宁，突闻鹊语声。
一江隔南北，千里正兼程。
开箱试新缝，对镜细描睛。

经年多少意，企盼亲倾听。
恐鹊漫语咛，断奴痴痴情。
相别杨柳在，莫负东君盟。

秋高气也爽

秋高气也爽，花开菊正芳。
举杯相邀月，对影人成双。
翩跹舞和唱，吹箫音也香。
明月秋风入，共度好时光。

秋雨绵绵情

秋雨绵绵情，小燕匆匆停。
知君有吩咐，已近长安城。

秋雨·千丝万丝谁安排

千丝万丝谁安排，秋风秋雨送将来。
天公不解人间意，错把风雨细细裁。

秋亦无悲

秋亦无悲，春亦无愁。
秋思春意，赏心悦之。

冬日咏

风寒云淡睡未足，帘卷日残人更孤。
菱花影里人消瘦，鬓角霜丝难理梳。
怨恨更添枝头枯，寂寞又减心气浮。
才饮一杯残羹酒，谁把思情胭脂涂。

冬　梅

不斗浓华不占红，自妍霜雪寒风中。
百卉无力与相妒，唯有冬梅迎春风。

雨垂声更急

雨垂声更急，声声似人啼。

分明是春雨，焉何归来还。

雨后有怀

夜来风雨声，平明柳絮轻。
一年春好处，日高闻啼莺。

雨　后

窗外细雨正纷纷，难洗树上灰如尘。
疑惑杨柳垂丝处，有无枝叶雨后新。

雨林心胸

无声细雨来，春色著林开。
吟诗潜心静，作赋坦胸怀。

雨后折柳

折柳遥寄丝，停梭织锦迟。
无心拭铜镜，多应鬓雪欺。

夜静月可揽

夜静月可揽，风轻香不散。
酒浓梦更深，情长意不短。

夜黑路长人去也

夜黑路长人去也，似曾相识不见月。
难把从前诗情夜，如今泪水红成血。

夜游大明湖

三月济南游船上，春风花香好湖光。
有山有水有月亮，西子西湖难盛妆。

夜来梦惊醒

夜来梦惊醒，痛苦泪凄然。
叹吾此一生，坎坷事艰难。

夜来春雨落万丝

夜来春雨落万丝，坠入荷塘起涟漪。
一团团，一串串，圆圆叶叶共痴迷。

夜深灯微明

夜深灯微明，昵喃儿女情。
恩怨尔汝来，千里共系藤。

夜 咏

夜静月光明，风轻蟋蟀鸣。
犬吠因何意，路有僧人行。

夜捣衣·织锦字

织锦字，绣荷包，为郎出征整马刀。
两情相牵谁知晓，唯民涂炭如汁膏。

心里吟诗泪欲出

心里吟诗泪欲出，几度推敲更踌躇。
分明知句难表意，浓情淡墨素纸污。

心念江南泪连连

心念江南泪连连，人思辽东雪绵绵。
叹息风吹竟何意，云散月照难入眠。

心恨春雨又迟晚

心恨春雨又迟晚，枝头垂丝空耀眼。
桃花谢后香依旧，每回忆起珠泪满。
多应不信人肠断，几夜霜寒谁共暖。

只将情意托鸿雁，又恐春风时又短。

心盼春风长相顾

心盼春风长相顾，和风细雨青丝吐。
杨柳丝纤纤，枝条叶露露。
刘郎彩笺江南处，雁子不来总相误。

心中若有桃花源

心中若有桃花源，何处不是水云间。
寂寞虚妄谁羡慕，回眸一笑无须言。
风轻轻，雨涓涓，莫苦恼，莫蜜甜。
有风有雨过日子，谁人不在世俗间。
酸甜苦辣味无边，世态炎凉浮眼前。
静处看花繁与谢，不过饭菜淡与咸。
李白浊酒能成仙，何必蝇利争执鲜。
转瞬之间年华逝，扬花飞絮飘满天。

心　境

漠海茫茫远连天，碎步弯弯沙丘间。
莫问此时何心境，回头细看思无边。

一年春到江南岸

一年春到江南岸，杨柳青青影映楼。
倚窗细听灵鹊声，画舫已过古瓜州。

一日从此过

一日从此过，流逝不再回。
清晨复黄昏，四季轮转随。
人生在一世，草木秋风吹。
若不与珍惜，空留徒伤悲。
鸟儿知春意，匆匆江南飞。
杨柳知情意，条条青丝垂。

一夜细雪银满地

一夜细雪银满地，百卉初雨柳飞絮。
道是东君最有力，好风尽把春延续。

一别已经年

一别已经年，尺素疏可怜。
寻觅江南月，何时再复圆。

见鬓角生霜感叹

霜鬓何太急，人生几时闲。
四季花枝叶，随风飘满天。

见寒风中垂柳瑟瑟有怀

垂丝随风瑟瑟摇，梨花雪蕊枝枝描。
看似春景江南画，却感风寒利如刀。

见胡杨有怀

十月胡杨叶金黄，一夜秋风枝银霜。
空余胡杨独思索，一年何时最风光。

见月有怀

西望又新月，恰似人儿眉。
相思影俱瘦，寒星和泪垂。
常常梦匆匆，亲亲酒杯杯。
破晓鸡声鸣，日月又轮回。

踏青匆匆寻春意

踏青匆匆寻春意，折柳轻轻寄丝雨。

分明蛱蝶相争逐，不道胡为泪如洗。

踏　雪

银装素裹一点红，分明寒尽春意浓。
更有双双踏新雪，是天有晴人有情。

为何世俗身缠住

为何世俗身缠住，常常徘徊不跬步。
花好时节需绽放，人生春秋能几度。

为张若冰作

择时相聚共举樽，杯中酒尽再提壶。
畅怀人间多佳事，也抒胸意话宏图。

为尔消磨两鬓霜

为尔消磨两鬓霜，朝思暮想渐断肠。
唯恨燕燕轻飞去，不留痕迹使人伤。

吾念心切切

吾念心切切，尔言情怯怯。
呕丝莫伤蚕，丝系一叶叶。

学古诗作·吾闻君别言

吾闻君别言，盈泪鼻孔酸。
愿与君相见，示心让君观。
今夕何夕天，君何出此言。
疑奴意不专，或是对妾烦。
衡雁尺素传，誓言奴心肝。
不是不信君，知君是儿男。
回眸一篇篇，忆来心酸酸。
与君一相牵，方知丝缠绵。
成诗一两句，构思四五年。
若知怀中意，策马到眼前。

细雨蒙蒙秋色浓

细雨蒙蒙秋色浓，心织交结意重重。
不知思情似黄连，只当苦水做蔗同。

细雨连绵似泪流

细雨连绵似泪流，明月难见更添愁。
眼下花落泥泞处，空余月光入高楼。

金银翡翠羊脂聚

金银翡翠羊脂聚，玛瑙田黄松石绿。
件件都是珍稀物，唯吾独爱和田玉。

金榜未成录

金榜未曾录，若到水穷处。
心头人人苦，疑似山无路。
凝志迈大步，奋力将河渡。
待到春染树，再看红日吐。

彩笺舒尽千般愿

彩笺舒尽千般愿，荷塘翻起多层涟。

微风不解个中意，依旧吹皱水平面。

彩灯对明月

常道元日赏灯夜，

满衡花不谢。

暖风吹来扑面香，

彩灯对明月。

秀萍父八十咏

蛇年喜迎八十寿，春风送暖灯如昼。

四世同堂人丁旺，百年和好鹤颜秀。

香　炉

千差万变型，大体工能同。

熏香或烧香，总把神灵迎。

才

无才是有才，有才是无才。

无才互相才，有才相互才。

才子尽忠诚

才子尽忠诚，佳人止奉迎。
相识应恨晚，焉有五湖情。

才剪烛结突增亮

才剪烛结突增亮，只影透在纱窗上。
燕燕窗花相对比，多少梦里生怅惘。

几回提笔踌躇停

几回提笔踌躇停，欲舒胸怀难了情。
江南塞北天涯路，唯有寄托月轮明。

几回相邀待菊黄

几回相邀待菊黄，开愁展恨剪思量。
伊心侬愿莫成梦，暗掷金钱卜短长。

几度梳理难解开

几度梳理难解开，千丝万缕常挂怀。
才才因醉昏忘去，却教明月又勾来。

几日炎热雨后有怀

掩户避嚣风阵阵，推窗扑面雨清清。
柳枝花叶侥有幸，微风细雨润无声。

不教春风各东西

依依袅袅复痴痴，叶叶丝丝含凄凄。
谁能绾作同心结，不教春风各东西。

不信瓜不甜

谁道不如前，依旧花儿鲜。
留得青山在，不怕没材添。
蜂儿勤酿蜜，农夫细耕田。
人若情相守，不信瓜不甜。

不见天边飞塞鸿

不见天边飞塞鸿，尺素无达转头春。
明月有情应识我，何必常教梦断魂。

喜迎国庆又中秋

喜迎国庆又中秋，佳节珠联长假休。

结彩灯，赏月圆，阖家团聚乐悠悠。
免费驾车去旅游，锦绣河山眼底收。
国也泰，人亦安，数我中华人最牛。

喜杏莫喜梅

喜杏莫喜梅，梅刺扎君手。
喜梅莫喜杏，杏仁苦君口。

闻友偶得

春风轻轻，黄鹂嘤嘤。
彩云飘动，舞袖不停。

闻雁声咏怀

衡雁霜雨两三声，胡杨枫叶四五彤。
分明风雨送别意，江北江南各西东。

闻友人离异有感

嫁鸡或嫁狗，送入虎狼口。
一世酸咸中，能知味也否？

闻雁鸣

人字过后不见封，空闻雁鸣与春风。

莫非仙郎怀别恨，忆人尽在不言中。

闻友进迁咏怀

春风轻轻，黄鹂嘤嘤。

彩坛飘动，舞袖不停。

中秋快乐

剪几缕彩坛和面，摘数朵黄花拌馅。

烙千张月亮当礼，送九州好友团圆。

中秋咏月

一轮明月一重天，两地相春两处圆。

为表真情思难减，故在中秋寄跟前。

渔歌悠运

水面静静船影轻，张网捕鱼飞鸟惊。

莫道人间多闲适，不闻渔歌悠远声。

渔歌唱晚

江上鹚鸬飞，仓满小蓬归。
随风渔声远，夕照水映晖。

大连游

雾掩青山路，蝉盖翠鸟音。
雷动白雨细，夜静红烛深。

大风歌

（内蒙古自治区交通高级技工学校晋升技师学院咏怀
二〇一二年六月十二日）

三十八年惊回首，六月芬芳春依柳。
叶缀枝繁吐新芽，丝垂梭勤织绵绣。
红山园里谁歌喉，白云深处音韵久。
看我园丁多英豪，桃李满天重抖擞。

缫茧唯恐桑丝尽

缫茧唯恐桑丝尽，折柳不怕柳丛生。
雁行有意常捎信，雨不忘情落有声。

缫丝理还乱

缫丝理还乱，染花恐其淡。
梳剪何是头，枝妍心中盼。

轻捻竹管赋新诗

轻捻竹管赋新诗，烛影淡淡君可知。
别君正是春回日，此刻赋诗咏秋时。

轻拈斑管书心事

轻拈斑管书心事，细折银笺写恨词。
可怜不惯绾相思，倚窗望月许多时。

日高莺啭

日高莺啭，花影重重。
画帘低卷，醉眼羞情。
娇困惺松，绣床才缝。
强来描翠，妆镜难迎。
不肯匀红，锦屏中空。
对花无语，独怨春风。
来去匆匆，庚郎别行。
香消玉减，世事疏慵。

蛮笺封钉，何处鳞鸿。
万言难尽，眼中泪浓。
杳杳无踪，眉上恨容。
夜来唯有，幽梦相逢。

日日相伴日日升

日日相伴日日升，亲亲牵挂亲亲称。
春风细雨风雨情，青山秀水山水通。

青城春暖花欲飞

青城春暖花欲飞，楼上人儿颦翠眉。
自从别去音容远，唯见旧鸿年年归。
昨夜春风来深院，春色依旧人不见。
蜡烛泪干夜难眠，唯恨身为梁上燕。

青青垂丝柳

青青垂丝柳，郁郁江南秀。
声声歌委婉，句句将人诱。
仰望观北斗，低头思绪久。
静静不得寐，滴滴似催漏。
尔在江源头，红烛空独守。
惆怅当告谁，苦苦难开口。

青花瓷瓶好工艺

青花瓷瓶好工艺，只能眼看用不起。
我恨匠师过精细，不解刘郎真心意。

青青河水青青柳

青青河水青青柳，青青莲叶青青藕。
柳丝相依藕丝连，莫教青丝相互纽。

别离经年

别离经年，怨限绵绵。
虽不相见，情分依然。
眼前飞雪，春来花繁。
多少恩怨，化成欢言。
月上枝头，照见婵娟。
莫思山外，花好月圆。

别时已有数月重

别时已有数月重，有谁知我此时情？
独对梅花倾一盏，傲雪临寒又诗吟。

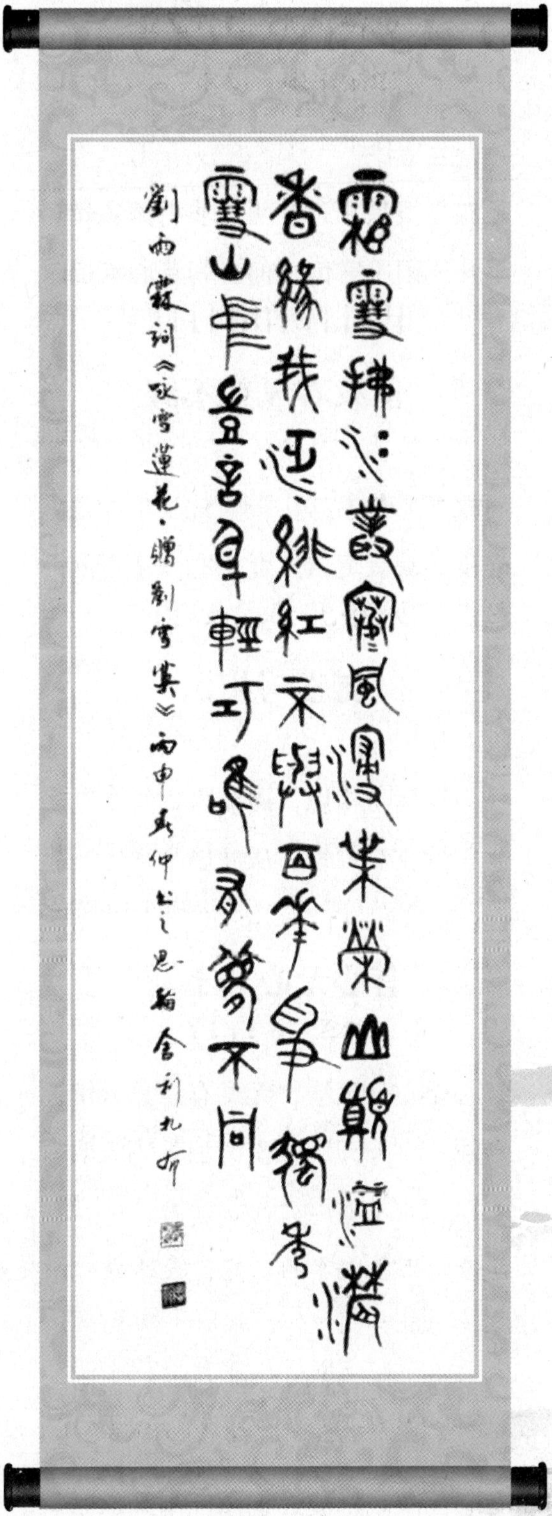

何必朝暮心痴痴

是怨是恨是相思，两鬓非雪添霜丝。
早知风雨不守信，何必朝暮心痴痴。

何故春风花不红

何故春风花不红，眼前荒漠尘沙迎。
碎步踏破寂寞景，疑惑春来步不同。

有幸与相识

有幸与相识，抛梭将锦织。
绣成双鸳鸯，从此影不离。

有心无心分不清

有心无心分不清，无意有意总含情。
蜡烛芯直天天燃，夜夜泪垂到天明。

【说明】

诗是什么？诗是借助语言文字的功能，表达内心深处最凝练的结晶。

有心江南栽柳漫

有心江南栽柳漫，别离江南肠欲断。

遥忆江南新春色，不教江南人空盼。

点点楼头雨淋

点点楼头雨淋，重重江南湖平。
莫教空度良宵，飞雪也知人情。

点燃红烛欲高照

点燃红烛欲高照，唯恐夜深寻错道。
愿与屠苏共一醉，也将老情去烦恼。

都爱辛勤早司晨

风吹杨柳性分明，细听雨霖韵同声。
说来生就真巧妙，都爱辛勤早司晨。

都道江南有才女

都道江南有才女，焉知胡地出绮语。
江郎修文才欲尽，胡女诗赋意可取。

分明江南雨

分明江南雨，不见春风面。
无意语迟迟，问著雁未返。

此意有谁知，眉黛拂双浅。
别来添憔悴，霜雪鬓头染。

分明花一朵

分明花一朵，只恨盖难扯。
多少青春意，勾起一团火。

人生如梦

人生如梦，转眼隔年。
江南塞北，一丝相牵。
玉容消瘦，长夜难眠。
江南雨霖，修竹斑斑。
我歌尔吟，词赋篇篇。
风前月下，花好月圆。
我心不去，尔心更坚。
相逢知音，细语欢言。
辗转思量，前世修缘。
人海茫茫，何遇婵娟。
胡杨翠柳，垂丝缠绵。
蝶飞鸳戏，溪水甜甜。
清风皓月，起舞翩跹。
婉手相携，情意延延。
登高念远，雾霾如烟。
水调歌头，逝我心间。

人生似季风

人生似季风，春夏秋冬生。
春时花正旺，秋后花凋容。
劝君莫迷情，转眼韶华空。
世间争名利，富贵与贫穷。

人在风雨中

人在风雨中，焉能不知情。
云深星斗稀，雾淡月儿明。
雪融梅花红，冰消春风浓。
柳垂丝千条，枝上黄鹂鸣。

人之相诚

人之相诚，诸事可成。
人之相嫉，流水不通。
人之相护，百鸟齐鸣。
人之相背，若遇寒风。
人之相敬，仕途自兴。
人之相讽，好似寒冬。
人之相崇，枯木春逢。
人之相攻，如履薄冰。
人之相争，风雨无晴。

人之相颂，雁过留名。
人之相轻，荆棘满丛。
人之相恭，燕语歌莺。

人生一世太匆匆

人生一世太匆匆，草木枯萎遇秋风。
都言朝暮为生计，谁解光阴瞬间中。

人间岁月昏如雾

人间岁月昏如雾，世俗风雨寒似露。
漏声滴滴催梦醒，春色渐渐促新景。

杨柳千丝万缕

杨柳千丝万缕，怨恨织成愁绪。
休要再唱阳关，和泪渭城朝雨。

杨柳皆含春之色

杨柳皆含春之色，与君同是江南客。
唱我新词泪沾衣，莫唱放翁错错错。

杨花柳叶青

杨花柳叶青，寄予许多同。
为报君心意，摘枝送远情。

情　景

不见陌上尘，不见堤边絮。
随风雨悠扬，踪迹无寻处。
郎似陌上尘，妾如堤边絮。
多少往来情，泪零相思雨。

暖风袭来花重影

暖风袭来花重影，黄莺枝间细声咏。
可怜春色不长待，窗前明月谁共景。

暖雨江南春

暖雨江南春，寒雪塞北冬。
江南与塞北，天涯海角中。

三　月

此时三月天，日影长添牵。

冰消露溪痕，风暖动梅繁。
杨柳烟雨间，桃杏花满园。
分明春风劲，不闻莺语绵。

三春百卉盛

三春百卉盛，三秋百卉凋。
花开添情趣，花落添寂寥。

寻得一枝春

寻得一枝春，惊动小园人。
记得梦魂处，忧愁留此痕。

寻遍江南麓

寻遍江南麓，只见斑斑竹。
玉人何处在，深山闻鹧鸪。

非雅（一）

谁见蛟龙入泥池，不与世俗并肩齐。
自持秉性为忠厚，五言七句托新辞。
长诗短调借寄思，山青水秀好入诗。
人间自有纯情在，也将心思相依依。

非雅（二）

生来就是不羁人，不为辱旧恐因循。
羡慕伯牙遇知己，周庄梦里竟非真。

非雅（三）

雪花谢了梅花现，别愁离怨都吹散。
纵有高墙将心锁，焉能挡住春风面。

看照片有感

谈吐理论真，底蕴亦含深。
不失巾帼色，风采光照人。

看同窗照咏怀

一声长叹五十年，两鬓短絮四季间。
回想当年青春意，忆来而今黄昏前。
花影不再迷人眼，草身方显祸凷炎。
老大徒详纸若画，少小难堪泪如泉。

看似无丝确有丝

看似无丝确有丝，东边日出又坠西。

总教茶饭少滋味，愁怨萦绕无了期。

苦吟唐诗与宋词

苦吟唐诗与宋词，辛笔耕耘豪情起。
若得朝夕能相顾，何愁久闲不琴趣。

苦守期盼到何年

苦守期盼到何年，流水易去不似前。
杨花飞雪到何处，岂知春色不再鲜。

无情则无思

无情则无思，无思则无恨。
无恨则无怨，无虑则无进。
思因情而生，情因思而升。
思情若相绝，无油难点灯。

无锡太湖游醉后有怀

愿与酣梦浑忘晓，锁鸡喉咙不许啼。
愿与陶醉春深处，堵漏止水不让滴。

无情则无意

无情则无意，无酒更无思。
古来圣贤者，常饮留其诗。

长　条

东君爱惜与春池，丝丝细裁绿条迷。
多谢长条性不改，常把思情管别离。

长忆江南情

长忆江南情，翠柳黄鹂鸣。

碧水青山中，桃花春风迎。

本　性

杨柳本性谁真知，千古骚客借题诗。
抒尽情怀与惆怅，总把思情系柳枝。

本是丝织成

本是丝织成，千梭万梭情。
倾注血与泪，一对鸳鸯行。
唯恐裁剪轻，纷飞各西东。
空留心遗恨，无计再相缝。

缘

萍水相逢骨肉情，一朝分袂泪俱倾。
江南江北劳魂梦，人在长亭共短亭。

缘本非是树

缘本非是树，情合皆在悟。
若能相互助，依依在朝暮。

诗　情

都道人间事沧桑，长诗短词为情伤。
李白杜甫辞欲尽，借酒消愁杜文章。
诗中有志词含情，千古流芳更垂名。
今日刘郎胸怀意，潇洒一生作古风。

诗绮才出炉

诗绮才出炉，待君细品读。
暖风画中意，细雨凝成珠。

诗　论

贵贱不在金，浓淡只求纯。
厚薄当载意，难易自相临。
绮语意在外，丹青旨在神。
婉丽语不邪，缠绵杨柳阴。
平仄音顿挫，动词起纷呈。
巧用赋比兴，对仗求杏林。
山涧清泉出，意境韵牵魂。
宫商角徵羽，弦丝动五音。
曲终声不竭，江上数峰闻。
寄语后生子，作乐当及春。

雪中梅寄

雪中梅花千朵红，采来味香一枝浓。
遣驿快马捎将去，也解两处思春同。

雪后有怀

雪染梅花相映红，天上地下共春生。
江南江北多少夜，唯听春江流水声。

雪融冰消春送暖

雪融冰消春送暖，柳动丝垂风吹缓。
有心折枝相寄远，不知可有衡雁返。

雪压枝头梅欲红

雪压枝头梅欲红，霜侵窗前月色清。
层层浮云逐西去，行行飞雁乘东风。

四季赏花

春看红杏，夏观碧荷。
秋赏黄菊，冬踏白雪。

四处飘

自古逢春日日朝，小桃红杏枝枝娇。
谁能锁住香凝固，一任春风四处飘。

四月五日五台咏

一盏明灯全素斋，五台香火盛景开。
全心礼佛僧入定，半生咏经智慧栽。

栽起相思树

栽起相思树，引来相思鸟。
流尽相思泪，只为相思恼。

栽树偶得

栽成杨柳树，引来燕子住。
春天早点来，细雨多泥路。

风　雨

千丝万丝谁安排，秋风秋雨送将来。
老天不解人间意，错将风雨细细裁。

风惹垂柳青丝乱

风惹垂柳青丝乱，纷飞丝絮不忍看。
都道杨柳含风情，也摘枝条把手探。

呼伦贝尔大草原

绿水草甸菊花黄，秋风习习处处香。
人间那得寻觅处，不信原来在天堂。

呼职二中饮茶观茶艺怀

饮茶品明前，清香且甜甜。
茶艺精且细，传承功夫延。

激动的泪夺眶流

激动的泪夺眶流，满心的话无序头。
也知缫丝难承继，愿把丝锦更织邮。

激情散尽无新意

激情散尽无新意，常在眼前不珍贵。
便是路上陌生人，一旦别后心后悔。

逢晖生日咏

又是一年春晖好，春雪纷飞花技巧。
开满人间春长在，花红花香人不老。

逢诗友

宝地遇才女，新交胜故知。
高才含不露，忍教相遇迟。
谈诗论词曲，风霜感岁时。
惭予初学步，何以慰恩师。

吉林北山看素描

留得妙手在，气死摄像师。
美艳不敢看，悄悄凝眸时。

吉林北山见素描情怀

留得丹青在，气死摄影师。
美艳不敢看，从此惹相思。

写　景

写景重在意，切莫直抒事。

品来若春茶，饮后君相忆。

写在乙未丙申交替之际

圆缺复如始，冬春又交替。
滴漏匆匆尽，日月天天起。
采云天地立，纵浪风雨意。
应尽便须尽，无复多余日。
回首春潮忆，再看秋霜寂。
行到水穷处，坐看日升际。
莫叹哀伤气，休呻壮志语。
冬梅傲骨赋，春蕾枝头已。

写在新年伊始

雾霾尽散春风吹，新元伊始日增辉。
共筑千禧中国梦，华夏起航再腾飞。

写在寒食

两三点雨逢寒食，千万朵树开桃花。
扑面迎春风笑靥，回眸望柳丝生芽。

写给智者

世间之大因缘而定，世间之小因情而动。

与尔相识非吾所命，与吾相识非尔所控。

山高水长脉脉相共，花草鱼虫息息相性。

春夏秋冬风霜雪影，梅兰竹菊幽香宁静。

写在清明

郊野初绿草浮芳，道旁含青风吹杨。

呼儿唤女冢前叩，焚花烧纸忙敬香。

先辈情，似水长，后代意重更增光。

不见宗庙青烟上，红云高照彰显祥。

清泉因寒结成冰

清泉因寒结成冰，玄丝为愁添霜新。

只因缘情或情缘，经年别忆又逢春。

清清小溪傍山流

清清小溪傍山流，声声衡雁栖沙洲。

春风夏雨蒙蒙意，秋霜冬雪点点幽。

梨白杏红占枝头，柳翠竹青垂丝柔。

晚霞逐梦飘不尽，晓日随风染神州。

偶　逢

一点桃色红，两眸水含浓。

纤步移来轻似风，细语百啭若黄莺。
花儿姿甜甜容，睡梦中盼相逢。

偶然间

怎奈缫丝苦无边，千头万绪难理完。
怎奈终日倚栏杆，过尽千帆不见颜。
只恨相遇偶然间，恍惚忧郁夜难眠。
不慎碰倒五味瓶，为君终日思绪牵。

偶遇红梅花一枝

偶遇红梅花一枝，清香阵阵诱人痴。
恨无语似谪仙才，能把心底绘成诗。

欲将秋意赠

欲将秋意赠，菊香山水隔。
眼前花虽落，毕竟情不薄。
愿把心相托，相伴舞且歌。
弹琴思江南，织锦抛银梭。

欲为求所思

欲为求所思，求为欲所依。
有欲才有求，无情自无痴。

收当获所期，获当收所希。

无收焉能获，有意才有惜。

欲言羞出口

欲言羞出口，借影点破情。

双飞枝头燕，四季朝夕鸣。

意　春

春风柳丝齐，小鸟相依依。

鸣声最好听，盼春永不离。

意可如

春风吹来万物苏，小草破土地也酥。

摘得一枝桃花红，配在身上意可如。

相遇有晴日

相遇有晴日，常记好艰辛。

仰望看北斗，风雪梅迎春。

人生易流光，欣喜得娇人。

好事岁如梦，可怜孤自身。

莫不嫌家贪，不肯居为邻。

叹息常恍惚，不探忠与真。

相邀未来

谁知相邀人未成，空肠辘辘不住鸣。
可怜日晚又肌色，心待窗外炊饼声。

相约集诗未定期

相约集诗未定期，问君不知可有时。
眼下春来冬又去，徐徐春风吹柳枝。

相思本是无线筝

相思本是无线筝，遨游天外似借风。
倘若一丝相牵住，哪得梦幻在其中。

提笔抒怀谁知意

提笔抒怀谁知意，满腹经纶何人记。
曲眉新月少团圆，桃瓤撇开仁在里。
柳絮纷飞在天际，荷花藕丝生异地。
篱笆围墙隔花朵，不信早晚成连理。

自　信

拱手莫道谦虚，何不自吟一曲。

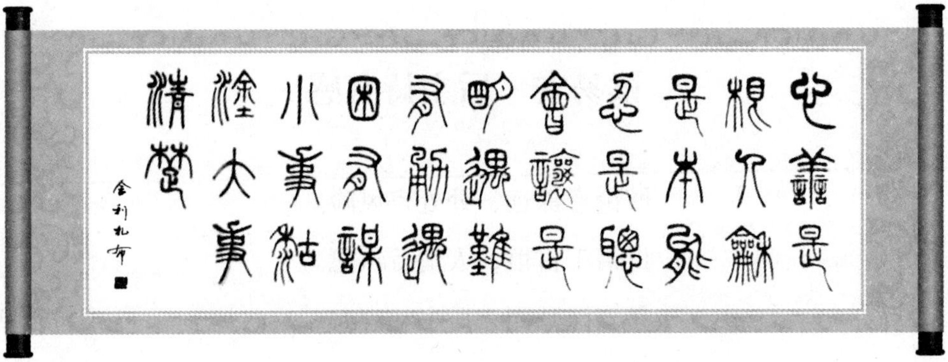

山外青山风雨，莫在屋檐委屈。

自爱冬梅好

自爱冬梅好，雪中花发芽。
赠春无限意，摘来头上插。

爱梅雪中妍

爱梅雪中妍，花色最为鲜。
冷香凝至骨，春风送跟前。

读唐诗咏怀

文学史上一丰碑，五言七言句显威。
抒情抒怀绘河山，又似春雨细微微。

读易安·后主诗有感

博论意深远，处处言风险。
世俗千古恨，人情万年愿。
易安语愁面，后主句容典。
春花秋月夜，相思永不减。

读诗有感·谁人不言江南好

谁人不言江南好，绿水青山江南绕。
花儿香，人儿俏，此情只合江南老。

读诗有怀

闲忙二字无了多，逐名争利又奈何。
世上总是违心句，谁肯面前真情说。
宠辱二字莫掩遮，求权为仕又奈何。
莫如傍仙长相醉，也教研墨将靴脱。

读诗偶得（一）

对镜细描两眉开，粉红花朵鬓角栽。
待女明知又故问，昨日灵鹊报信来。

读诗偶得（二）

读诗消去心中忧，千年春秋似水流。
今人吟解古人意，也把新愁化旧愁。

读后一声叹

读后一声叹，方知浓和淡。
山外有青山，常把贤者盼。
流水长漫漫，吹帆鼓满满。
风雨凝成意，吟句需缓缓。
流水长漫漫，迎风帆满满。
霜雨凝成意，吟来需缓缓。
读后一声叹，方知浓和淡。
山外有青山，常把贤者盼。

读诗吟飞燕

读诗吟飞燕，看赋念玉环。
千年娇色扬，一生风霜寒。
王者常相宠，卑人少知怜。
田璜身上佩，碧玉耳中悬。
朝暮常欢舞，日月不思眠。
情若山泉涌，意似月夜圆。
歌舞声不断，丝竹音相延。

绵绵动人意，娇娇牵心缠。
春雨踏青野，秋风赏丽妍。
岸草烟铺地，园花雪压田。
树依秋光老，草傍春风鲜。
南江生红豆，北山饮玉泉。
月影疑流水，春风轻动帘。
伴花品琼浆，踏霜赏月圆。
火树银花天，星桥铁锁悬。
长怜西江月，共吟杏花天。

读诗偶得（三）

心志未同论不辩，鸿鹄麻雀岂相同。
云上万里江山现，屋檐一角霜寒风。

咏怀·送x先生

莫拜石榴裙，易使君牵魂。
秋菊虽不艳，总教动人心。

咏花·倒挂金钟

耳边叮叮声，心中卿卿迎。
东君多情意，枝头挂春铃。

咏新月

银蟾谁人剪，笑眉挂半空。
心疑另一半，何时落水中。

咏怀（一）

莫道蝉鸣秋尚迟，窗前夜凉使添衣。
红烛落泪凝新结，镜里常见鬓霜丝。
别离春风花开期，河畔翠柳染新迹。
左右枫林如花样，消息传来又几时。

咏怀（二）

忧郁又沉静，若思或凝重。
心怀千万事，谁能来读懂。
空余花之影，恰如山泉净。
甜甜润肺腑，涓涓不断涌。
妙龄常歌咏，青春更相宠。
桃花春风里，人人心相敬。
行若仙女性，眸似丹朝凤。
手持流萤扇，凝思神情定。
日月相辉映，光照十三省。
山河情为动，风雨词相颂。
翩翩形若仙，缓缓流光送。

感人至深意，情意万千种。

恨颇不知奉，常教心扉痛。

天下何处寻，与尔能相共。

咏怀（三）

惜花须记篱笆编，疼人莫把丑话添。

嗜酒不妨和影醉，题诗还要动人篇。

咏怀（四）

皎月明如镜，高悬在碧空。

照见负心人，沉溺酒色中。

咏怀（五）

偶逢昆玉频添恨，倾诉娇杨无限情。

宫商角徵风铃意，春夏秋冬月色穹。

咏怀（六）

花儿不知何处去，青杏隐约在上头。

怨春匆匆行无影，更添心里许多愁。

咏怀（七）

千里万里一线牵，风助水涌云相接。
恨不能及达彼岸，春愁秋怨何时竭？

咏怀（八）

帆饱舟轻似心情，晚霞犹映岸边红。
频向船头问艄公，此去巫山有几程。

咏怀（九）

垂条翠绿花朵红，焉能一日就从容。
莫叹不如李杜情，也需时日起东风。

咏怀（十）

冬寒已尽春风来，静待蝴蝶花儿开。
东君有意染翠玉，谁知眼前起雾霾。

咏怀（十一）

柳暗花明春事深，花红浓烈香味真。
不见蜂蝶争相扰，谁怜花蕊不动心。

咏怀（十二）

愿将夜雨化甘露，“的卢”飞奔跟前赴。
东君有意施春雨，不叫花朵空辜负。

咏怀（十三）

辗转徘徊难落笔，许多心情恰如此。
分明绢纸无意欲，休在此上多言语。

咏怀（十四）

偶然相逢心疑问，梦里几回泪湿润。
月下徘徊潮涌动，匆匆一别皆是恨。
问花不语夜深静，对烛孤影泪流尽。
谁把银蟾高挂起，鸿雁哀哀无书信。

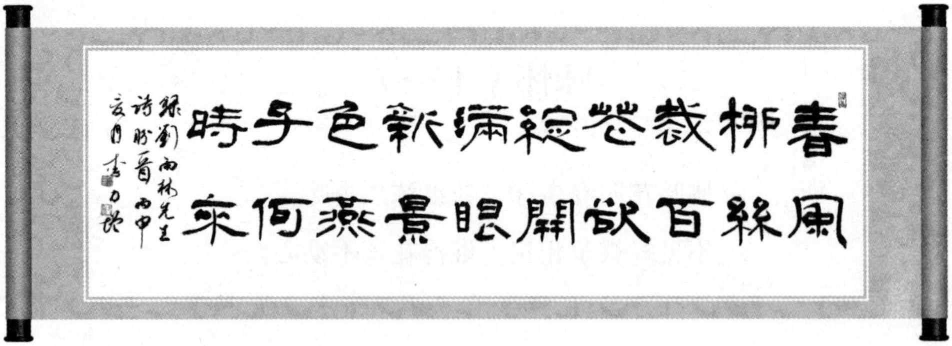

咏怀（十五）

昨夜失眠今晨困，思缘寻意心儿震。
雨花从天飘落地，谁把青丝织成恨。

咏怀·拍案

拍案而起杯落地，休要再提书生气。
登楼莫为感新愁，只把天地胸怀聚。

咏雨夜

风伴雨声难入睡，漏断滴滴全是泪。
有恨无痕谁知省，是甜是苦何滋味。

咏铜镜

容貌莫怨铜生锈，菱花焉能评美丑。
劝君细心尘拂去，只待细看君颜秀。

咏夜图

夜色轻轻水面平，灯光璨璨山影清。
借问此处何仙境，雾里蓬莱也动情。

咏花儿

都言日光明媚好，笑靥含情春风早。

最爱花儿多纯意，欢乐开怀无烦恼。

咏　鼠

胆怯怯似有所失，眼茫茫若无所期。

劝行人路存余步，瞧鼠辈心底不迷。

【说明】

读翠柳《咏鼠》

鼠乃地球上古老的动物之一，也是我国民间的十二生肖之一，并名列十二生肖之首。我国有关鼠的成语较多，如为人们所熟悉的就有“鼠目寸光”“胆小如鼠”“过街老鼠”等；不为人们所熟悉的则有“城狐社鼠”“狐潜鼠伏”“偃鼠饮河”等。

有关鼠的古诗（包括诗句与诗章）则为数更多。在我国第一部诗歌总集《诗经》里，既有咏鼠的诗句，如“穹窒熏鼠，塞向墐户”……《诗经》以后，咏鼠的诗句与诗章数不胜数，而以唐诗与宋词居多。但古诗咏鼠，有些并非实写鼠，而是借题发挥，言在此而意在彼，多数则是利用鼠对人类有危害的一面来通篇咏鼠、通篇贬鼠，并以鼠喻人，由贬鼠而贬不劳而获的统治者，这为其后的古诗贬鼠奠定了基调。因而，在人们的心目中尤其是诗人的笔下，鼠令人不齿。

殊不知，鼠本身是有优点的：它们生命力旺盛、数量繁多并且繁殖速度极快，适应能力很强，几乎什么都吃，在什么地方都能生存。它们会打洞、上树……它们虽然对人类有很大危害，但也为人提供了无数药品实验数据。

而此属相之人优点多多——重感情、志向硕、善理财、聪慧、精力充沛、做事一丝不苟、善于社交、幽默；机智、点子多，善解人意；受人欢迎、有吸引力、多才多艺……

翠柳《咏鼠》虽也不乏言在此意在彼之味，但有超凡脱俗之向，可以说一反古人咏鼠之基调，从另一种意境真正做到了“咏”——咏者，歌也——胆怯怯似有所失，眼茫茫若无所期。这一句活脱脱一个图解，将图片中的鼠惟妙惟肖地展现在读者面前，正如诗者自己所解——看上去胆怯怯好像失去了什么，仔细瞧又好像心里没有什么报负和期望（从眼神得知。不管人还是动物，眼睛是心灵的窗户）转而——劝行人路存余步，瞧鼠辈心底不迷——这一句可否倒着理解：我们鼠辈最知人世间的世态炎凉，从不迷茫。劝世上的人呀，干什么都要留有余地……

是啊，世间之物存在既有其因。“瞧鼠辈心底不迷”——鼠，一生处于逆境，但其从来没有因此而绝生，从未放慢过繁殖新生的脚步。我们在摒弃它阴暗一面的同时，应借鉴它在逆境中顽强生存的能力之优势去勉励自己，在憎鼠同时取鼠之长处，告诫自己：没有风吹雨打，哪会有秋实的成熟；没有刺骨的寒风，哪会有松柏的坚韧。偶遇逆境，不要一味地怨天尤人，要多考虑怎样克服困难。

彼得逊说过：“人生中，经常有无数来自外部的打击，但这些打击究竟会对你产生怎样的影响，最终决定权在你自己手中。”

逆境给人宝贵的磨炼机会。只有经得起逆境考验的人，才能成为真正的强者。古今中外的伟人，大多是抱着不屈不挠的精神，从逆境中挣扎过来的……不经一番寒彻骨，哪得梅花扑鼻香呢？人人喊打的老鼠尚能顽强生存，逆境何惧！让我们学会坚强，学会抗争，如遇逆境则用奋斗走出，这将会成为我们巨大的财富。

我很欣赏奥斯特洛夫斯基的一句话：“人的生命，似洪水在奔流，不遇着岛屿、暗礁，难以激起美丽的浪花。”也只有这样才能真正悟出人生的价值，生命的意义！

所谓“……路存余步”意义在此啊！

咏　诗

古韵芳香在，今声情意纯。
新诗绮语寄，枯木又逢春。

咏　丝

总觉丝相融，抛梭锦可成。
安知南北蚕，丝质不相同。

咏　莲

花出污泥净，芳香味犹清。
淡淡蕊深处，诱来谁不亲。

咏　梦

夜来辗转梦未芳，枕边泪湿对月光。
从来不信相思切，乃至如今倍感伤。

咏黄菊

九月风送香，金丝透发长。

不知何家女，归来懒梳妆。

咏狼嚎

月色凄寒风不单，客窗一夜眠不安。
野岭不时传哀嚎，不由心底泛虚寒。
几声哀嚎谁可怜，岂知胡狼心也难。
分明春色多激荡，也教辛苦把岭翻。

咏青竹

翠竹欲凌空，青青多高节。
欲知生节故，常报春汛捷。
休疑腹中空，不见心纯洁。
欲识凌冬性，常忆岁寒杰。

咏芍药花

我恨丹青色难调，几回画来意不调。
谁知东君多灵气，昨日细雨润芍药。

咏茉莉花

长亭短亭已闻香，几枝数朵绽银光。
莫问骚客杯中物，凡俗焉知玉骨芳。

咏牡丹花

富贵修来无比方，占尽天姿焉需妆。
分明百卉第一魁，翠茎红蕊更添香。

咏雪莲花

不与百卉争，独妍雪山中，
莫看身轻巧，唯我梦不同。
雪霜拂冰丛，风寒浸叶荣。
山巅有浓香，是我泛青红。

咏沙蒿

不斗浓华不占红，春风吹醒春雨青。
只要荒沙能止步，不留遗憾不为名。

咏黄河

黄河东注水汪洋，润泽田野富家乡。
万年释怀如一日，谁看恩德许此长。

咏心境

送人鲜花香留手，释人恩德意长久。

物与情通均神意，细雨春风绿杨柳。

咏春景

蟾蜍银光肥又圆，蛇柳金色瘦如丝。
芦塘浅处鸳鸯戏，林间小路鹧鸪啼。

咏晨雨

夜雨清清到晓明，晓明轻轻更心清。
一夜花枝争报信，还未推窗香已迎。

咏榆荚

莫道榆荚无才思，巧借东风万里驰。
雨后初霁请君看，遍地新苗正英姿。

咏丁香

小小花朵四角形，粉白紫色满枝彤。
全树开成一朵花，十里长街味香浓。

咏浮云

变幻莫测因风故，凭君想象意丰富。
留取丹青天授意，妙趣玄虚君自悟。

咏雨中

花未落尽雨浇尘，新绿树如少年人。
最是清心迎五月，小桃青杏枝头荫。

咏荷花

婷婷如少女，容姿洁似玉。
花与人相仿，君否长相忆。
花中有莲子，苦心不可语。
拟欲报萧郎，叶叶都是雨。

咏蜡梅

雪压树梢别出奇，滴蜡缄封香正时。
高标逸韵君知否，春风已染花满枝。

咏大海

汪洋大海，深广无比。
载筏载船，轻轻浮起。
歌咏汪洋，爱其深意。
洋洋胸怀，坦坦慧智。

咏飞絮

莫怪杨花易轻飞，二月春风雪霏霏。
最是飞絮知情物，一向有意人儿追。

咏相逢

莫笑相逢灵犀多，春夏秋冬难割舍。
分明苍天故安排，不教多情人错过。

咏　笑

笑天笑地宏愿图，笑山笑水景一幅。
笑人笑物心不悟，笑金笑银欲不足。
笑日笑月影在湖，笑风笑雨自相逐。
笑僧笑道境难入，笑诚笑信谁玷污。
笑桃笑李秋寒枯，笑情笑意皆虚无。
笑尔笑我常迷雾，笑来笑去酒一壶。

咏春雪

谁把鹅绒轻飘撒，落满枝头桃杏花。
唯恐风暖将吹化，顾争摘自鬓中插。

咏无奈

只因春寒迫，无缘牡丹彤。
世间事好坏，好坏谁了明。

吟绣女

荷花尽开满池香，鸳鸯叶底捉迷藏。
一钩新月水中映，谁家巧手注灵光。

吟诗填词感悟

吟诗喜得江山助，填词欣获风云悟。
字句推敲细细琢，桃李争攀枝枝怒。

吟春意

一钩新月挂林梢，几丝翠柳动叶娇。
正是春色迷人处，何不借毫绘红桃。

问　君

本是春风劲，何必秋水潮。
问君可曾闻，处处春水谣。
春风轻轻摇，桃花处处娇。

问君可曾闻？丝管合笛箫。

送玉人

抛梭织锦为那般，心期鸳鸯水中翻。
彩线丝丝牵心意，月照小姑鬓角斑。

送君一片晴

送君一片晴，不染半点云。
问君晴天意，可绘蓝图情。

送同学刘杰

还记当年好春光，暖风扑面正芬芳。
如今满目金菊色，不道秋来亦疯狂。

送同学苏爱君

鸡鸣匆匆束行装，相邀同窗圣水梁。
莫道花甲近秋色，依旧春桃花色芳。

送同学姚成和

风吹白头叶生霜，谁道八月不风光。
莫怨相聚饮恨晚，偷闲一刻也乘凉。

送同学刘雪英

菜花菱叶泛清香，坡上坡下更茫茫。
春桃一枝谁人栽，更添满目好风光。

送同学佟敬礼

莫道人张狂，花甲束新妆。
童心永不灭，郊野吾故乡。

送同学武国跃

秋色气高爽，老榆人慕仰。
夕照问何色，丹霞丝线纺。

游吉林北山有怀

北山花正彤，清风将客迎。
喧嚣皆抛尽，幽静情更浓。

游固阳秦长城咏史

黄花浓艳北风起，白云惨淡西川里。
秦时长城山岭上，从此山河一统始。

游圣水梁有怀

三三两两圣水梁，五五六六毛毡房。
西风无力吹花谢，东郊依旧赏清香。

年华逝尽人已老

年华逝尽人已老，霜雪寒风已枯草。
浮云蔽日何时尽，无奈相遇知音少。

借　酒

尺素不见鱼书无，空对明月香出炉。
满街灯笼多颜色，何必解愁借屠苏。

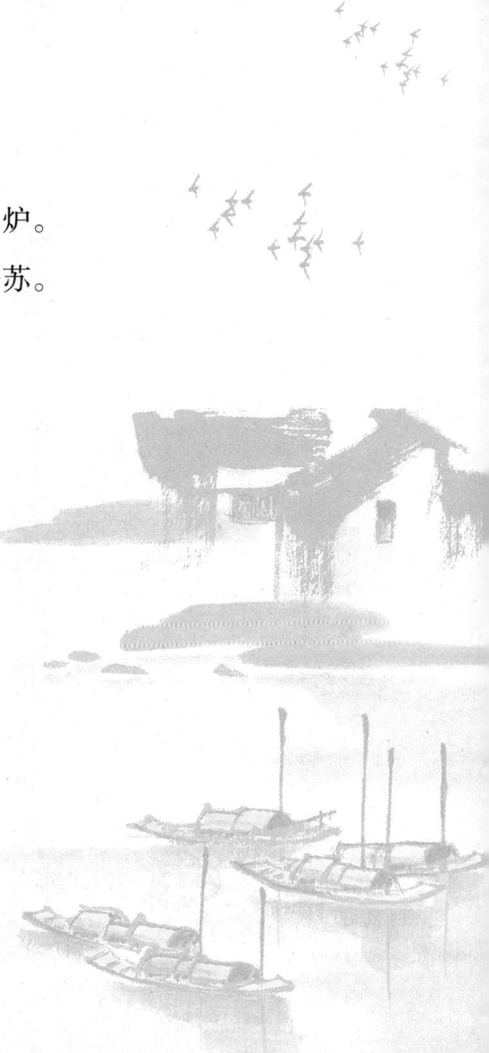

填玉楼春词牌有怀

认得玉人儿，常常夜苦思。
早知春风信，也与填新词。

麻将哲理

涉牌技巧，纷繁复杂，
洞察全局，审时追杀。
藏巧露拙，隐而不发，

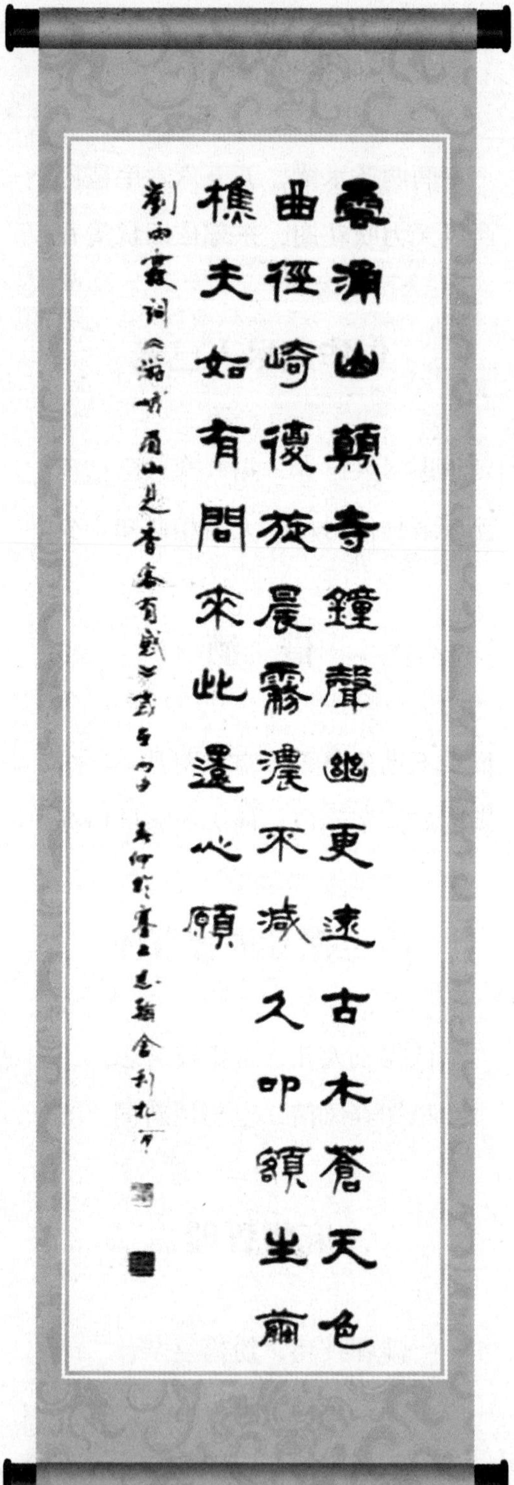
雲滿山巔寺鐘聲幽更遠古木蒼天色
曲徑崎嶇旋晨霧濃不減久叩領生蒲
樵夫如有問來此還心願

弃小废大，从容观达。
巧伪不智，顾纵举压，
有失有得，细微不差。
老二哲理，巧转乾坤，
局中弱势，有容乃大。

元宵节

落遍山峦白满川，高挂灯笼红映天。
二月街头踏新雪，赏灯归来吃汤圆。

甜　甜

家住荷塘边，荡舟可采莲。
红花绿叶里，莲子味甜甜。

期　盼

何处春光不妖娆，塞北江南共笛箫。
待得春蚕吐新丝，再把情结织成桃。

伴　君

春风细柳万千条，春雨丝锦润滔滔。
好风好雨知情意，携手踏青一路瞧。

梅　花

艳丽有风骨，不畏风霜寒。
占尽春之色，胜过牡丹繁。

思　乡

夜来风铃惊春梦，频添思情若泉涌。
莫道明月人尽望，佳节思亲心可懂。

盼

春风柳丝裁，百花欲绽开。
满眼新景色，燕子何时来。

子美诗

子美诗篇万口传，每读蕴涵意境鲜。
沉郁顿挫句凝练，一字重若是泰山。

推　敲

不在抄与写，能把心意解。
谁能常自信，恐为心伤些。

朱与墨

莫学赵飞燕，只将身自轻。
当看花木兰，女儿尤红巾。

谢知音

莫道才华横溢，只是泉水不息。
但得摔琴知遇，昂首高歌一曲。

奢　望

人生年华求超百，世俗烦恼添鬓白。
莫要奢望靠他人，成材栋梁需自裁。

健康之旅

静能养心身，烦恼添欲昏。
莫要再操劳，谁能解你音。

虚心学

三十几年虚心学，如竹望土生有节。
回眸再看周边处，高出一头影不斜。

浩瀚之海用不竭

一砖一瓦层层叠，一点一滴泉水洁。
书山有路勤为径，浩瀚之海用不竭。

元　日

锣鼓声里秧歌舞，爆竹响后汤元煮。
华灯映照千万家，共话丰年词曲谱。

翠　柳

春风翠柳青常在，杨花银絮霜不再。
莫道杨柳人攀折，留下垂丝谁不爱。

悠　闲

常忆江南和翠柳，小村山郭农家酒。
垂丝条条莺燕语，满江春水载愁走。

银装素裹一点红

银装素裹一点红，分明春意正浓浓。
梨花掩映踏春色，非是无情确有情。

聚散匆匆香犹在

聚散匆匆香犹在，回味时时情难耐。
莫道春去花凋谢，细雨垂丝谁不爱。

评赤峰市克旗技工学校

（二〇一二年六月十三日）

匆匆克旗行，余味意犹深。
都为子孙事，当需还用心。
踏实细耕耘，植我杨柳青。
待到回头时，桃李笑春风。

考车本

喜闻三科过，笑颜独能默？
遥举琼浆液，对月并肩坐。

平明枝上灵鹊叫

平明枝上灵鹊叫，
声声切切佳音报。
山也青，水也清，
山水相依青与清。
青清依清青。

灵鹊叫，垂柳合细雨。
芳草蒙蒙沁幽香，
山依依，水依依，
依山带水好相思。

聊把心意通

分明是甘蔗，不再扰豫折。
只要心有意，何苦不快活。
雨停心不静，惜花结成病。
枝残叶落损，尤是香浓盛。
塞北秋已浓，江南花且彤。
折技寄千里，聊把心意通。

窗前秋雨正霏霏

梦里魂牵知几回，醉酒敢言心底谁。
柳丝牵，菊花肥，窗前秋雨正霏霏。

拉布杰去逝咏怀

（2014 年 2 月 13 日晚 20:00 时）

闻君噩耗心剧皱，人生草木似滴漏。
四季转换水延尽，一遭病缠难撒手。
从此仙客名之有，匆匆离去永别久。
诉求人间春常在，愿花长开人长寿。

学　诗

借来词汇口言心，婉转顿挫扣其音。
字句音韵巧组合，不信不把天地惊。

滴漏何太煎

滴漏何太煎，光阴难得闲。
转瞬春复秋，回首又经年。
心恨相识晚，不能随乡愿。
黄鹂空好音，东西相隔远。

裁就春柳丝垂

心切策马如飞，经年别来未归。
多少惆怅怨悔，觉来无处寻追。
填得新词为谁，搜遍秋霜春晖。
只为柔情满杯，裁就春柳丝垂。
江南细雨霏霏，塞北片雪辉辉。
漏永流花何为，空教残梦成灰。
愿为知音修眉，拂琴弦断几回。
不信一声春雷，不染窗前红梅。

翻遍诗词集

翻遍诗词集，寻觅精髓滋。
深研国粹语，不枉此生惜。

2014 年十五元宵

落遍山蛮白无边，彩灯高挂红映天。
二月街头踏新雪，赏灯归来吃汤圆。

徐爱君生日咏

世间巧事又相遇，双节伴君添情趣。
愿得春风长留住，好把花容更延续。

休闲匆忙不在意

休闲匆忙不在意，逐利争名他人事。
饮中自解甘苦味，不管身旁非和是。

懒照镜

红潮涌动天天梦，为君添思夜夜寤。
谁把春风青丝染，寄托彩笺将心咏。
声声慢里凄凄冷，双双燕中日日影。

如今何处再寻觅，愁锁翠娥懒照镜。

云厚夜黑残烛影

云厚夜黑残烛影，雪深风凄断人梦。
只身对烛共垂泪，谁把忧怨能掌控。

叶绿花红藤攀架

叶绿花红藤攀架，小院静静月光下。
劝人金盏歌金缕，莫把春光视烛蜡。

匆匆归去来兮

匆匆归去来兮，风儿忽东忽西。
凭栏不堪言恨，谁与领略风姿。

脉脉万重心

脉脉万重心，杳杳独不见。
昨夜寒食日，今晨清明转。
玉人蝉鬓轻，郎君杳眸缓。
远负白头吟，坐描红颜变。

棋中自有棋中人

棋中自有棋中人，棋外观棋人聪明。
楚汉河界多留恋，虞姬虞姬难惜情。

镜前又见鬓霜白

镜前又见鬓霜白，几声长叹年华衰。
人生分明若草木，何不珍惜竞妍开。
春风杨柳叶细裁，秋雨枝条霜渐埋。
草木都知与时竞，人生何必只徘徊。

参差杨柳长堤路

参差杨柳长堤路，皓齿明眸娇态步。
来时春雨今秋暮，怨恨空余锦中赋。
涓涓清泪如雨注，残残香粉馀不附。
夜静月朗空相渡，回头一梦断肠处。

祭巳年八月二十七日咏

别离驼乡到书城，天高气爽伴秋风。
冲沙浪，看南寺，西部沿途人情浓。
延绵千里自驾中，草原大漠意不同。
游沙湖，看王陵，闲听路人将史评。

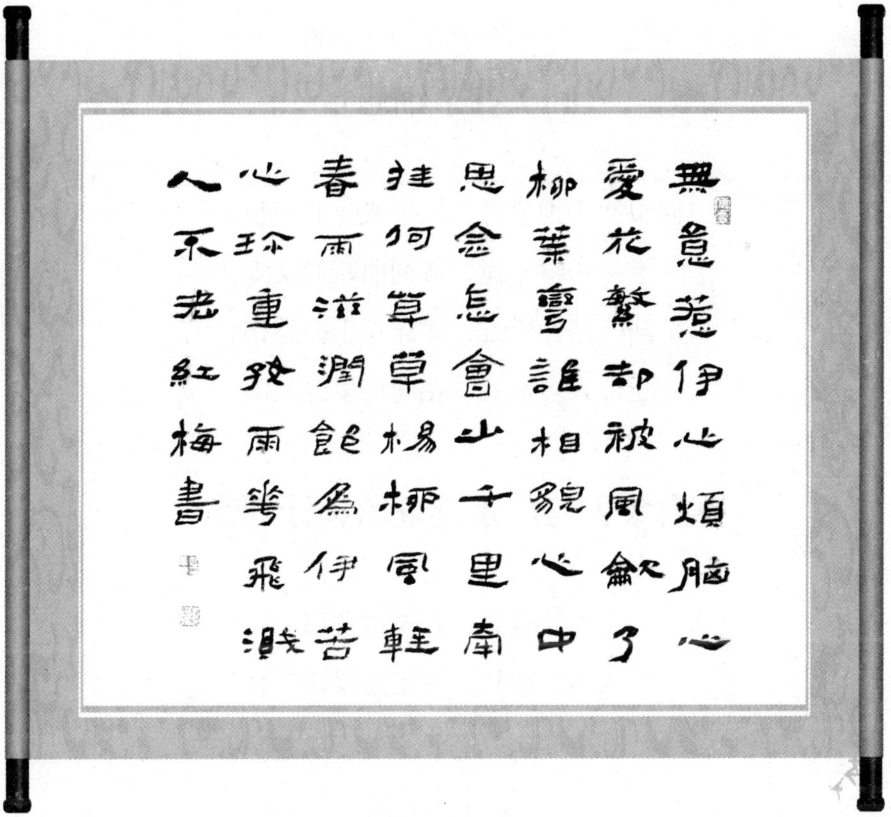

人生快意不求名，自赏李杜诗词攻。
饮美酒，唱山歌，不虚年华多轻松。

祝福美玲

才过中秋，又逢佳日；
五十八年，多少回忆。
天教难老，红潮欲起；
风鬓如云，又添春意。
人间自有，真情相倚；
举杯遥祝，快乐生日。

回头往事细思量

回头往事细思量，三十八年非短长。
一字一句呕心血，诗词曲赋皆文章。
茫茫一路在何方，洋洋三千多感伤，
才子佳人多情意，花间词里寻刘郎。

内蒙古与广东互签培训计划怀

蒙粤协议签，育苗进良田。
人人勤耕耘，共把栋梁添。

岁末年初

（写在全区高技能人才培训班上讲话中）

岁逢年末确递新，虽有寒意实暖心。
梅树枝头多蓓蕾，雪花过后万树春。

家住荷塘边

家住荷塘边，荡舟可采莲。
红花绿叶间，青莲红甜甜。

千言万语情意表

千言万语情意表，唐诗宋词韵味巧。
春蚕吐长丝，一心江南好。
常思红烛照，斑竹泪痕少。
莫教翠柳愁千絮，万里东风春光早。

强忍心更焦

强忍心更焦，欲断泪似胶。
拈来多长丝，此丝永无消。

垂丝杨柳源生枝

垂丝杨柳源生枝，昂贵玉珠藏于石。
悦耳铃声天籁意，若不获求太可惜。

转眼经年又逢春

转眼经年又逢春，长忆天涯万里人。
玄丝分明增霜色，不知归雁可称心。

西楼独上

西楼独上，愁倚斜阳；

天涯不见，使人断肠。
当空明月，长照离别；
谁念我心，泪水如血。
春蚕已老，青丝渐少；
杨花飞絮，愁怨难扫。

莺喉千样啭

莺喉千样啭，声声几重怨。
分明花魁冠，怎教人不羡。
唯恨相识晚，别离亭长短。
休言轻驱散，不顾人肠断。
垂丝条条艳，寒尽不风暖。
莫言轻裁剪，送伊永相伴。

乌梅枝上花欲谢

乌梅枝上花欲谢，柳树垂丝风拂叶。
同在春天谁得意，黄莺翠柳一夜夜。

巾帼人中才

巾帼人中才，志高心远怀。
与汝幸相识，不教迷雾埋。

若言怨恨难恨起

若言怨恨难恨起，若言愁怨无怨理。
常在徘徊两头间，一腔心血化成雨。

恸哉复恸哉

恸哉复恸哉，泪涟复泪涟。
人生寄天地，盈病入黄泉。
我作祭母篇，为赞母亲贤。
只因永离别，肺腑心相牵。
想我一孤儿，阿母育成年。
教养恩似海，大德铭心间。
相我幼年时，病多命苟延。
阿母尽心理，夜夜守床前。

小诗小词随口吟

小诗小词随口吟，腔南腔北不成音。
未想出头获天地，只求粗陋也成文。

巧语释疑惑

巧语释疑惑，轻解绳攀错。
左右织绵绣，唯恨缘之过。

断肠魂梦两沉沉

断肠魂梦两沉沉，红花绿枝独芬芬。
蝶争涌，蜂追寻，岂知芳蕊最上心。

也好频填新词咏

一语泣声撕心痛，唯恐寒风将花冻。
借来春雨润花枝，也好频填新词咏。

光阴虚度无是处

古来都被营头误，虚名常把人生负。
良辰易去若弹指，回头看时无是处。

愿学药王张仲景

愿学药王张仲景，专为重症活络筋。
世上庸医只求利，哪管痛苦藏于心。

烛影摇红向夜阑

烛影摇红向夜阑，
不愿醒，梦莫完。
灞桥折柳唱阳关，

离恨天涯间。

无奈水隔山川。

难尽欢，泪含满眼。

盼冬过后，燕子再来，

相见团圆。

来往如梭

来往如梭，洛水清波；

江南翠柳，莫剪柔柯。

蜗角虚名，蝇头微利；

事皆前定，人事无力。

香暖心房，寒月照床，

主人情重，思乱愁肠。

应谓寻常，忧愁风霜；

江南翠柳，满泪芬芳。

突闻消息若在梦

突闻消息若在梦，天意难为焉能碰。

塞北风寒连天雪，正是江南好风景。

黄河改道古来有

黄河改道古来有，人吃五谷病岂无。

自然风雨终有晴，不信疾患天不除。

此情绵绵无绝意

此情绵绵无绝意，焉能只待成追忆。
两处茫茫虽不见，天长地久心相记。
人面不知何处去，此恨绵绵无绝期。
两处茫茫皆不见，此情可待成追忆。
人生自古多情痴，地角天涯有穷时。
此恨绵绵无尽处，恰似垂杨多乱丝。

花好月圆自有日

花好月圆自有日，心似鱼水当无比。
旧晴新雨终会晴，柳暗花明共莺语。

拂琴千回曲

拂琴千回曲，弦弦宫商羽。
不是怨恨深，焉能泪成雨。

唐诗宋词时境迁

唐诗宋词时境迁，今人读来不觉鲜。
推陈出新迎春色，也领风骚数百年。

锦机织就鸳鸯雁

锦机织就鸳鸯雁，唯恐被人轻裁剪。
纷飞两处多离恨，谁复续织一件件。

晴景肃肃秋色深

晴景肃肃秋色深，落尽枝头千万春。
小池初冻凝水纹，衡阳雁去杳无音。

含情一树梅

含情一树梅，冰寒雪中开。
欲托遥相寄，唯恐驿不来。

肖永发生日快乐

回头细算五十五，为人忠厚家境富。
三十一年犬鼠配，管教他人生羡慕。

渡汉江读诗咏怀

相思肠欲断，经年又复春。
企盼心都怯，征战归几人。

蜂蝶寻蜜在蕊中

蜂蝶寻蜜在蕊中，花儿未绽难采耕。
只盼东君添烂漫，莫教春光太匆匆。

莲花出水泥不染

莲花出水泥不染，荷叶团团鱼为伞。
莫嫌藕根心不实，断处方知丝不断。

登楼远相望

登楼远相望，心中好惆怅，
虽有云遮日，相望莫相忘。
春风柳丝长，春水起波扬，
切莫无音信，让人空断肠。
何处最心伤，春雨正茫茫，
吟诗且作赋，心应记刘郎。
日日远相望，夜夜梦空长，
蜡烛泪成灰，一江春水淌。

寒冬厉兮春风起

寒冬厉兮春风起，日东升兮月辍底。
衡雁北飞兮人字，不见佳人兮相忆。

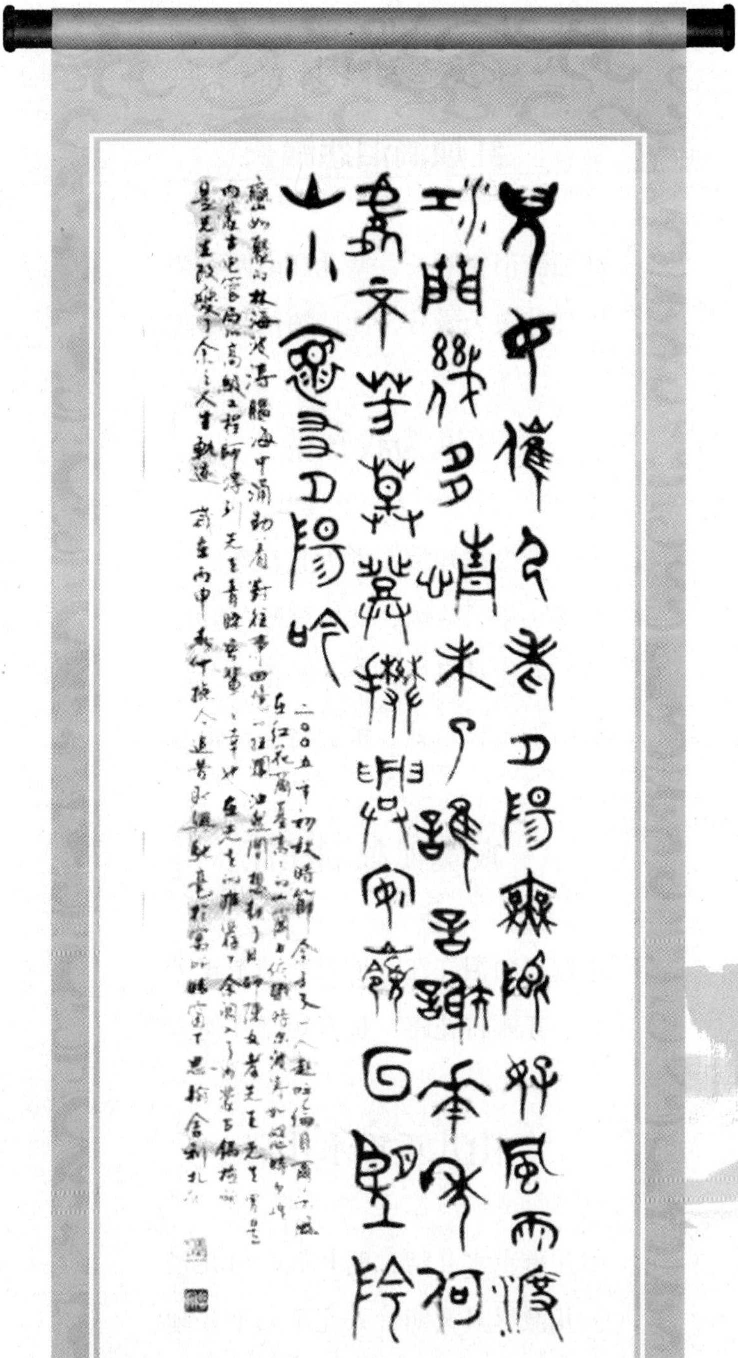

四季轮换兮无止，霜雪消融兮春雨。

红烛滴泪怨漏长

红烛滴泪怨漏长，塞北江南两相望。
连理枝条为缘分，此情须信是难忘。

谁为我知情

谁为我知情，谁为我知疼。
登楼眺望云雾浓，北风呼呼落叶声。
人生好比是场梦，牵萦长把心儿动。
泪雨霖铃相思处，谁能将心丝牵控。

寂寞孤独泪汪汪

寂寞孤独泪汪汪，谁解秋菊花正芳。
有心托雁将花寄，长亭短亭在何方。

山儿重重水儿清

山儿重重水儿清，船儿似叶风儿轻。
云儿散尽月儿明，人儿不归泪儿倾。

晨雾浓浓桥影稀

晨雾浓浓桥影稀，荷花倩影似有思。
不知可否与相问，随水流花过桥西。

雁飞谁把书捎去

雁飞谁把书捎去，雨落更添秋寒意。
残叶柳枝飘零地，懒将垂丝再梳理。

寄语燕玲情

寄语燕玲情，长盼月儿明。
朝夕相携手，聊以度余生。

你若懂我该多好

你若懂我该多好，心心相印情结老。
春燕衔柳丝长在，也教佳话后人表。

听海之音乐微妙

听海之音乐微妙，登山之情心知道。
双臂插翅对天吼，春风何时吹来早。

落雨心不晴

落雨心不晴，朦胧意难清。
都说泪不尽，唯有伞面红。

蒙蒙秋雾浓

蒙蒙秋雾浓，叶叶伴寒风。
不知君在外，长亭更短亭。

冷暖变化奈何间

冷暖变化奈何间，雨雪交替不夜天。
露重三月花尚浅，风多一帘柳初添。
云含细雨风含烟，士有园林吾有天。
不知新月谁家眉，原是旧日临江仙。

题美人图

才倚栏杆景又新，翠红香倾频袭心。
唤她轻移身便转，芙蓉惆怅春更深。

棘

春风梅绽开，有心将花摘。

唯恐身东川，月下总徘徊。

蚕丝引来织锦绣

蚕丝引来织锦绣，盘肠交结添福寿。
若要人间无相思，除非海水干枯透。

饮亿健茶咏怀

芽毫纤细隐翠绿，身藏高山润云雨。
细细品味甘醇厚，神气宁静不得语。

立夏雪咏

谷雨春已哀，立夏雪飘来。
今年景独特，五颜六色开。

谷雨太厚下雪咏怀

四月飞絮迎，白雪映桃红。
柳叶才吐绿，早已垂丝情。

枝头闻鹊语

枝头闻鹊语，报喜何凭据。
醒来空是梦，垂泪似春雨。

撕破云层才露面

撕破云层才露面，五色光环晴天现。
万树枝头凝珠翠，谁人不把红日羡。

高巅容雷击

高巅容雷击，低洼易水积。
黑云层层递，闪电声声急。

总想拈笔抒心事

总想拈笔抒心事，唯愁无序何从起。
若言忘了除非醉，梦魂频牵长相忆。

永夜恹恹欢意少

永夜恹恹欢意少，可怜秋近人将老。
朝暮琼浆化愁了，唐诗宋词吟来好。

画檐蛛网粘飞絮

画檐蛛网粘飞絮，秀窗烛光动影语。
最是垂杨丝有意，随风送来琵琶曲。

又是一年菊花黄

又是一年菊花黄，秋风习习扑鼻香。
天高云淡明月夜，雁语声声回衡阳。

深秋蚊虫咬怀

夜晚方睡蚊虫咬，起三遭，恨难找。
头昏眼花不得了，不愿看到秋霜至，
却也期盼蚊虫少。

正月十五

锣鼓声里秧歌舞，爆竹响起汤圆煮。
华灯映照千万家，共话丰年词曲谱。

而今怕听相思曲

而今怕听相思曲，持久相思若秋雨。
点滴化作相思泪，谁把相思能清洗。

言意非言意

言意非言意，欲止并非止。
天籁与人籁，春雨或秋雨。

味甘自悦口

味甘自悦口，甜过则令呕。
苦涩口自螯，微淡耐思久。

既甜又能鲜

既甜又能鲜，则不落俗间。
苦涩能转甘，自当高与天。

荷因有暑先擎盖

荷因有暑先擎盖，柳为无寒渐脱绵。
风因流动生冷暖，人为情意享甜酸。

抛梭织绵费苦猜

抛梭织绵费苦猜，中间鸳鸯神情来。
滩头风雨几回别，孤飞常使泪满腮。

残花小蜂自空吟

残花小蜂自空吟，自作多情蜜无存。
不是天然难相配，谁教春风不留痕。

以文会友

日日相伴日日升，亲亲牵挂亲亲称。
风风送来雨雨情，山山移去水水通。

萌

楼头风动钟摇响，蛛停月静丝结网。
分明动静见端倪，不负风月与向往。

新丝垂垂刚五月

新丝垂垂刚五月，旧燕翩翩起双舞。
须知自然春风至，江南红豆已入骨。

甘蔗甜君口

甘蔗甜君口，连汁苦侬口。
采蔗莫采连，恐苦君心口。

野梅曲

宠杏莫宠梅，梅枝刺君手。
宠梅莫宠杏，杏仁苦君口。
刺手苦在手，刺手苦不深。

苦口苦不浅，苦口苦达心。

难表述

描花嫌纸窄，织锦欠丝长。
动笔无词涌，落泪恐心伤。

笛声明月下溪流

笛声明月下溪流，云意深浅不知愁。
只因日日心眷恋，从此双双鬓先秋。

织　锦

难辩梭声和泣声，月圆月缺转头空。
不道暮春犹零落，偏偏一夜尽寒风。

柳娇花肥蝶断魂

柳娇花肥蝶断魂，细雨春风更温存。
借问曾记当年事，月上柳梢试泪痕。

飞絮绵绵君岂知

飞絮绵绵君岂知，焉是缠缠人相思。
只因管里别愁续，常借春风任东西。

同学聚会即兴咏

别离时隔四十年，相聚迟缓一刻间。
饮酒纵情无羞涩，欢歌放怀有香甜。

仲秋吟

仲秋团圆日，人在千里外。
王命不可违，侬家心不怪。
揽月细细裁，切成一块块。
送尔团圆意，切莫迟相待。
月缺人生怨，团圆心相爱。
早早复王命，莫再欠新债。

竭鱼水兮鱼枯死

竭鱼水兮鱼枯死，抽蚕丝兮蚕耗体。
摘花蕊兮花毁蜜，伤我心兮我失意。

手敲木鱼口念经

手敲木鱼口念经，身披架裟佛存心。
七情六欲化春水，五洲四海避秋尘。

秉烛自饮酒

秉烛自饮酒，看书吟出口。
寄语西窗下，待月心持久。

口吟新词笔落魂

口吟新词笔落魂，眼看旧历思入神。
别时秋风今春雨，飞去衡雁未达音。

水上浮萍风里絮

水上浮萍风里絮，梦里相逢冬时雨。
恰似人间多情意，去便不来来便去。

猴年祝词

银羊开泰臻百福，金猴奋起纳千祥。
棒打妖孽除时弊，剑指贪腐正气扬。
办事为民公仆志，以身作则主人当。
生活美好民康乐，经济繁荣国富强。
勤劳致富年年富，喜报映红日日昌。
日月两轮天地眼，炎黄一脉古今邦。
千家畅饮丰收酒，百族高吟改革章。
窗外嫩枝应候绿，楹前新墨向阳光。
翰墨淋漓书改革，诗联新颖颂启航。
处处桃花频送暖，年年春色更添芳。
民歌最爱东方红，语录常记毛泽东。

江南春·风迷离

风迷离，雨泣凄，
夜来梦频历，平明泪浸衣。
春风秋日何时尽，
白杨翠柳长相依。

江南偶得·桥上桥下江南雨

桥上桥下江南雨，船头船尾江南曲。
好山好水江南地，牵人牵心江南语。

江南恋·留恋江南二毛斑

留恋江南二毛斑，江北江南一水间。
耳闻江南欢语笑，目睹江南起饮烟。

偶成·月借光成半面姿

月借光成半面姿，雨收云气泛余丝。
野经无人问来去，随牛自得入村迟。

偶成·多因愁丝清泪落

多因愁丝清泪落，月映纱窗人寂寞。
好梦唯恐鸡唱早，何时春来雁飞过。

偶成·戒烟原因舒

戒烟原因舒，浅饮只为苏。
谁与吾来往，茶炉香渐熟。

仲秋·明月人更娇

明月人更娇，私语好良宵。
深情叙幽怨，月下共吹箫。

仲秋咏·一轮明月一重天

一轮明月一重天，两地相看两处圆。
为表真情意不变，故在仲秋寄跟前。

春·雪染枝头梨花白

雪染枝头梨花白，莫非昨夜东君开。
虽然不闻黄鹂语，却有人字衡雁来。

春·二月杨柳枝头发

二月杨柳枝头发，垂丝吐叶飘絮花。
莫怪杨柳无情物，总被风吹不在家。

春盼·雪花纷飞野茫茫

雪花纷飞野茫茫，风寒刺骨夜苍苍。
江南塞北隔相看，胡杨垂柳何时芳。

春雪·雪花飘零落满城

雪花飘零落满城，飞雪预春独留情。
枝头摘花虽然化，犹有余香在手中。

春晓 · 南翠北白寒暖中

南翠北白寒暖中，傲雪迎春信使同。
红梅白梨日光映，玉门谁道不春风。

春思 · 杨柳枝头梨花谢

杨柳枝头梨花谢，春风已来生翠叶。
屈指流年人肠断，春雨霏霏一夜夜。

春柳 · 青城春暖花欲飞

青城春暖花欲飞，衡阳鸿雁人字归。
去年折枝亲知否，眼下杨柳又丝垂。

春怀 · 沈侯潘安消瘦

沈侯潘安消瘦，惆怅酒醒梦后。
琵琶弹断幺弦，桃花织锦谁绣。
东风燕子依旧，画楼栏杆垂柳。
窗外细雨飘柔，寂静听见滴漏。

春望 · 细雨滋润杨柳娇

细雨滋润杨柳娇，晓燕飞来柳絮飘。

江南江北春光染，问君已过第几桥。

春信・一缕阳光杏花雨

一缕阳光杏花雨，四处杨花柳丝絮。
不道东君多少意，满目山川红和绿。

春雪・万朵梨花不夜天

万朵梨花不夜天，满川银沙和风烟。
莫问东君曾相识，不猜也知是春妍。

春柳・杨柳郁婆娑

杨柳郁婆娑，垂丝傍晚霞。
良人若知意，折来寄在家。

春游・垂丝纤纤风轻缓

垂丝纤纤风轻缓，倒影垂垂蝉声短。
春色年年花娇艳，踏青徐徐相携挽。

春雪・飘飘洒洒雪满天

飘飘洒洒雪满天，疑似四月柳絮鲜。
不道杨柳垂丝处，春暖风寒也情牵。

春容·出水芙蓉艳艳容

出水芙蓉艳艳容，垂丝杨柳影影重。
芙蓉杨柳知人性，尽借春风露峥嵘。

春游·不知何处是春愁

春风不柔柳丝柔，桥上行人水中流。
知否赏春翻羡汝，不知何处是春愁。

偶咏·菊香已随秋雨去

菊香已随秋雨去，独教佳人泪空垂。
来年翠柳若有情，再结花絮满天飞。

偶咏·总有一丝心牵定

总有一丝心牵动，无穷千里人入梦。
根到深处无力拔，月上云端不见影。
烛花渐暗人初醒，待语微吟心渐懂。
愿借天梭将锦织，长恨歌辞不再咏。

偶吟·采得秋菊酿琼浆

采得秋菊酿琼浆，色泽清淡味醇香。

醉中引起多少梦，唯恨人间太仓惶。

偶吟·窗外起寒风

窗外起寒风，心内生团火。
欲知侬心意，早早归乡舍。

偶吟·有朋似曙光

有朋似曙光，冉冉升东方。
丝竹相持立，诗思入锦囊。
弹琴为情郎，吟诗为小芳。
举樽共长醉，不与仕途伤。

偶得·问君是否闻鹧鸪

问君是否闻鹧鸪，问君是否剪翠竹。
问君是否期朝暮，问君是否心念奴。
休问是否闻鹧鸪，休问是否剪翠竹。
休问是否期朝暮，休问是否心念奴。
春风送暖闻鹧鸪，夏日细雨剪翠竹。
秋寒霜染期朝暮，冬雪纷纷心念怒。
春水柔情剪难断，藕丝粘意断难剪。
分明命里有此结，何必心中生愁怨。
问君是否闻鹧鸪，轻润狼毫欲题诗。
笔墨虽能抒心意，境界怎会让人知。

偶得·每忆娇杨玉之容

每忆娇杨玉之容，秋风吹来思更浓。
江南可有寄红豆，贺兰望断数青峰。

偶得·欲提笔抒心意

我欲提笔抒心意，又恐拆封泪如雨。
有心护花忧风寒，无意落红人寂寂。

偶得·也作新诗重抖擞

断送一生唯有酒，李白斗酒诗何有。
韩愈遣兴莫生怨，也作新诗重抖擞。

偶得·树树都生千般叶

树树都生千般叶，焉有一叶径相同。
看似相似非相似，只知韵味各无穷。

偶得·纤纤细蕊花无名

纤纤细蕊花无名，淡淡清香却深情。
遥寄一朵忆乡思，好教春天再相逢。

偶怀·日回月转又经年

日回月转又经年，离愁怨别更牵连。
芙蓉花色今可变，秋风习习菊花鲜。
询问春晖可若前，寻寻觅觅柳丝甜。
莫教年华空逝去，遗使风情恨如煎。

偶兴·淡黄杨柳晓莺啼

淡黄杨柳晓莺啼，雨丝润花惹人迷。
不见枝头生青豆，五月过后红不迟。

偶感·才过初三又初四

才过初三又初四，长假算来没几日。
每日访友又访亲，何不休息至月底。

踏青·江南翠柳垂丝长

江南翠柳垂丝长，小燕衔泥筑巢忙。
莫问细雨多情意，随风吹打湿衣裳。

踏青·红花翠柳暖风柔

红花翠柳暖风柔，细雨斜阳彩虹楼。

刘郎莫误踏青约，一分春色为君留。

踏春·小桃初开双燕来

小桃初开双燕来，浅妆浓笑花朵摘。
若问芳经谁相伴，春风十里柳与槐。

踏春·桃李杏花次第开

桃李杏花次第开，日月星辰逐次来。
人生一回时光短，也随春风抒壮怀。

五律·咏闲·思考人生

把酒真诚敬，贪杯假意情。
春光无限好，柳色寓娇容。
踏雪山歌唱，攀岩俚曲听。
东林情舍近，北月静闻声。

五言绝句·赞我表兄君

赞我表兄君，为人最重恩。
辛勤得惠报，遍地栋梁人。

怨·一旦幸相识

一旦幸相识，二心相依恋。
相约三四回，推脱五六遍。
七月荷花香，八月赏不晚。
九月秋菊放，十月人不返。
转眼十一月，十二天又短。
无心十二弦，有意十一盼。
十年九不遇，八方谁召唤。
七绝诗意重，六弦丝情婉。
五岳虽登上，四处人不见。
三月梅朵开，二月雪花染。
年复又一年，不知侬可念。
唯恨意不达，心里多生怨。

怨情·驿使频传书

驿使频传书，游子滞在途。
奴家情意有，夫君怨恨无。

广西·德天瀑布

万里一钩美人月，河汉决堤从天泻。
银珠散落映明月，秀山秀水此地写。
德天瀑布堪称绝，接开面纱迎初夜。

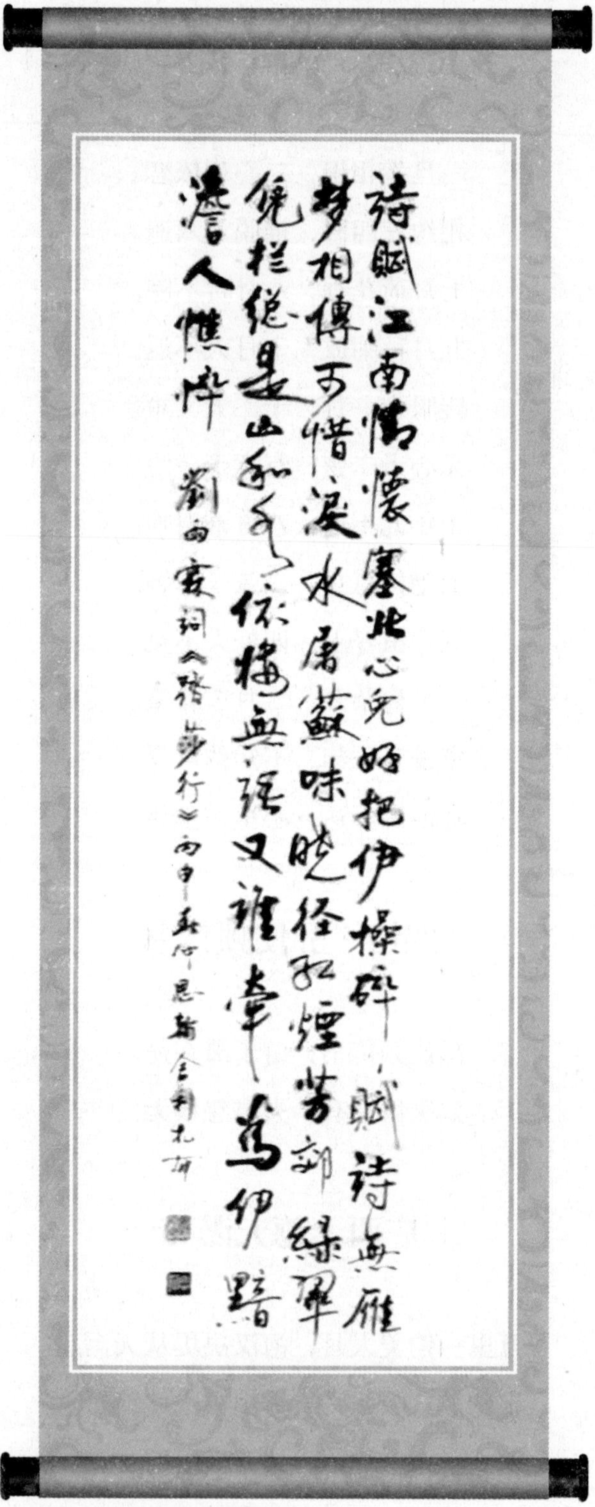

秀甲天下广西地，白绸绿纱重重叠。
一河分开两国界，两岸相牵四季协。
彩虹牵得壮族心，流连忘返谁肯别。
竹排歌声春风里，细雨飘来润枝叶。
物丰人美话桃源，锦绣山河笙歌跃。

广西偶得·细雨秋色浓

细雨秋色浓，微风春颜容。
足踏江南地，心系岭北情。

广论·棋琴书画美

棋琴书画美，诗词曲赋泪。
柴米油盐味，花草鱼虫绘。

梦·闻鹊枝头语

闻鹊枝头语，欣喜来与去。
醒来空是梦，垂泪似秋雨。

梦意·梦中得语情怯怯

梦中得语情怯怯，醒时知句意切切。
分明惆怅心中事，何必犹豫花待谢。

永别·别后忍登临

别后忍登临，常思泪满襟。
风剪池镜破，不得水中寻。
卷帘絮纷纷，暮岚烟沉沉。
潭溪深千尺，方知人恨深。

吟雪·六角菱花扑面来

六角菱花扑面来，知是春风梨花白。
欲摘一朵送君戴，谁知和泪已满腮。

吟影儿·欲某伊面恨无镜

欲某伊面恨无镜，低头水中月留影。
桃花月色相对出，红桃银月难堪咏。

读古诗·偶得

绣床双鸳鸯，水中一鲤鱼。
红烛千行泪，银梭多少丝。

读皇甫松·梦江南·有怀

红烛泪不尽，香结蕊难孕。

分明暗红蕉，谁把胭脂浸。

读随园诗话·随园意不尽

随园意不尽，诗文细理梳。
点石能成金，通窍在此书。

读词·读宋词觅古人

闲读宋词觅古人，词语律意撼吾心。
恰若深山闻溪声，又如小径飘兰芬。

读诗有怀·残句片语总徘徊

残句片语总徘徊，似熟非熟眼前来。
唐诗宋词或元曲，都是古人心血载。

夜梦有怀·夜阑醉梦忽惊醒

夜阑醉梦忽惊醒，平明忆来皆梦影。
分别转眼又经年，无那谁肯圆菱镜。

雪花·雪花纷飞又新妆

雪花纷飞又新妆，杨花柳絮梨花香。
莫言塞北春不去，也似江南好风光。

雪后咏怀·一连三场雪

一连三场雪，疑归行途难。
心意虽然有，老天不赏脸。

寄语·翻遍尺素不见君

翻遍尺素不见君，心疑飞雪雁断音。
寄语驿使连夜发，莫教长夜守烛人。

寄怀·何堪岁月复迁延

何堪岁月复迁延，风韵都为世俗牵。
清淡相宜心中意，聊慰幽怀入梦间。

写在冬至·梨花凝露霜

梨花凝露霜，灵鹊报春光。
虽然雪压枝，不见红梅芳。

【说明】

写在冬至

让在初升的阳光照耀下，
闪闪发光的霜雾凝聚在洁白如雪、
散发着淡淡幽香、
有着淡色芳姿的梨花上，

滋滋雨露。

润泽着无暇的她。

洁净的世界引来了代表着吉祥、

好运的鸟儿告诉我们美好的时光到来了。

虽然厚厚的白雪覆盖在枝头，

但却挡不住艳丽的梅花，

竞相开放、芬芳四溢。

……

宋代诗人卢梅坡在一首《雪梅》中写道：

有梅无雪不精神，有雪无梅俗了人。

日暮诗成天又雪，与梅并作十分春。

是啊，红梅、白雪，一个艳丽芬芳，一个洁白无暇。雪与梅才可合成真正的春天使者。

《写在冬至》预示着新的一年开始了，让我们用这洁白无暇的纸张写上最美的文字，画出最美的图画。从灵鹊报春的那一刻起，让美好与我们相伴度过今后的每一天……

好啊！祝你冬至节快乐！

写怀·假托闺情最允籍

彩笺含妾泪，妾心谁安慰。

衡雁长不达，春色也难绘。

喜鹊·树上喜鹊莫喳喳

树上喜鹊莫喳喳，每每飞来空口夸。
分明杨柳生绿色，不见春风到我家。

醉怀·醉过情爽心

醉过情爽心，风吹凉意春。
远处鹧鸪啼，近前杨柳新。

桃花女·绿柳桃红梨花白

绿柳桃红梨花白，粉衣春色难辩开。
嬉熙声笑似莺语，但见花落不见摘。

年华·桃李春风朝朝起

桃李春风朝朝起，杨柳秋雨暮暮里。
风斜雨细读春秋，落红飞絮垂丝已。

秋·试问秋雨可知晴

试问秋雨可知晴？不闻柳丝依然青。
垂丝细雨都是意，何不再遣月儿明。

秋雨·花落无意风有声

花落无意风有声，雁飞有雨天无晴。
衡阳路上多惆怅，灞水桥边少深情。

秋雨·秋雨声急听越愁

秋雨声急听越愁，江风翻浪拍轻舟。
醉酒情怀难成梦，烛光空照镜中眸。

秋雨·雷声惊动秋雨纷

雷声惊动秋雨纷，玉珠断线滴滴沉。
君看人间怨愁处，总把相思化泪痕。

秋雨·千丝万丝谁安排

千丝万丝谁安排，秋风秋雨送将来。
天公不解人间意，错把秋雨细细裁。

秋咏·满城风雨近重阳

满城风雨近重阳，
欲挽柳丝更断肠。
人渐远，梦依稀，

脉脉含情，
依旧那时妆。

秋声·菊蕊初黄

菊蕊初黄，柳丝修长；
暑气不减，更添燥狂。
独酌琼浆，难掩惶惶；
辗转反侧，丝丝忧伤。
沈腰欠康，潘鬓增霜；
飞燕起舞，玉环新妆。
黄花低岗，红叶高墙；
虽近秋色，依旧芬芳。

秋林晚抒·漫野入秋深

漫野入秋深，空林雨后晴。
层层舒尽染，叶叶坦秋风。
碧空云护燕，霜降鸟别声。
日日萧淡去，年年惹抒情。

元旦·雪花纷飞一树新

雪花纷飞一树新，眼前梅色已含春。
分明旧岁昨夜去，今朝爆竹送佳音。
对酒当歌诗赋吟，起舞抚琴汇书文。

人间东风处处吹，天上红日绘彩云。

元宵·窗外爆竹声

窗外爆竹声，门前悬彩灯。
赏月共元日，春风喜气生。

隐字歌·晓窗已见梅花笑

晓窗已见梅花笑，东君送暖春风到。
人人心里企春潮，好把旧颜换新貌。

隐字歌·雨后花未谢

雨后花未谢，林中味更芳。
好雨知时吉，人前多呈祥。

隐字歌·掌上舞姿动玉心

掌上舞姿动玉心，荷塘月色使人亲。
不是风华焉能记，月圆花好恰恰春。

四字咏·依依伴偶

吾言翠柳，赞不绝口；
天生情意，相鉴为首。

春雨润后，枝叶更秀；
垂丝细嫩，几番清透。
折枝在手，将心带走；
昼夜添思，沈腰消瘦。
江南红豆，塞北翠柳；
同寄相思，心心紧扣。
自从别后，双眉齐斗；
相思落泪，唯闻更漏。
丝管谁奏，音纯厚厚，
疏影当轩，春风依旧。
腊月数九，红梅独秀；
春风吹来，青青翠柳。
举杯共酒，相互信守；
海枯石烂，深情不朽。
纵歌舞袖，欢情持久；
人间知遇，依依伴偶。

四字咏·君莫休休

痛饮狂歌，百计强留；
无奈春归，风里含秋。
此景谁分，应知相求；
一曲阳关，断云残楼。
佳期犹在，欲寄离愁；
乱花飞絮，尺素难邮。
遥想当年，鹂语莺讴；

翠袖朱栏，依依相柔。
晓雨初新，垂丝缪绸；
弦管清音，甜甜歌喉。
江南一别，泪噙双眸；
烛单只影，晚风袭忧。
试向南枝，月色含羞；
曲水流觞，牢落谁收。
水空相映，月轮不周；
晓烟溪畔，一缕千愁。
再唱新词，欲寄江洲；
长怀旧事，君莫休休。

四愁·读汪洋诗怀

细读小诗愁满篇，爱上层楼愁难眠。
声声慢咏愁真处，泪湿脸颊愁谁怜。

古诗·连连春雨似许愁

连连春雨似许愁，潸潸泪水何时休。
黄河滚滚如会意，载我心情向西流。

古意·黄河九曲远

黄河九曲远，青山千回险。
怨恨雁不至，尺素鱼难转。

生日快乐·恰逢元宵君生日

恰逢元宵君生日，月明灯红增喜气。

聊以小诗遥相祝，春风春雨多如意。

立春·匆匆春风染画桥

匆匆春风染画桥，细雨如丝润人娇。

小燕飞来巢犹在，卷帘池水映春桃。

翠柳·春风翠柳青常在

春风翠柳青常在，杨花絮美谁不爱。

莫道杨柳人攀折，留下垂丝也无害。

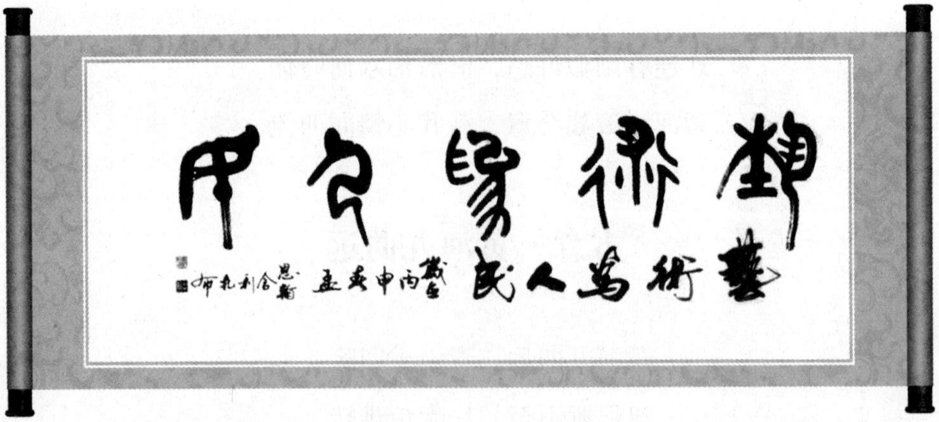

赏梅·赏梅起诗兴

赏梅起诗兴，梅雪影相映。
对景相生忆，明月似圆镜。

垂柳·杨柳树同根

杨柳树同根，相依待逢春。
垂丝和飞絮，寄与宦游人。

初春·塞北江南两样妆

塞北江南两样妆，梅红柳翠自绽芳。
虽然寒暖差别中，不见东君也送香。

迎新·一夜爆竹声

一夜爆竹声，万家灯火明。
欢聚除夕夜，话蛇道龙情。
飞雪送春容，笑梅绽枝彤。
龟蛇丰年兆，共把新春迎。

难静·怀抱琵琶乱挑音

怀抱琵琶乱挑音，四弦声怨似诉心。

有意定音须心静，无奈酒性涌上身。

见雁有怀·春暖花开雁雁飞

春暖花开雁雁飞，行行人字心念谁。
独上高楼倚栏望，正是归时不见归。

无宵·无奈河上无奈桥

无奈河上无奈桥，相思树里相思缫。
唯恨时光不重至，早潮才过复晚潮。

观画像·几回翻看添新愁

几回翻看添新愁，每日相思减旧悯。
莫怨此心多惆怅，不道为尔少霜鬓。

问月·把酒问新月

把酒问新月，何时团圆意。
春夏秋冬去，霜雪伴风雨。
山遥路且长，难胜心相忆。
水深不见底，不与相思比。
鸿雁鸣啾啾，彩笺似飞絮。
所思在远道，寄托又难语。
煮连何滋味，泪流面如洗。

折藕丝相粘，垂泪烛无日。
藕断丝长在，烛灭影不续。
我愿乞新月，早晚团圆聚。

佛・手敲木鱼口念经

手敲木鱼口念经，身披袈裟佛存心。
七情六欲化春水，五州四海避秋尘。

共鸣・双栖枝头上

双栖枝头上，朝夕共合唱。
春夏秋冬时，寒暑都一样。

秋风渐渐侬，蝉叫嘶嘶穷。
有情有意中，一夜一叶红。

花轿已备好，喜酒也不少。
何时连理枝，在天比翼鸟。

笑・笑天笑地宏愿图

笑天笑地宏愿图，笑山笑水景一幅。
笑人笑物心不悟，笑金笑银欲不足。
笑日笑月影在湖，笑风笑雨自相逐。
笑僧笑道境难入，笑诚笑信谁玷污。

笑桃笑李秋寒枯，笑情笑意皆虚无。
笑尔笑他常迷雾，笑来笑去酒一壶。

新月·谁把圆月剪

谁把圆月剪，空余美人眉。
世上无悔药，滴漏把人催。

失眠·偶得

或是阴晴雾霾中，谁能解困惆怅声。
宿翠残红粉难住，多是不言情意空。

用心·笔若随心神自远

笔若随心神自远，诗遇佳韵意更显。
辛勤耕耘自收获，尘埃也能耀人眼。

用心·研墨提笔润狼毫

研墨提笔润狼毫，用辞拟意细推敲。
唯恐辞意语轻直，枉费沽名学离骚。

引典·雨落青竹锈难消

雨落青竹锈难消，长门歌赋君王抛。

沈腰潘鬓谁知意，西子湖畔人更娇。

晚春·抒怀意境自恨少

抒怀意境自恨少，构思憧憬前途杳。
莫道笔端无春风，只因刘郎人已老。

遗恨·蚕丝能织锦和缎

蚕丝能织锦和缎，杨柳垂青长与短。
唯有相思空遗恨，却教人儿霜鬓染。

送友冬梅·欲言难表心中怒

欲言难表心中怒，含怨谁拭泪在眸。
苍天处处不遂愿，人间事事使蒙羞。
才在古居初试手，又遣新人到红楼。
窗外雨声滴滴恨，心内潮湃滚滚流。
敢撑一叶商海游，不信苦海不到头。
梅花妍时春风近，看我江山一统收。

式微·春风吹吹

式微式微，春风吹吹；
胡孑梦寐，牵挂于谁。
式微式微，秋雨霏霏；

胡孑落泪，怨恨不归。

别情·相逢匆匆忽成别

相逢匆匆忽成别，无那霏霏秋雨斜。
此洒魂梦浮云去，何年春风引凤蝶。

缫丝·缫丝复缫丝

缫丝复缫丝，缫丝朝暮迟。
缫丝乱无绪，缫丝心儿痴。

为何·一别似水流

一别似水流，两处相思愁。
一日堪三秋，愁来不自由。
云屏深夜忧，梦破旧双眸，
问何心知否，断肠几时休。

源·广博群览味不殊

广博群览味不殊，俗俚高雅各有珠。
莫言三百出高手，风雅颂里多匹夫。

平仄论·字有意境律有音

字有意境律有音，仄有高亢平有坤。
莫求天下同一曲，从此不再自由人。

格律论·能抒心意莫求得

能抒心意自求魂，不道情趣扣人心。
文章天下无定格，宫商角徵羽皆音。

雁行有意常捎信

雁行有意常捎信，雨不忘情落有声。
缫茧唯恐桑丝尽，折柳不怕柳丛生。

榕树·莫道杨柳常垂丝

莫道杨柳常垂丝，江南榕树生的奇。
有根长在枝头上，垂丝缠绕似柳枝。

对镜梳理鬓惊霜

对镜梳理鬓惊霜，憔悴支离目滞光。
可怜游子别时语，常使忆来泪汪汪。

三字咏·泪暗滴

春风劲，柳阴直；隋堤上，多垂丝。
相别离，折以枝；企春来，盼归期。
曾几番，忆当时；沉溺中，乐滋滋。
春有意，春有思；遇知己，常咏诗。
咏江南，赋以词；歌塞北，曲不息。
双双燕，画梁依；多情味，呢喃啼。
似有恨，似有惜；恨不见，怨归迟。
春雨滴，烟柳迷；数归鸿，雄伴雌。
吟望久，光阴驰；似梦里，泪暗滴。

雨中怀·千丝万丝直下垂

千丝万丝直下垂，一波才动万波随。
分明是雨休言泪，自对烛影饮双杯。

悟缘·有缘非有缘

有缘非有缘，无缘非无缘。
有缘非无缘，无缘非有缘。
非缘非有缘，非缘非无缘。
是缘非有缘，是缘非无缘。
无缘是有缘，有缘是无缘。
说缘不是缘，随缘自然缘。

情缘是情缘，情缘非情缘。

情本非是物，似云或是雾。

水中生明月，虚实难切入。

情为心血注，不知是何物。

滔滔河汉水，人人难相渡。

企盼·夜深漏尽恨更短

夜深漏尽恨更短，欲言情怀雁迟缓。

不知春色来何处，唯恨相识君太晚。

童趣·七月小孩脸

七月小孩脸，忽雨忽电闪。

早知当准备，出门带上伞。

离思·欲忘难相忘

欲忘难相忘，欲绝难相绝。

忘绝或绝忘，偏偏丝相接。

问君南楼月，皎皎光清洁。

绵绵多私语，犹恨轻离别。

悠愁·水是悠闲者

水是悠闲者，自然向东流。

人是善愁者，牵挂登西楼。

活络·拘其细腻失其真

拘其细腻失其真，熟其章法丢其魂。
幼时胆大敢迈步，老来顾忌尽失神。

互通·诗意本是画

诗意本是画，画意本是诗。
两者意深处，焉能解其迷。

求真·典故恰恰时

典故恰恰时，意境渐渐实。
锤炼与深思，霓裳羽衣曲。

知音·不言眸已知

不言眸已知，未语意境痴。
心灵同感悟，琴瑟共丝竹。

缘·相逢本是缘份生

相逢本是缘份生，牵挂源来心重情。
缫丝无奈长相拽，朝朝暮暮谁理清。

揽镜·晓窗镜前细描抹

晓窗镜前细描抹，人间只解红妆裹。
鬓里霜雪谁怜惜，无奈菱花不嫌我。

胸境·胸中起风千层浪

胸中起风千层浪，肚里撑船万艘舫。
眼观五洋风云变，耳听九天雷电响。
人间沧海谁向往，英雄桑田泪空淌。
莫将乾坤颠倒记，只对宇宙心服仰。

闻雁声有怀·思君正无限

思君正无限，忽有雁声现。
若非心有灵，不教苦相盼。

记·人若早知屋檐下

人若早知屋檐下，何必为此强出头。
河边常走防湿鞋，言多紧记有人留。

媒介·靡芑日美妙

靡芑[1]日美妙，无风不知香。

星月夜斑斓，无日不生光。

【注释】

①靡芑：古时传说的一种香草。

绣娘·缫丝腹轻纶

缫丝腹轻纶，抛梭定锦魂。
看似无非凡，却把乾坤存。

回味·挑帘月近前

挑帘月近前，月映影儿弯。
面目为谁槁，心肠到底甜。

报竹图·青春秀丽淡淡妆

青春秀丽淡淡妆，黑白分明暗暗香。
竹枝有情相依衬，问君近来也安康。

自身清·淡笑人间事不平

淡笑人间事不平，世俗庸才只奉迎。
空怀安邦治国策，也似清莲居士名。
不信天公云不晴，春风春雨自有晴。
莲花圃苇不同性，出泥不染身自清。

闲适·春放风筝夏赏荷

春放风筝夏赏荷，秋看枫叶冬咏梅。
诗词歌赋长相伴，棋琴书画心不违。

大雪季节·下小雪

时逢大雪降小雪，本应天寒确转暖。
今冬不同往年冬，凌花飘落人间满。

乡情·垂柳杨花雪茫茫

垂柳杨花雪茫茫，偏爱乘风四野扬。
若能将身化为絮，也把春迅告远方。

叹白发·昔日朱颜今成凋

昔日朱颜今成凋，紫斑大小鬓垂髫。
人间自古传佳话，周郎才气小乔娇。

春　雪

瑞雪初临枝生芽，梅蕊羞涩若披纱。
才教东风刚拂去，又见春雨润新花。

晚春·见飞絮有怀

分明絮飞春将去，恋恋情知难舍弃。
水遥山远漫相思，多少相期和春雨。
揽枝折柳多寄语，摘花梳叶增情趣。
不恨春寒和情浅，只图风和常如许。

惜　春

雨过几天绿，风吹片时红。
应知东君意，莫教惜从容。

回文诗·金钩善钓水中鱼

金钩善钓水中鱼，银梭常牵天上云。
春丝翠长柳伴月，秋雨夜深泪湿人。
人湿泪深夜雨秋，月伴柳长翠丝春。
云上天牵常梭银，鱼中水钓善钩金。

回文诗·江南明月照江南

江南明月照江南，翠柳青丝伴翠柳。
长思商旅人为难，醉将心语狂出口。
口出狂语心将醉，难为人旅商思长。
柳翠伴丝青柳翠，南江照月明南江。

冬夜·寒风刺骨雪压枝

寒风刺骨雪压枝，冬日夜长平明迟。
好梦不知何处去，独泪更添相思词。

愁难诉·怨难吐

愁难诉，怨难吐，谁解君心黄连苦。
屋漏偏遭雨和露，久旱不堪日炎酷。
泪水涟涟雨如注，愁怨凄凄风刺骨。
君莫舞，君不睦，玉环飞燕皆成土。
不道别来眉愁蹙，折枝断柳阳关路。
回首年华春又暮，空余情词相如赋。

感悟·旧岁已去万事苍

旧岁已去万事苍，新年初到一心伤。
千言万语凝心血，两地一心难成双。
新词旧曲意深长，短调长歌声浅扬。
月明星稀何处望，青山绿水杳茫茫。

柳·寒冬过半日渐高

寒冬过半日渐高，细丝垂柳蕾欲娇。
问君可知丝青意，何不折取两三条。

几多诗情·可将心绾

尺素谁托，鳞沉雁断；
水远山遥，怨愁难展。
无奈诗肠，句句挂念；
涓涓似水，难将春染。
月坠霜飞，怨天迟暖；
柳枝尚垂，恨春不返。
日转西墙，年华恨短；
为爱冰姿，人思心盼。
月移清影，云淡风缓；
梦魂空迷，饭少茶减。
人在江南，心中眷恋，
几多诗情，可将心绾。

柳·春风细叶剪刀裁

春风细叶剪刀裁，夏雨柔丝梭织来。
秋霜枯枝寒露凝，冬雪树干身半埋。
有情细叶轻轻裁，无意柔丝依依来。
难得枯枝露露凝，枯叶垂丝树底埋。

争·隔岸桃花红未半

隔岸桃花红未半，枝头已有蜂儿乱。

仕途官场看是利，到头风吹猢狲散。

不争·尽日含毫难比兴

尽日含毫难比兴，无奈官场名利争。
为他风流情担阁，不若梦阑思量空。

医病·偶伤风寒请郎中

偶伤风寒请郎中，药到病除身上松。
切莫不饮又不食，也教家人为你疼。

君不悟·吟诗填词作曲歌

吟诗填词作曲歌，新辞旧句出心窝。
世俗情，是非多，焉能不知价几何。

无一事·用字用语细琢磨

用字用语细琢磨，婉言婉约渐批驳。
意也到，话亦说，焉能不知混与浊。

君看取·小诗抒怀达其声

小诗抒怀达其声，丽词怡情逐其风。
诗言志，词言情，焉能不懂枯与荣。

对月咏·新月吐蛾眉

新月吐蛾眉，二八方可圆；
对天拜香问，秦娥谁可怜。
长笛月下吹，琵琶怀里偏；
剔灯怨更长，思量不成眠。

嵌入·春风垂丝杨柳见

春风垂丝杨柳见，黄莺枝头玉人面。
分明檐角铃儿声，更把春意转递远。

隐字诗·掌上舞姿觉轻巧

掌上舞姿觉轻巧，
明月初照显更娇。
山峦叠嶂越显胜，
莫草草，
春风拂面最妖娆。

端午节·咏怀

看柳忧思垂，闻鹊喜上眉。
平明红霞照，端午思亲回。

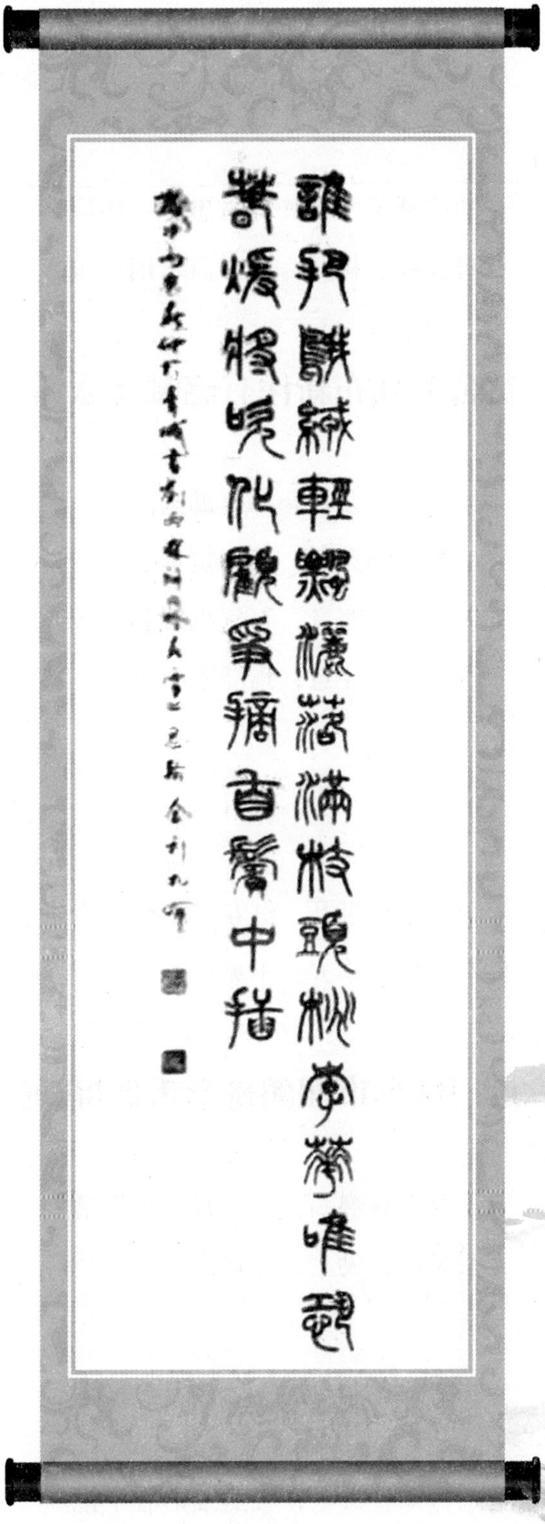

端午咏怀

一曲离骚千古唱，万古忠魂一屈原。
竞舟投粽心相忆，明月流水泪斑斑。

赏舍利扎布新作有感赋诗咏怀

泼墨染云林，挥毫助雨深。
巍峨临天际，澎湃贯地魂。
古木苍寒音，石气幽暖心。
从来天注意，焉能不有神。

夜　雨

夜雨轻敲户半开，红花含泪香犹来。
莫劝子规情移去，不见燕子长徘徊。

周六逛旧城鸟市闻鹩哥学舌偶得咏鹩哥

不是鹦鹉胜鹦鹉，巧舌弄簧难靠谱。
无奈灵性舌尖上，才解人言恶语吐。

鄂托克前旗马兰花节咏怀

赏兰自知春常系，飞燕细语心中记。

谁把兰花枝叶裁，远山衔月多相忆。

踏青咏怀

满树红朵遮幽径，一池银色送香风。
余心本无醉之意，确教此景动真情。

读诗偶得

心志未同论不辩，鸿鹄麻雀岂相同。
云上万里现江山，屋檐一角受寒风。

写在清明

郊野初绿草浮芳，道旁含青风吹杨。
呼儿唤女冢前叩，焚花烧纸忙敬香。
先辈情，似水长，后代意重更增光。
不见宗庙青烟上，红云高照彰显祥。

远　眺

苦苦等待思不竭，日日相盼泪成叠。
芳草柳丝凝霜露，细雨微风知感觉。

观荷咏（一）

菡萏泛幽香，坐品天然芳。
莫道思不语，姿色世无双。

观荷咏（二）

淡淡幽香枝叶间，静静品味个中甜。
坐观春光润色美，不知笑脸谁更圆？

吟影儿

欲某伊面恨无镜，低头水中月留影。
桃花月色相对出，红桃银月难堪咏。

吟春雪

谁把鹅绒轻飘撒，落满枝头桃李花。
唯恐风暖将吹化，顾争摘自鬓中插。

正月十五·元宵佳节·读诗咏怀

读诗吟飞燕，看赋念玉环。
千年娇色扬，一生风霜寒。
王者常相宠，俾人少知怜。

田璜身上配，碧玉耳中悬。
朝暮常欢舞，日月不思眠。
情若山泉涌，意似月夜圆。
歌舞声不断，丝竹音相延。
绵绵动人意，娇娇牵心缠。
春雨踏青影，秋风赏丽妍。
岸草烟铺地，园花雪压田。
树依秋光老，草傍春风鲜。
南国生红豆，北山饮玉泉。
月影疑流水，春风轻挑帘。
伴花品琼浆，踏霜赏月圆。
火树银花天，星桥铁锁悬。
长怜西江月，共吟杏花天。

晨读古诗·琵琶行·恰逢端午·又羁旅之情感怀咏

别君时日心情烦，茶少饭减夜难眠。
窗外平明空鹊叫，屋里夜暮满凄寒。
君别匆匆少前欢，雨细纷纷落后山。
君心若记妾情意，莫教柳枝待经年。

立夏咏怀

携手踏青立夏时，桃花散尽翠染枝。
悔恨无力春牵住，匆匆已过贺兰西。

名花显贵两相闻

名花显贵两相闻，合意友来情留存。
三月春风送祝福，不够深情也动人。

与友相聚烛光温心有感·咏烛

红烛有芯常垂泪，夜夜相伴身憔悴。
莫道泪尽凝香结，谁解花蕊心中味。

游赤峰翁牛特旗灯笼河草原怀咏（一）

草原花红心情好，六月吹来春不老。
绒绒地毯谁织出，牧羊姑娘手真巧。

游赤峰翁牛特旗灯笼河草原怀咏（二）

草色青青花味浓，溪流净净蛭几层。
游子匆匆赏春意，燕飞早早捕昆虫。

游哈拉沁见景咏怀

绿叶红花亦分明，白云碧水无限情。
不辨谁家春风意，远山恰在画屏中。

读随园诗话·与友在阿尔山小酌·偶得小诗以助兴

银蟾圆圆印窗纱，撩我乡思梦到家。
莫嫌浓酒味儿淡，常教不醒惦念花。

琵琶曲·咏怀

琵琶弦急春水清，弹尽阳关送别情。
借问一江东流水，几时载去断肠声。

咏鹦鹉

晓雨初晴花好时，骨朵含羞嫣红枝。
鹦鹉不解人心意，犹在窗前背郎诗。

咏羁旅

三月折翠杨，单车过西梁。
莫猜羁客意，焉能不思乡。

就国跃问答咏

虽道新雨杨柳枝，恰到好处送凉丝。
须知吟咏无闲笔，更向扬眉吐气时。

咏月色

登楼凝月懒吟诗，依栏望雪动所思。

都爱人生风华貌，不见银色染花枝。

【说明】

昨夜无眠……辗转间触到手机——一首《咏月色》映入眼帘。

月色，真有那么美吗？以至于让诗人登高凝月“懒”于言表？好奇心驱使我伴着时缓时速的心跳独自坐在窗前翘首凝望——她，素而淡，明而暗，虚而实，的确有一种阴柔之美。给人一种柔柔的温情，一种悠悠的思绪，一种莫可名状的恬适。月色无处不在——池塘、小溪、河流、桥梁、树木、花丛、 楼台……她所到之处宛如披上了一层薄薄的轻纱……然而今夜，月色飘洒在楼宇间，那从楼窗透出的点点灯光烘托出一片安静而平和的夜，驱散了不安，驱散了无眠带来的倦意……是啊！月色所到之处千姿万态，再赋予美的想象……尤其在诗人的眼里那将是美到极致，令人叹为观止！难怪现代古体诗者——翠柳，站在高处观赏着、陶醉着却无以言表。人生又何尝不是如此呢——多彩多姿，真的是无法用语言描述啊！然而，依栏放眼，在月色的衬托下，一派银色的世界呈现眼前，如雪、如玉……借着月光飘洒下的无暇，胸怀初心，敞开心扉之时，一股带着丝丝甜味的气流迎面扑来，沁人心脾，令所思慕之人及所思虑之事忽隐忽现浮动在眼前……是的，谁人不喜爱风韵华丽，雅致优美，灿如春华，皎如秋月之貌……可君不见花样年华转瞬逝，月色飘洒青丝染……

用《咏月色》来感叹人生，美哉，妙哉。

雨中垂柳

六月急雨暑气消，满目青翠意何娇。
不见长堤垂杨柳，年年烟雨润枝条。

偶　得

风吹柳絮雨吹花，旧愁才去新愁加。
蛱蝶匆匆过墙去，不知春色在谁家？

回　答

满腹惆怅情难语，可知通夜不眠人。
明知花儿清香盛，恰值春风拂面门。

咏　怀

榕树垂丝似柳枝，朝暮牵挂若蚕丝。
江南江北成连理，是苦是甜味自知。

应武国跃嘱托·为满都海公园荷花赋诗·咏怀

原本根是江南生，异乡也能御寒风。
莫道滴翠擎不定，夏日芙蕖别样红。

见浆左右摆动有感·咏船浆

船身与船桨，平时个道旁。
载客归故里，随波总双双。

饮酒读书偶得

自饮村酒吟古诗，几人惆怅为心知。
感慨唐宋诗词意，人在高楼月在池。

读书偶得·咏怀

情妒渐嫉翻觉远，爱恋近心始知暖。
得失由来最难绘，谁把春风用丝绾。

【说明】

丙申年六月十四日，应苏建华邀请有十五位同学，在乌盟辉腾梁聚会游玩。女士争相拍照以展倩影，见之有感咏怀

辉腾锡勒草芬芳，六月满目好春光。
桃红柳绿飞虹色，原来仙女试新妆。
花影随风送幽香，列子仙娥动情腔。
天上人间同欢乐，朝阳晚霞各显彰。
草原王，黄花香，痛饮琼浆无迷茫。
好诗道尽人间事，蛟龙都在世俗藏。
千年修来渡同窗，四季如春安乐享。
莫道老来无模样，人生岂能不张狂。

咏怀·一帘花影伴风动

一帘花影伴风动，满屋幽香随烟涌。
红烛有意凝心结，绿柳垂丝情种种。
常启镜奁对花咏，好把心情教人懂。
依窗望月盼新梦，巫山细雨愁重重。

雨中·见花儿·咏怀

一日三场雨，花枝尘埃洗。
清心与娇艳，谁能同相比。

郊外游·咏花香

林荫山间道，扑面迎幽香。
曲曲弯弯路，深山花更芳。

雨天·咏怀

本应雨细洗尘埃，却教风动惹心哀。
阴晴本是天之意，怨愁无绪泪满腮。

咏怀·苦闷烦愁梳洗迟

苦闷烦愁梳洗迟，忧忆昨夜恶梦遗。

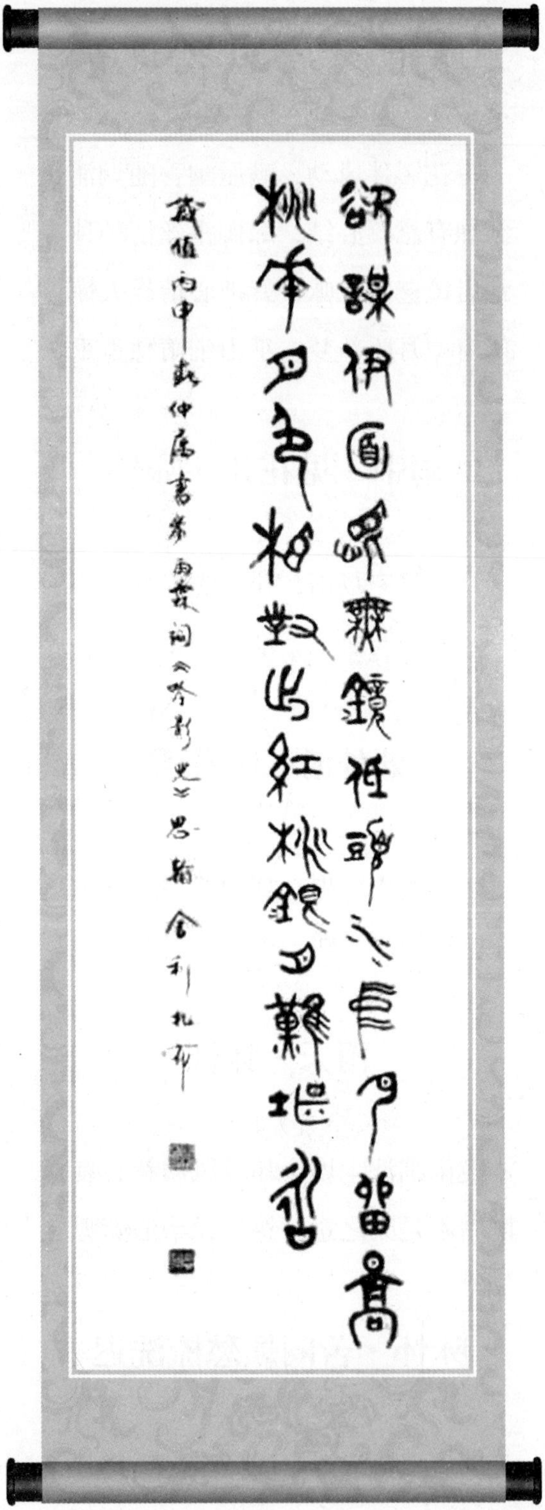

双眉慵扫因心病，一腔抱怨有谁知。
风卷帘栊月偏西，霜寒无计慰情痴。
分明为伊添憔悴，恰似春蚕抽尽丝。

咏 雨

连日阴晴柳如烟，朝霞风物喜澄鲜。
今朝再看道旁柳，始知胸中余好篇。
黄鹂啼破绿杨纤，唤醒东风六月天。
吟唱关关多情意，青山绿水到眼前。

浣溪沙·咏怀

天公有意故牵情，心中好些不能平。
只因鬓角霜已生，万事纷纭都入梦。
一杯邂逅岂会停，可惜今宵月未明。

久违·平明听雨·咏怀

唰唰声响溅飞沙，匆匆玉珠挂枝桠。
杨柳随风沈腰瘦，甘露滋润就红花。

读诗偶得·填词·如梦令·咏怀

江岸翠柳芳草，巫山晓梦多好。
为君摘荷花，不见东君已老，

杳杳，杳杳，春夏秋冬多少。

读诗偶得·填词·诉衷情·咏怀

几回捻管又作休，说来泪双流。
纸上涂鸦晴阴，都和作，怨和愁。
柳飞絮，月成钩，难相求。
梅兰秉性，竹菊神韵，件件心头。

秋风见菊花咏怀

莫怨金色送来迟，不见黄花开满枝。
秋来也有风如剪，裁出彩云染山菊。

见月咏怀

淡淡水中映，轻轻指尖拢。
掬水影在手，用心君可懂。

锡盟太仆寺旗咏怀

羊群如星路似弓，草地茸茸百卉风。
远山到眼燕麦熟，菜花黄色野田中。
相聚相别太匆匆，人情风物浸润浓。
秋声送我黄花意，忘情羡她山鹊鸣。

秋夜登高望月咏怀

秋风徐徐传雁声，菊花阵阵味香浓。
楼上朝朝观明月，乡思遥遥至诗情。

女排胜出勇夺冠军咏怀

铁锤从来振国威，何必管他第几回。
中华儿女一声吼，恰是九天惊春雷。

雨后·咏怀

秋雨分明流泪痕，阵阵寒意近黄昏。
残菊坠落无人管，蝴蝶飞来亦断魂。

见菊花·咏怀

新秋已报菊花开，金色伴我梳妆台。
九月秋高身心爽，一枝何不送将来。

咏怀·秋色

雨后蝉声劲，秋深菊添锦。
莫道时已暮，不为霜鬓愤。

秋雨咏怀

秋雨秋风寒，秋菊秋色繁。
秋人饮秋酒，秋事解秋烦。

回胡狼·巴山夜雨·咏怀

人生春夏与秋冬，草经雨雪和霜风。
历遍甘苦千百味，蓦然回首一场空。

雨夜听雨咏怀

相逢人海缘为天，平生知己遇大贤。
白头常寻春好梦，往事风雨尽化烟。

弄丝咏怀

五弦焉能动我心，天然逸韵意牵魂。
不若举弓弄万水，请君欣赏天籁音。

听水·咏怀

清流贯长溪，白云落山底。
声出桃花源，盛地无荒蹊。

咏怀·静思

尘嚣多是肮脏事，愿避凡俗身心洗。
水国常清生岚气，能把香雾化成雨。

昨日秋雨今晨见朝霞有感赋诗咏怀

平明云儿红，彩带挂半空。
问云蕴何意，日出天放晴。

秋夜寒雨绵绵不寐咏怀

欹枕慵慵梦境空，残灯闪闪影朦胧。
杨柳不解人惆怅，合雨摇动一夜风。

秋意·咏怀（一）

一样春风合冷暖，几时秋雨分早晚。
淡咸滋味何人会，荣枯花颜随季转。

秋意·咏怀（二）

怕见秋风又盼凉，常思春雨暖芬芳。
早识今番汗如水，更怨春色早卸妆。

咏怀·写在七夕

蝉鸣夜更深，月照霜染林。
莫问辗转事，总被恨牵魂。

早怀咏

鹊喜花间晓，海棠绽开早。
青山和秀水，春风人不老。

一曲琵琶断君肠

一曲琵琶断君肠，楼上风吹思泪长。
分明心在冰壶里，好教一曲冤刘郎。

释　怀

一语不多将泪催，惆怅锦字又几回。
断肠斜日东流水，才解桃花叶儿飞。
为解春愁第几杯，云障雾遮不见晖，
对天一腔高声吼，不是星移物是非。

见浆左右摆动有感·咏船浆

船身与船桨，平时个道旁。

载客归故里，随波总双双。

饮酒读书偶得

自饮村酒吟古诗，几人惆怅为心知。
感慨唐宋诗词意，人在高楼月在池。

闻雁声咏怀

天亦多情送金秋，故将秋风染枝头。
菊花盛极难评色，月光清柔易牵眸。
青山含月柳丝稠，绿水载花天际游。
一阵风来闻笑语，几行雁去释新愁。

见花瓣落地有感咏怀

问花不语意难酬，始知秋霜渐染头。
万般物是天然好，任他随风飘荡游。

二经东旗咏怀

春花香伴绿草肥，
如燕轻轻飞，
玉带清润露欲垂。
多少思情在里埋。
秋草枯黄随风吹，

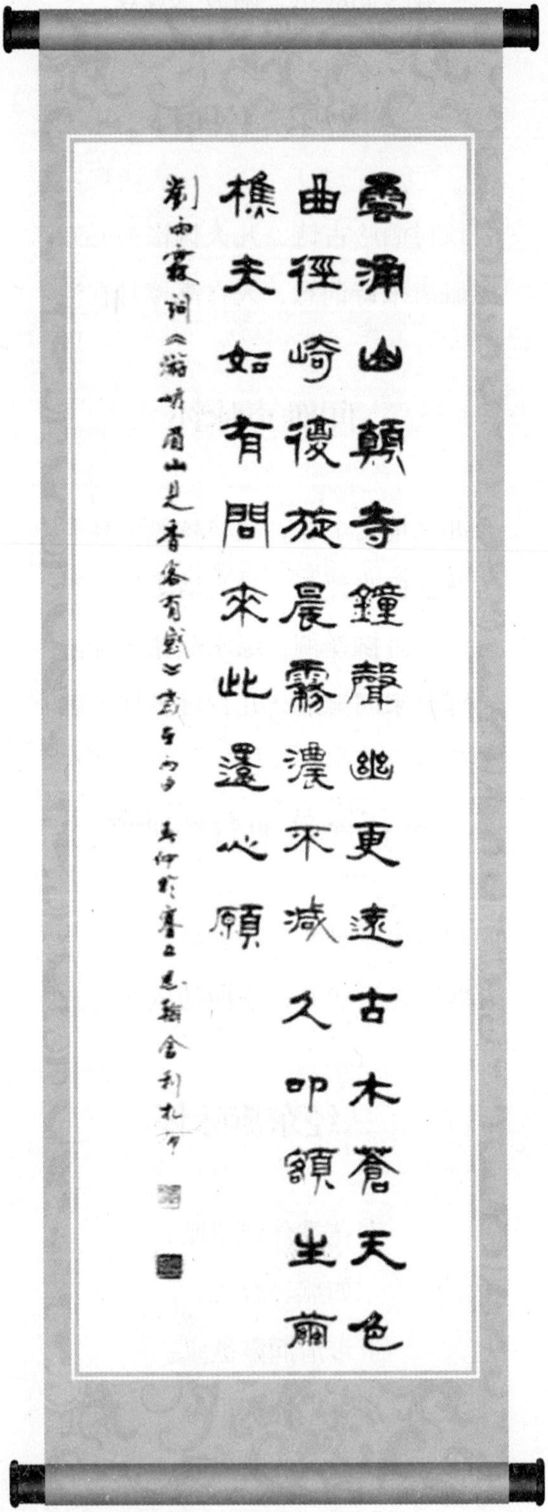
疊湧山顛寺鐘聲幽更遠古木蒼天色
曲徑崎復旋晨霧濃不減久叩領生
樵夫如有問來此還心願

落叶何处归，
人生路，有几回，
切莫常常痴醉。

赋得·山水画·合前韵·咏怀

银河决堤落九天，玉珠失散聚百川。
丹青点缀神韵意，白云缭绕仙境间。

赋得·国画·清风·咏怀

采莲藕丛中，花色亦相同。
虽是泥沼出，但闻香更浓。

夜读古诗·捣衣·习民歌手法戏作·思君歌·咏怀

赋尔梦境诗，思君春秋日。
请君细品读，中有情真意。
烈烈北风急，漫漫秋夜寂。
辗转不能寐，披衣彷徨起。
炆香扣弦丝，酌酒吹管玉。
思君杨柳枝，思君春风雨。
思君秋月菊，思君雪花絮。
思君无饱饥，思君难理绪。
思君锦不织，思君心无语。
思君晨起迟，思君夜不聚。

昏昏欲欲迷，冷冷清清你。
深深长叹息，涓涓泪如洗。
白露滋我衣，秋风满叶地。
轻汗染双题，芳香已不济。
人生无根蒂，年华焉能续。
我失无所惜，愿君常相忆。

晓妆·咏怀

若比月色谁最美，镜中桃面无穷味。
银光只合鬓丝染，红颊尽把春颜绘。

读诗偶得咏怀

玉琴不疗红豆病，银丝只和青柳恨。
许多韵，泪流尽，只为风雨霜染鬓。

秋夜雨中咏怀

连绵秋雨菊花残，几声雁去夜增寒。
莫管风雨任他性，自把词赋韵味填。

咏怀·夜夜守相望

夜夜守相望，圆圆照不眠。
中有多少恨，何时到跟前。

中秋渐近望月咏怀

默坐不知寒，但觉月色圆。
举手似可摘，乡心夜难眠。

秋晨散步阴天见物咏怀

夜雨晓风云未开，酒醒梦散情遣怀。
随风传来羌管声，吟诗作赋踏节拍。
画廊曲径少尘埃，新花又添香阶苔。
问君可知斯容色，遍地黄花不忍摘。

读唐诗宋词四十五年有感咏怀

夜夜览卷秉烛白，日日题笺傍镜台。
桃李杏暖耕翰墨，松竹梅寒迎春来。
文采如叶春风裁，情深似水秋雨拍。
旁人只赏流传句，不管酸心苦满怀。

弄丝咏怀

五弦焉能动我心，天然逸韵意牵魂。
不若举弓弄万水，请君欣赏天籁音。

月夜听蟋蟀鸣·咏怀

夜静月色娇，草疏促鸣高。
勾起童年忆，一件一件消。

现代诗

道理永远是现象背后的东西

写诗填词如绘画，
脑海里画面，栩栩如生。
若身临其境，人在其中，
反复吟咏，得其韵味，
逐字推敲，方成好诗。
通俗的语言，寄托内心的深处。
写景，言情，咏物，
咏史，立意，构思，
谋篇，炼句，辞采，
韵律，比兴，寄托，
自然，空灵，曲折，
体现不同的艺术手法风格。
有诗的修改，有诗的鉴赏，
有诗的创新，有诗的论述。
可谓“新诗绮语”。

北方电力公司第三届职工技能竞赛有感

五月春风劲，花开香亦浓，
竞赛场上呈英雄，技艺学在身。
场下敢比拼，车间树标兵，

长江后浪推前浪，

比学赶帮超先进，

看我电力多豪英。

每时每刻的牵揪

每时每刻的牵揪，

无怨无悔的祈求。

愿上天把你保佑，

把烦恼统统的丢。

更爱春天的持久

残淡的记忆，让我苦苦地等候。

也许是上天的惩罚，也许是别离的太久。

对着秋雨，我默默的祈求。

秋风啊，秋雨，请不要吹折杨柳。

满眼的企盼就是我心中的乞求。

渐渐的秋雨，伴着时间的滴漏，

倚在窗前，静静地守候。

希望乌云你早早地退走。

凄凉的蝉鸣切莫再演奏。

镜前的我已经消瘦。

脸上的红光也已经不再有。

这就是我，额头上布满了折皱。

我爱春天，更爱花开。

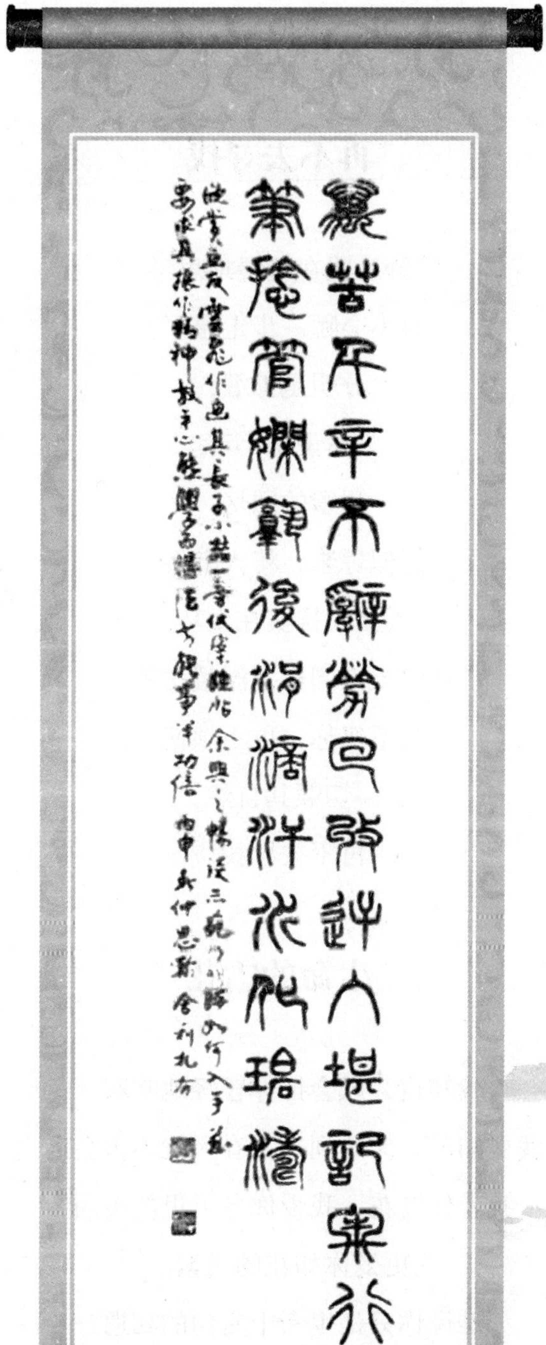

我爱芬芳、更爱花香的醇厚、更爱春天的持久。

再不去寻找

冷静后我在慢慢地思考。
总不会哪一步走错了？
分明是锦缎，
为何说是小草。
甜蜜的回忆，
好似琼浆，将人醉倒。
天公安排实在太巧，
地北天南同样把温暖送到。
我不怨你，更不烦恼，
一切顺其自然，
再不去寻找。

生命的雪花

我知道，风会把你轻轻地吹起。
但我更知道，你的到来，春天就不再会远去。
我爱你雪花，我爱你冬天里的美丽，
更爱你如花的飞絮。
谁说你只是生命中匆匆的相遇？
但我知道在我冬天的季节里，
你给我留下了多少的回忆。
我爱你，生命里的雪花，我爱你，永不抛弃。

不论你在季节中如何变化，
我爱你，这绝不是一句空空的言语。
这就是天意，我会静静地等你。

当我提笔的时候

当我提笔的时候，总在细细地回想。
那个时代，
一瞬间，留下的，
不灭的芬芳。
那个时代，
你我的青春在畅想，
好像有一双坚强的翅膀，
飞过大海，
飞过高山，
飞过长江。
寻觅着前方，
寻觅着阳光。
激情的燃烧，
叹息人生的彷徨。
那个时代，
我们歌唱，
我们奔放，
像马儿一样，
谁又能收拢嘶缰。
那个时代，

我们的选择是上山下乡，

读的是哥德巴赫的猜想。

春的雪花·我愿做一朵小花

我愿做一朵小花，随着春风慢慢地飘洒。

我愿做六角晶莹的花蕊，

一片片一片片，在春的枝头悄悄地发芽。

随着春风覆盖田野，笼罩山川，撒满天涯。

把春的信息带到万户千家。绝不辜负她。

吻　别

不知道已看了多少遍，

别离的感觉让泪水连成了线。

都道人间友情常在，

可谁又解我们的遗憾。

生生地被拆散，

我们的心声又有谁来呼唤？

夕阳留下长长的凄影，

你可知心中有无数的恨，

你可知心中有多少的怨。

这样的别离何时才能不再演。

这一吻太短，从此以后，天各成幻。

这一吻太晚，从此以后，何时再返。

生死两茫茫，思恋独漫漫。

眼镜中的你和我

我不知到能看多远，
但我期望，
在路的尽头能再见你一面。
老眼昏花万物都是一片，
只能借用眼镜看得远一点。
亲，
你还眷恋？
那时的你我，
恰若春天的花朵是多么的鲜艳。
我爱你的笑靥，
我爱你的笑脸。
我更爱你那含情默默的双眼。
秋天过去虽然还有冬天，
但春天离我们并不远。
你喜欢春风里的小燕，
我喜欢春雨中的闪电。
亲，
我多么希望，
在春天到来时候我们能再相见。

同学之歌·缘分

让我们共同珍惜，是缘分让你我相遇。

从孩童起就不肯分离，同窗十载留下了多少欢娱。
那时的你是多么的英姿，如今你我相聚，
鬓角中已布满银丝。
岁月相伴，
让我时时想起，
那么多……那么多……
甜甜的回忆。啊……
缘分让我们相识，
啊……
缘分让我们相聚，
为友谊，让我们永不抛弃。

同学之歌·不会惋惜

岁月让你我增添了银丝，
但挡不住的是你我成熟的果实。
当你我还是童年时，
美好的愿望就在悄悄地编织。
是牡丹春风中不会开迟，
是黄金熔炉里才见本质。
如今相聚，
美好的时光总让我总让你，常常地回忆。
老姚还记着你当年的顽皮，
阿苏还记着你青春的容姿，
现在的我，现在的你，
已不再是过去。

岁月让鬓角染上了些些银丝。

啊……这些我不会忘记，

不会忘记。

一生中结识你，不会惋惜。

缘　份

让我们共同珍惜，

是缘份让你我相遇。

从孩童起就不肯分离，

同窗时留下了多少欢娱。

那时的你是多么的英姿，

如今你我相聚，

鬓角中已布满银丝。

岁月相伴让我时时相起，

那么多……那么多……

甜甜的回忆。

啊……缘份让我们相识，

啊……缘份让我们相聚，

让我们为友谊，永不抛弃。

歌词·不知道如何来安慰

不知道如何来安慰，

只能独自心流泪。

迷茫的脚步伴着秋风，

压抑的重负使人心都碎。
秋日里阳光是那样的可贵，
胡杨的色泽又是那样的美。
眼前的景色让人心都陶醉，
意外的霜寒确让花儿憔悴。
我恨苍天你把良心昧，
为何要把花儿毁。
我恨苍天你真是太异类；
为何不能把憧憬来描绘。
我恨苍天你不懂得尊贵，
非要把世间的美好去违背。
让断线的泪珠化成海水，
一次次浪起浪涌把你崩溃。
我相信苍天你总有一天会惭愧，
在我的面前低头认罪。

散曲·小苗儿待你植结莲理

小苗儿待你植结莲理，
眉紧锁待你开配钥匙。
蚕丝线待你织锦鸳鸯，
不眠夜待你悬红太阳。
泪泉涌待你把源头断，
冬天里待你将桃花现。
羊脂玉待你来惠眼见，
花房中待你就红烛点。

曲

曲·喜春来·别情

春到江南花增秀，
风吹塞北雪添厚。
灞桥别依经年久，
还记否，
月上鹅黄柳。

曲·四块玉·马年

炮放过，
酒喝过，
头倚沙发侧身卧。
晚会节目真不错。
国立有点作、思思[①]头次火，瞎琢磨。
你也说，
我也说，
东拉西扯闲快活。
家家团聚话也多。
想想家和国，件件厚与薄，马上勃。

【注释】

①国立：张国立。思思：李思思。两人均是节目主持。

曲·一半儿·送相思

柳丝细细随风依，
杨花纤纤随风迷，
最解春风杨柳意，
送相思，
一半儿春雷，
一半儿雨。

曲·小桃红·柳絮杨花随风荡

柳絮杨花随风荡，
今古寄思量，
怎奈碧空明月朗。
更添想，
阳关三叠谁吟唱。
晚儿风凉，
泪凝腮上，
无意绣鸳鸯。

曲·一半儿·几番尺素不见来

几番尺素不见来，胡思乱想心疑猜。
衡雁何故又徘徊，这里我阴晴泪满腮。
一半儿凋谢，一半儿开。

曲·小桃红·才擎荷叶遮急雨

才擎荷叶遮急雨，

又被风吹去，

可怜无处风雨避，

心恨苍天不解意，

无情地，

缠缠绵绵皆抛弃。

长门赋里，

多少寄语，

难把相思续。

曲·潘妃曲·断肠采笺寄情字

断肠采笺寄情字，

句句伤心事，为伊憔悴死。

又恐傍人问着时，口儿里谎辨辞，

怎瞒得面颊赤。

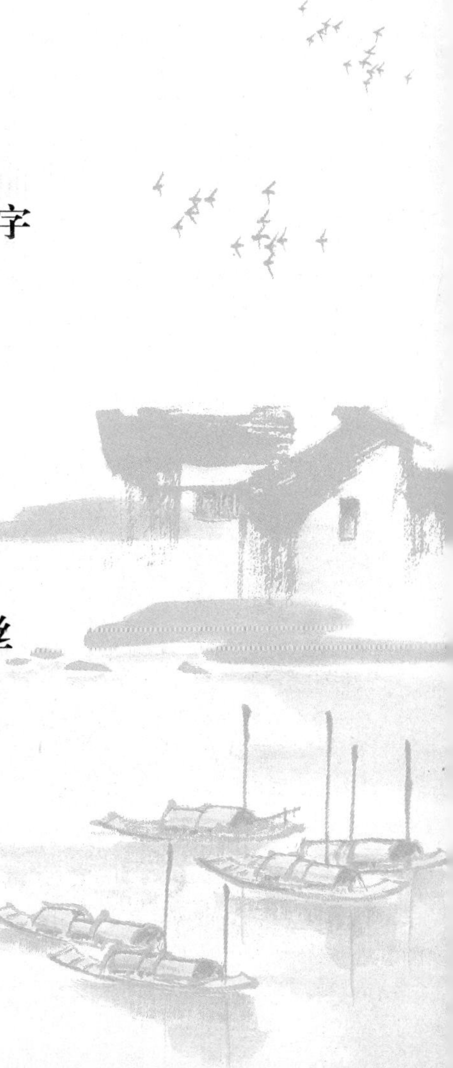

曲·双调·沉醉东风·柳丝

枝头上吐嫩芽，

千条丝细若麻。

今日个谁在吟后庭花，

我这里挠腮耳抓。

分明是垂丝，
确惹得眼花。
到不如扯来一把。

曲·一半儿·桃红梨白杏花粉

桃红梨白杏花粉，
细雨垂丝絮若云。
万紫千红终是春，
吸引人，
一半儿动心一半儿沉。

曲·一半儿·面似桃红眸似水

面似桃红眸似水，
腰似垂柳樱桃嘴，
西子西湖难媲美。
心欲醉，
一半儿羡慕一半儿愧。

曲·寿阳曲·思友人

雪花碎，人憔悴，
几回回梦里难寐。
天涯海角家万里，
明月照见相思泪。

信天游

信天游（一）

信天游唱来音好听，爱一回人来动一回情。
燕子飞来柳梢梢青，见不着人来心口口疼。
黄河流水泥沙沙混，心中的若闷俺难挑明。
大青山石头栽油松，几时时生根把春风迎。
葡萄开花果结在藤，酸甜的味道俺心里明。

信天游（二）

桃花花红来，杏花花白，
想起哥哥你，俺泪满腮。
柳树树垂丝，跟你来栽，
扔下个妹子，你不回来。
一对对鸳鸯，一对对鹅，
妹妹我心里，爱亲哥哥。
葡萄藤结果，甜真解渴，
不结那果来，哪会有核。

信天游·秋风吹来雨蒙蒙

秋风吹来雨蒙蒙，
满怀的话儿难表明。

一分钟里俺手机翻几回，
唯恐信息她有人催。
雨珠珠敲打门窗窗响，
静不下心来把你亲亲想。
好酒好菜桌上摆。
满肚肚心事俺口难开。
树上的喜鹊呀喳喳叫，
撩乱的心情想哭又想笑。
蝴蝶蜜蜂花丛丛绕，
人想人的滋味谁知晓。

信天游·揽工调·想我心上人

想我心上人，
哎哟，想我心上人。
夜里想到鸡司晨，
白天想到月儿深，
眼见得冰消雪化又新春。
喜鹊飞出林，
哎哟，报喜或许真。
再见不着你心上人，
俺恐丢了魂。
小燕飞进村，
哎哟，带来好佳音，
不见你踏进门，
泪水湿衣襟。

想我心上人，

哎哟，小树扎下了根。

春天分手又几春，

你可害死个人。

信天游·桃花花红来杏花花白

桃花花红来杏花花白，

想起哥哥你俺泪满腮。

柳树树垂丝根你栽，

扔下个妹子你不回来。

一对对鸳鸯一对对鹅，

妹妹我只想你亲哥哥。

葡萄结果一颗颗，

没有那果来那有那核。

信天游·一对对喜鹊闹喳喳

一对对喜鹊闹喳喳，

羡慕的眼神把你我夸。

人家都说你我人相好，

如鱼似水红杏花。

你若有情咱就慢慢地淘泥吧，

金粒粒肯定在泥中中夹。

妹妹我盼你哥哥呀，

千万千万不要和别人瞎勾搭。

一对对鸳鸯水中中划，
妹妹的心思哥哥你知道吗？
芦苇中叫来，树林林里爬，
小草蓬蓬里才是你我的家。
野果果酸来酸掉的是你的牙，
水中的鸬鹚爱的是水中的虾。
你若有心思咱就一辈辈地交，
你如无意就再不要把妹妹的衣角角拉。

后 记

《雨霖诗绮》出版后，我就着手整理、编撰姊妹篇《雨霖词蕴》。好在有先前出版之经验，自然少走了许多弯路。在梳理、选择、整理几十年的作品时，有一种感觉，就像抚摸着自己的孩子。从呱呱坠地，到牙牙学语，一步步渐渐地长大成熟，明晰地看见自己在诗词的创作道路上所走过的路程。捧着那些粗糙的玩艺儿，真是有一种迷惑、彷徨、欣慰、感慨。从一九七五年插队下乡开始写诗词，至今已有四十多年了。我的时间、精力、思想、感情、欢乐多交与了诗、词、曲、赋、山歌当中了。能安静写作坚持至今，内心感到非常自豪，同时也感到一些惭愧。我不能确切地知道我的诗词有什么作用，如果这些玩艺儿能够被一部分人与我相似的生命、相近的心灵所喜欢，能够滋养、安慰他们的心灵，使他们在尘世的劳碌、苍凉的生活中得到些许的慰藉、温暖，那对我将是意外的奖励，是我最大的幸福和欢乐了。

如《摊破浣溪沙·咏秋风·送友人》："自唱新词韵味浓，修辞啄句动真情。斗酒百篇求梦境，好秋风。送我好词君共咏，使人不老鬓长青。只为念尔一片意，好秋风。"

词继诗之后起源于民间，是一种重要的文学体裁，是中国古代诗歌苑囿中一朵新生的奇葩，是中国历史文化瑰宝，是千百年来文人骚客智慧与心血的结晶。词是诗的别体，起自唐朝，至宋朝风靡一时。达到了鼎盛，被后人视为"唐诗""宋词""元曲"鼎足而立的"一代文学"的代表和典范。词是以对句子的字数要求、押韵要求和平仄要求为主体，结合对仗等其他修辞手段的一种特定文体。由于词平仄严格限制，因此读起来抑扬顿挫，颇具韵味，深受广大读者的喜爱。几十年的学习和创作感受颇多，概括起来，写作词的心得主要是"写心、说真、道情"。

写心：也就是用心去写，用心灵深处的感受、感悟描绘生活中的景物、生活中的美丽、生活中的哲理。

乔治·吉辛《四季随笔》夏季卷说："心灵是我们周边世界的创造者。即使我们站在一起，共同看草地上的一棵树，也不会是一样的。你眼中的事物，也不会在我的心中泛起涟漪。"也就是说，写作之前必需静静地观察客观事物，在心中反复地揣摩、细细地推敲，而此物尤须蕴之在兹，不可一时稍离。写诗写心因个人诗心的不同，而造成其所看见和理解的世界，都完全不一样。这些事物的获得，都只属于你自己。如何与自然接触，如何陶养情操这才是写心的重要之法。如《晨妆·咏怀》："胭脂空画心中意，琥珀虚插鬓角里。唯恐东君不相顾，故推西窗待风起。"写出心声，以心达意。

说真：也就是说出真话，说出心里的梦话，以词话来反映事物真理，写真实的东西，诉真情的感受。

我记得辛弃疾《清平乐·村居》中的句子："大儿锄豆溪东，中儿正织鸡笼。最喜小儿无赖，溪头卧剥莲蓬。"说的都是真话实话，都是生活中看得见摸得着的东西。此真所谓天机清妙者矣。

欲求诗之"真"，则要注意两个方面。

一则需取物有源。象非意无以生，意非象无以出。故作词之时，必现在眼前、心上，有一境界；于境界中，又复有许多物象，然后随之有所拣择。读人之词，解人之意，亦当如此。故取物有源，其象乃真；造境为真，其言乃合。所以必使其有所生活，有所经历，然后方可以"为有源头活水来"。

二则需造语有实。此"实"字，有两种义。一是必求合于词境，而不可以任意。二是用语应情真。亚里士多德曾言"最明晰的风格是由普通语言形成的""朴素自然乃天才之最大标志"。王静安于《人间词话·未刊稿》中复曰：

"词人之忠实，不独对人事宜然，即对一草一木，亦须有忠实之意，否则所谓游词也。"

所谓"游词"者，即非经深入之体察，非能触及于事物，而只是信手而写者。此何以应酬之作，每多陈调；歌谀之篇，常为空洞也。所以说真是写诗词的又一重要之法。如《回乡咏怀·山川依旧感情长留》："当年的窑洞塌了，旧时的平房拆了。后生变成老汉了，姑娘变成老婆了。山川依旧感情长留。"借真造境，感人以真。

道情：也就是道出真情，借景以抒怀抒情，以真实感情显现世俗情，汇真实的感情，写内在的痴情。

诗是有情者之擅场。能于文艺者，必先有情心。有情眼，有情趣，然后咏于诗，形之于文，翻之于乐，绘之于画，方绵绵有情味也。欧阳修《梅圣俞诗集后》曰："非诗之能穷人，殆穷者而后工也。"龙平《千秋寂寞心》说："人于失意落魄、困苦忧愁之时，较之平静甚或得意时，其心之感于外物者，更为灵敏，而所受所应，亦不可同日语也。故风雨之夜，落花之节，折柳之悲，尤能使人动怀而发其衷情也。”

历来诗作，其名篇佳作，大多如此。失意则寂寞，忧则多思，寂寞而多思，腹中情绪积累，沉浸酝酿，一遇景色，立时泻然而出，不可遏止。凡诗词之作，没有不写景的。不论比附，抑或兴寄，都需因物而起，托景而发。人之情感，蕴之在心，发而无处，唯借景物之遇，因而出之。故情以景而显，不言情而情自在。故借景抒情也是诗词的又一重要之法。如《飞絮情》：“谁言杨柳只垂丝，三月随风雪霏霏。不是清高不爱红，忙乘东风向远飞。”抒怀于景，借景抒情。

写心、说真、道情是我多年的感悟，这三者都是诗词创作的重要之法，紧密相连，不可分割，相互挟制，天然融合。

诗词是我的坚守，诗词是我的好友。诗词是我的琼浆，诗词是我的翠柳。